劉紹銘散文自選集

【目錄】

二、落日故人

三、文墨因緣

四、一簑煙雨

五、愛玲閒話

【前言】

我以前把舊作結集成書取名時一不小心就「巧立名目」起來。像《偷窺天國》或《文字豈是東西》即為顯例。但不是所有的文稿都適合套用這種「花巧」題目的。本集取名本來規規矩矩的「自選集」，乃因自念「筆耕」的歲月已過，今後再難湊出足夠的字數出新書，於是決定稱為《劉紹銘散文自選集》。這應該是相當實事求是的書名。

《自選集》不少篇幅注滿我這個土生土長香港人的舊日情懷。半世紀前的香港舊時風光記憶猶新：「舊時香港，街邊睇相佬指點迷津，或指引青雲路，例由客人面部入手。窄街陋巷，光線昏暗，今之方士乃舉（火水）燈如儀，從客官眉心照起，狀若鄉間父老捉田雞。因此舊時香港，睇相亦曰『照田雞』，端的是人面田雞相映紅，怪趣、怪趣。」

舊時香港，不思量，自難忘。當年許多風雅事，窮家子弟日常生活只要一念書香枯朽亦可化神奇。你走進中環一家茶餐廳喝「飛邊走奶」的下午茶時，舉頭一望，見這家「茶居」取名「虫二」，忍不住低聲吟哦附和：「虫入鳳中飛去鳥，七人頭上一把草，大雨落在橫山上，半邊朋友不見了。」吟哦一番後，竟能體會景由心生之説，在鬧市的中環，竟然感受到「無邊風月」之勝景。

《自選集》共收文五十七篇，在目錄上粗分為五個眉目：（一）「前塵舊事」；（二）「落日故人」；（三）「文墨因緣」；（四）「一簑煙雨」；（五）「愛玲閒話」。

如此識別，並無新意，因為除了「愛玲閒話」所收的十一篇外，其餘各輯文章可以互相對調。目前這種組合的編排只是為了眉目清爽，否則五十七條題目不問年齡籍貫似的一口氣擠在目錄的小天地也教讀者吃不消。

二零一七年二月六日於香港

一、前塵舊事

舊時香港

舊時香港，街邊睇相佬點迷津，或指引青雲路，例由客人面部入手。窄街陋巷，光線昏暗，今之方士乃舉（火水）燈如儀，從客官眉心照起，狀若鄉間父老捉田雞。因此舊時香港，睇相亦曰「照田雞」，端的是人面田雞相映紅，怪趣、怪趣。

舊時香港，酒店茶室取名，庸俗中亦偶見書香。如中環海傍有茶室名「虫二」者，即為顯例。果然，「虫入鳳中飛去鳥，七人頭上一把草，大雨落在橫山上，半邊朋友不見了」，吟哦一番，就見「風花雪月」。虫二、虫二，賣的是奶茶咖啡通粉，但景由心生，一杯在手，「無邊風月」情意，油然而生。

舊時香港，民房多有騎樓者。秋高氣爽，便於「舉頭望明月」。若逢天雨，拉下帆布涼篷、小樓一角，殘荷聽雨，想亦不過如是。騎樓更是「飛機欖」小販獻技目標。從樓上丟下幾個銅板，說時遲那時快，一小包一小包的甘草欖即疾如飛鏢，紛紛射到騎樓的眼前人來。舊時香港，不少報販也是以此武功送貨的。今日騎樓幾成絕跡，當年的江湖好手，亦隨舊時明月煙消雲散。

舊時香港，西片上映，畫面無「即時傳譯」。不識胡語觀眾，要知劇情，只好一面看映像、一面偷覷銀幕旁邊的幻燈說明。現今想來，這類半文半白的「說明」，孟浪得像教翰林看圖識字。除了黃口小兒，任誰看到畫面男女相擁而吻，亦知是甚麼回事，何必囉嗦打出字幕說：「羅拔與珍妮相相墮入愛河。」男的要是摑了女的一記耳光，字幕必嘩然道：「羅拔對珍妮夏楚橫施」。劇終時，男的若做張生捨貧家女逐富貴功名，多情的解畫人或會悲從中來，淒然曰：「殘紅滿地無人惜，老去年華只自悲」。

舊時香港，鄉下人家有喜事請酒，多在自己庭院。大門兩翼，高懸紅聯。現今想來，莊稼人吹起牛皮，也不臉紅。且看此聯：「薄有文名驚四海，愧無旨酒宴嘉賓」。羞羞！科舉早廢，還猷想「旨酒」，可見名慾昏心，不知人間何世。再看一聯：「敢謂素嫻中饋事，也曾攻讀內則篇」。

口氣也像「薄有文名」一樣自吹自擂。但新娘子不但比新郎哥可愛，也更可信。因為舊時中饋，絕無烹調出前一丁即食麵那麼簡單。新媳婦不是真有兩手，怎敢如此揚才露己？「薄有文名」之真假，見仁見智。「小女子」嫻不嫻中饋事，戴天那類老饕，一下箸就知道。對了，文名如「薄」，怎能「驚」四海？真想不通。

舊時香港，報紙副刊版面少見特藝七彩美女玉照。要想入非非，得粗通文墨。那時的所謂「艷情小說」，也像戲院的幻燈說明，流行文白混雜。如小生姓高的《日日香》。此類小說中之男女「艷」遇，關係點到為止，不像時下記述男歡女愛那麼劍及屨及，真槍實彈。「誨淫」部份，僅是只能引起固定反應的文字挑逗。甚麼「媚眼如絲」、「酥胸半露」、「香澤微聞」、「釵橫鬢亂」等等如此這般，幾乎就是舊時香港報紙副刊能提供的所有想入非非材料。也許這是上一代港人中文水準較高的原因。

舊時香港，官府文章或廣告街招，常有文人吟風弄月、自顯詩才的殘餘痕跡。如「隨地吐痰乞人憎，罰款千元有可能」。此類街招，文字粗鄙，形象惡心，不談也罷。西片戲名中「譯」就怪趣多了。《六月六日斷腸時》（*D-Day the Sixth of June*）和《紅粉忠魂未了情》（*From Here to Eternity*）皆為顯例。

此外還有似通非通的《妾似朝陽又照君》（*The Sun Also Rises*）。

「譯」者詩才如何，不必計較。值得注意的是他們筆端濃得化不開的綿綿情意。六月六日本是個歷史符號（盟軍登陸諾曼第），到了他們手上，卻成「斷腸時」。區區三字，盡得風流。

今天香港西片戲名中「譯」，頗見後現代精神。《別問我是誰》（The English Patient），用廣東話說，就是「唔好問我係邊個呀」，嬌喘微聞，恍如詐嬌撒野之音。

改編自勞倫斯小說《查泰萊夫人的情人》，要是今天上演，說不定會改名為《越鹹濕越快樂》或《越墮落越有型》。

列位看官，本文所及的前塵舊事，俱發生在五十年代的香港。你若解其中味，那閣下亦應到了「樽前悲老大」的年紀了。引舊時小說一句老話：「朋友，你淚落茶杯了」。

原載《明報月刊》，二零零零年二月

童年雜憶

一、童年雜憶

最近在《華副》看到王書川先生〈跑當舖〉一文，撩起我童年舊事。上押店不是甚麼光彩的事情，更不足為外人道。我今天的朋友，有認交三十年者，他們對我在台灣四年求學的經過，和大學畢業後赤手空拳來美唸研究院那一段「傳奇」，知心者略知一二。即使非舊識，也可從我舊作《吃馬鈴薯的日子》得一梗概。

但我十五六歲時在香港替家人上當舖那段傷痕歲月，當今之世，只有我胞弟劉紹綱知道。這段經驗，為甚麼我決定「公開」出來？理由與大家「分享」我吃馬鈴薯的滋味一樣：童年的遭遇影響一個人中年甚至晚年的人生看法與價值觀念。這一關鍵，早為心理學者肯定。我今天把我早年心裏所受的種種trauma（創傷）略記一二，用意不在發「私隱」。個人經驗，除非有「喻言」意義，否則不應浪費報紙篇幅。我只希望年輕讀者知道「生於憂患、死於安樂」這個農業時代的格言，在今天這種不按牌理出牌的工商業社會中，雖難作準，但少年坷坎確可增加日後面對逆境的勇氣。

原來我父親是個不事生產的人，所以從小就把我和弟弟「寄養」在朋友和親戚家裏。大陸變色後，他隻身回廣東，跟我叔父一起在小學教書。那年我十五歲，弟弟十三歲。兄弟二人就「寄養」在香港洋行打工的伯父家裏。那時伯父尚可算是小康之家，自己又無兒女，所以我和弟弟的衣食教育，都由他負責。誰料好景不常，伯父生意失敗，我和弟弟的學費常常無着落。

從那時開始，跑押店成了我的「社會教育」。香港的押店，櫃枱居高臨下。拿實物去周轉現金的人，心中已自卑得不敢抬頭看人。有一次，伯父叫我把家中一把電扇抬去押掉。我把這件家中唯一值錢的傢伙托在肩上，跑了三四條街，早已大汗淋漓。進了當舖，氣派像衙門老爺的朝奉也不見憐，板着面孔說：「拿身份證來。」

在香港跑押店的人對這種成交有雅稱：「舉獅觀圖」。我氣喘喘的把手上那頭「獅子」舉上去。朝奉驗明我伯父身份證的細節後，就「隨緣樂助」的給我幾張鈔票。

這樣一個「創傷」就烙在我心中了。

事隔三十餘年，已記不起風扇上押店時的季節是夏天還是冬天。不過，即使是溽暑天，少了這部機器，對我個人說來，尚不至有切膚之痛。

上當舖令我流出淚來，令我感懷身世，令我怨怪自己父親不爭氣的，有兩次經驗。

一次是伯父給我一支鋼筆。還記得那是一支派克「藍寶石」型的吸管筆，我喜歡得不得了。我和弟弟從小都是「文藝青年」（他比我務實，十六歲出來當學徒後，晚上唸工業專門學校。今天吃電子工業飯，已完全洗脫原來的「文藝氣息」）。我拿到那支鋼筆後，每天閒時就在紙上塗鴉。

誰料與這現代文房四寶之一相處不到兩個月，又因付不起學費押了給朝奉。今天有孩子的家庭大概都曉得，小朋友心愛的玩具，有些到了大學年齡都捨不得丟掉；因為那是跟着他們長大的夥伴。那支與我短期相依為命過的鋼筆，我舉上當舖櫃枱的心情，如果說是痛不欲生，一點也不過份。

另外一個經驗也是至今難忘。伯父在生意失敗後，是一名窮中學教員。他因為自己無所出，對我和弟弟呵護備至。我小學六年級，有朋友送給他一隻手錶。他轉「送」了給我。當然，跟他給我的鋼筆一樣，我寶貝得不得了。我上課時戴着，睡覺時也戴着。因為當小學生時已戴過手錶，養成了我日後一個良好的習慣：守時觀念。今天我與朋友相約，除非碰到我不能控制的特別事故，否則真的做到分秒不差的地步。

但是那隻手錶的命運與「藍寶石」一樣，不到兩三個月，又被伯父拿去「舉獅觀圖」。這兩次得而復失的經驗對我打擊至巨。即使在三十多年前的香港，手錶和鋼筆也沒有甚麼了不起。在廉價品充斥市場的今天，我當年兩件寶貝玩具，連上押店的資格都沒有。可是，小小的年紀就為環境所迫，把心愛的東西獻給朝奉，使我嘗盡了人生無常的滋味。

孩提時代所受的烙印，對日後性格的發展，因人而異。由於父親無能養家，使我從小一家託一家的寄人籬下，心理受盡傷殘。如果我們兄弟當年不發憤自愛，日後做了流氓太保，也毫不稀奇。

我父親的一生，成了兒子的「反面教材」。

我十六歲出來做事。弟弟比我小兩歲。他初中唸了一年後，也為生活所迫，跟我一樣到計程車公司去當「童工」。我們寄居伯父家。香港地方寸金尺土，一層樓住三家人。我和弟弟當然沒有房間。晚上等別人都就寢後才打開帆布床（行軍床），睡在通到廚房、廁所的甬道。

弟弟做童工的地方是九龍，舟車交通要花一個多鐘頭。他八時「上班」，早上五時多就得起床。童工的薪水，買不起鬧鐘。即使買得上，也不敢用。既然寄人籬下，怎可以把別人吵醒？

我和弟弟商量的結果，想到一原始辦法：那就是在入睡前，兄弟兩人用一條麻繩隔床互綑手足腰身，夢中誰先翻身，就把對方拖起；這種睡眠方式，也近乎臥薪嘗膽了。如此翻來覆去，一個晚上難得有兩個小時不從夢中驚醒。甬道是露天的，兄弟二人誰最後一次驚醒，看到東方漸露魚肚白，就知道這是該起床幹活的時候了。

我二十二歲以自修生資格考上台大。我弟弟做事，比較按部就班。他在計程車公司當童工，一做八、九年。晚上七時到九時上夜校讀英文。英文根柢差不多後，改修工專夜校。先唸機械工程，後唸工商管理——但唸的都是夜校。今天他是一電子公司的「高級行政人員」。論學歷，只有專業文憑，連學士學位都沒有。

他唸夜校十多年，風雨不改，往往抱病列席，從沒缺過一晚的課。

我在這裏追憶我和弟弟的童年經驗，是真正的「試遣愚衷」。百年來國家多難，苦學出身的人多不勝數。就拿身心受摧殘的經驗來說吧。比起「文革」劫後餘生者，我和弟弟早年所受的折磨，微不足道。

不過，話說回來，人之不同，一如其面。我想痛苦的感受也是「各有千秋」的。抗戰軍興，我弟弟還在襁褓的時候，我已經領略過「貧窮是最大的罪惡」的滋味。那時我該是五、六歲吧，與家人逃難到曲江。父親靠舉債典當度日。有一天債主臨門，父親躲不掉，跪在地上求情。這個隔代留下來的恥辱，今天偶然閉起眼睛，也會涕淚沾襟。

父親別無所長，卻寫得一手好字。他能以骰子大小的篇幅書下國父遺囑，壓在放大鏡下讓人觀賞。換句話說，他有一個時期靠賣字養家。如果是太平盛世，這一技之長不失為清高的行業。但兵荒馬亂之年，誰有閒錢湊雅興？

因此我和弟弟在香港當童工以前就在內地做過沿街叫賣的「報販」。清早起來就跑兩三里路到批發商去拿報紙。叫賣半天，又餓又累，跑不動了，就到附近的茶館打個圈，看看哪一枱的客人剛走，侍者還來不及把碗筷收拾時，就連忙把殘羹冷飯往嘴裏塞。

這篇雜憶，順筆提到舍弟，也合乎遣愚衷本意。手足之情是我國傳統社會可貴的人倫，可是今天這種關係跟上面提過的那種「生於憂患、死於安樂」的信念一樣，已受到商業社會風氣破壞。報紙的社會版常見朋友因財失義的報道，而兄弟鬩牆的悲劇，也時有所聞，導火線往往也是錢銀的糾紛。

朋友貴乎患難之交，夫婦應結於貧賤之時（因此棄糟糠妻的人確是狼心狗肺），兄弟也一樣。我和弟弟成人後謀生的路子不同，居住的地方又隔了一個太平洋。平日難得見一次面。因職業性質風馬牛不相及，見了面除了閒話家常外，也真的沒有幾句話可說的。

但這不要緊。他和我成家多年，兒子都快成人了。不說「小朋友」們對他們父親當年的經驗一無所知，就是他們的媽媽也一樣茫然。套用魯迅在《祝福》內一句話，這種事「說不清」。我相信弟弟和我一樣，想到當年我們兩個小毛頭在茶館曾以迅雷不及掩耳的手法，左右手開弓撿起人家吃剩的甚麼叉燒包之類的東西往嘴裏塞時，心中就起絲絲暖意。這就夠了。

我們這種兄弟，比因攤分先人遺產而起爭執的「手足」有福多了。

童年的波折，影響了我一生對人處事的作風。我拿了學位後在美國任教的幾年，做過不少傻事。因為自己生性勤奮，所以平生最「恨」遊手好閒的人，尤其是自己學生。有一次，我居然把一位在我班上讀書一直懶懶散散的美國少爺召到我辦公室去申以「大義」。他也嚇了一跳，因為他說自己唸不唸書，連他父母都不 care（關心）。

後來我檢討一下，自己也太孟浪了。這是天府之國，遊手好閒的人一樣不會餓飯。而且，創出蘋果電腦這樣大企業的人，不正是個美國版的「拒絕聯考的小子」麼？

我今天已失去對學生「申以大義」的衝動，但對毫無上進心的人的「鄙夷」態度一點沒有改——雖然不說出來。

交朋友，我同樣受了童年經驗影響。但這一次話已經說了不少，將來有機會再談吧。

二、童工歲月

我第一件差事的「單位」，剛好與胡菊人兄相同：聖類斯中學。這是天主教慈幼會辦的學校，附設印刷所。初一唸完後，家貧無以為繼，學校長老見憐，收留在印刷所做童工。

胡菊人怎樣跟這家教會學校結緣的，我始終沒問他。他的緣卻可結得比我深。我在工場做工，他在教堂當「小弟」。除做打掃潔淨工夫外，每天早上還要搖着串鈴幫神父做輔祭。

他拿工資若干，我不知道。我拿的是港幣八十元一月，管一頓午飯。三十多年前八十元港幣派上甚麼用場？以起碼的生活論，剛夠衣食，但無餘錢租房子。那時的公共交通費是以一角算的。初級郵局職員的底薪記得是二百五十元。

聖類斯印刷廠的頭子是個荷蘭「師傅」。神職的師傅就是英文的「兄弟」。他們終身不娶，服務教會，除不能行神父聖職外，其他世俗的犧牲也一樣。

荷蘭師傅的廣東話，既「唔識聽」，又唔識講。廠內各技術員工，概屬俗人，英文目不識丁。我雖唸了初一，英文領悟能力也僅限於幾句片語單字。想不到時勢造英雄，我半吊子不到的英文居然被迫扮演溝通角色。對內：下情上達，替工友傳話給師傅聽。對外：送貨到也是由「唔識聽唔識講」主持校政的貴族天主教學校去——如九龍的瑪利諾書院。

自己剛失學，肩膊上托着幾百本練習簿舟車兩三小時，送到專為千金小姐開設的美國學校時，氣喘之餘，百感交集。「幼吾幼以及人之幼」，為甚麼偏沒自己的份？瑪利諾的學生，校服鮮明漂亮。每次送貨到校時，若碰上下課時間，就會看到門外不少轎車，等候這些金枝玉葉出現接回家裏。

那時候懵懵懂懂，不知甚麼是資本主義和社會主義，也不知有所謂階級說。看到轎車上的父母摟着乖女心肝寶貝一番時，只會嘆自己福薄。十多歲的年紀，又無旁人煽動，想不到要革命。其實，階級不同，待遇自有天壤之別。不必涉身社會，在學校就可以體驗到。慈幼會在港興學本旨，本以孤兒和清寒子弟為對象；但因管教嚴格，歷年會考成績優異，所以有錢人也送子弟去就讀。

如果做寄宿生，那真個是一入侯門深似海。一年除寒暑二假，學生不許單獨越校門一步。早上六時起床梳洗後，不論你是儒家佛家道家，一律得到教堂去「望彌撒」。每天三頓飯，以今天標準看，相當涼薄。吃飽是沒問題的，但營養不足。

星期天校門開放，不是給學生機會到外邊撒野，而是讓家長到裏面來與孩子聚溫情。此其時也，做父母的恨不得把天下間能滋補孩子的食物都全搬來，用銀調羹一口一口地餵到兒子嘴裏。

這個時候的階級分別就特別明顯了。我和弟弟的身份，可說是「中間人物」，因為我們雖無父母，但伯父母偶然來探望，也循例帶些吃的東西來。

最可憐的是連遠親也沒有的孤兒。當年我還不明白他們為甚麼每到週日就在球場消磨整個下午。現在想過了。不遠遠的跑開，難道企望人家分你一杯羹？

我當了印刷廠的工友後，下午的一頓飯也在學生餐廳吃。隔壁就是神父師傅的膳堂。刀叉並列，白色桌布一塵不染，上有喝酒的夜光杯。他們吃的有魚有肉，不在話下。

我怎麼知道？一來是以後我認識了一個動了凡心還了俗的師傅，得知一二；二來我有幸與各長老平起平坐，在他們的膳堂吃過一次午餐。

原來小孩子在教會學校集訓多時，耳濡目染久了，就自自然然動了當教徒之念。我也不例外。這等如「文革」時甲家的阿毛當了紅衛兵，乙家的阿花也不甘寂寞，嚷着要做革命小將的道理一樣。全是情感用事，經不起真理考驗。

長老集團有個規矩，哪一個孩子哪天受洗成了天主教徒，就可暫時升格，受招待到「隔壁」去吃一頓飯。受洗一生才一次，那種破格招待，不用說也是下不為例。

那頓飯究竟吃了甚麼？不記得了。不過，套用《水滸傳》一句話，但見「水陸俱備」就是。學生飯堂吃的肉食，多是意大利運來的莫名其妙的罐頭食品，盡是油光水滑的肥肉。長老飯堂吃的，是供刀叉琢磨的品種。

總之，那頓飯吃得我一佛升天。暗念：人生在世，每天若能吃到這種飯菜，做出家人也不壞。後來我真的把這個主意告訴伯父，給他大大訓我一頓，其中一個理由就是劉家香火問題，乃因此作罷。

在印刷工廠當雜役，相當消耗體力。離開伯父家去上班前，早餐例必在附近的小攤子打發，一碗清粥，兩根油條，未到正午，早已餓火中燒。如果不是家貧，中飯應在外邊吃頓好的。可是為了省錢，只好將就過去。鄰室動的是刀叉，這邊用的是筷子。一板之隔，頗有天堂與煉獄之別。

今天的聖類斯，據云已成貴族學校。如果三十多年前我通世事，當會給長老獻計：他們的膳堂，最好不與清貧子弟餐廳相連，以減少「階級仇恨」的滋生。

現今想來，出家人比我們吃得好，也是應該的事。一來他們身無長物；二來不近女色（動凡心者作別論），口腹之慾也是他們人生在世唯一的享受了。

三、的士公司接線生

在印刷廠做了一段時期後，承親戚之介換了差事：到計程車公司去當電話接線生。童工生涯，不算甚麼職業，因此嚴格說來這才是我第一件差事。月薪是一百五十元港幣，但沒有免費午餐。

大行的士公司總站設在半山般含道，香港中上階級的住宅區。五十年代初的香港，沒有傳呼器。客人要的士就打電話來，我們夥計就依司機老爺排隊的先後分發任務。

這份工作，給我上了社會大學的第一課。印刷廠的員工，大半與學校或教會有關，背景比較單純。吃計程車這行飯的，品流就複雜多了，尤其是司機老爺。那時香港拿到的士駕駛執照的人不多，競爭不大，小費的收入也相當可觀。這些人的教育程度，僅能看報紙。遇着生意清淡時，他們一夥人湊在一起聊天的題目，絕無例外：酒色財氣。

在聖類斯工場，每天「天主經」、「聖母經」聲聲入耳。一到這三教九流的地方來，平均每兩三分鐘就聽到「三字經」。說這兩個世界是雲泥之別，一點也沒有誇張。我當時能夠避免與他們「同流合污」，原因是拜了窮之賜。我的收入比他們少好幾倍，哪有資格跟他們同起同坐去打麻將？哪有錢陪他喝酒？去風流快活？

做童工時看到的貴族學校學生，都是中小學。他們吃雞蛋牛奶豬肝牛肉長大，粉臉真是吹彈得破。現在接觸到的輩份高多了：香港大學的金童玉女。那時的港大，不像今天那麼平民化；只要拿到入學資格，不須入校門一步，也會自覺身份不凡。

這些在全港獨一無二最高學府唸書的少爺小姐，有不少就住在附近。晚上若有舞會舉行，時見少年紳士淑女並肩款步前來要車。那時我剛過了十七歲。如果不是抗戰耽誤了小學四年，如果不是迫於環境而輟學，我自信一定可以考得上這家由港督做校長的大學，然後在香港社會平步青雲，討個瑪利諾書院畢業的小姐……。

這當然是白日夢。在聖類斯時的白日夢是做神父，現在是做港大學生；可見人長大了，夢的情節也變得現實。但一個初中也沒讀完的孩子哪有希望進大學？不說大學，連進專科學校也沒有資格。每念及此，頓覺前路茫茫。大行的士公司的「站長」（接線生的雅稱），除我自己外還有三位，都是三四十歲的人。由於年資的關係，薪水也比我高一二倍。

我當時想：如果我循規蹈矩的幹下去，十年二十年後，了不起也不過是由小站長升到老站長。難道我這一輩子在應對客人的呼喚中度過麼？「大行的士……羅便臣道二十一號。好，馬上來！」

的士公司的生意，最忙是上下班時間。晚上十一二時後，水靜鵝飛，鈴聲寥落。但這行生意既稱二十四小時服務，電話來時不問晝夜總得有人招呼。

二十四小時分成三個班次：早上八時至下午四時；四時至十二時；午夜十二時至明晨八時。

我剛上班時被派定的是第一個班次，因此生活相當正常，但也最忙了，難得有一分鐘自己的時間。為了同事間的方便，班次常常大家對調，因此有一個時期我也當過第三班。午夜十二時至明晨八時那一班，素來無人問津。道理很簡單：結了婚的人一當此班，家中再無天倫之樂。

但這段上班時間有一個好處：電話不響的時候，時間全是你的。

於是我自告奮勇接這一班。司機老爺只上早午兩班，只有一個例外：一個祖父年紀的公公。他選這個時間倒非甘心情願，奈何身體老謝衰殘，在黃金檔時間跑生意，怎搶得過年輕力壯的小夥子？

因此每夜過了十二點，這位公公就成了我唯一的同事。其實，大部份時間他上班也等於下班；因為他除非有客人電召，否則他一來就在車廂內蒙頭大睡。

這正合我意。每夜一時左右到第二天同事來接班前這六七個鐘頭，全是我自修中文英文的時間。那時凡在坊間看到甚麼「無師自通」或「自修生必備」這一類的書籍，一概買了下來。

半山燈火明滅。秋冬時分，若遇天雨，倍添蕭颯。車房不設閘門，若遇老翁司機出差，覆蓋間只我一人展卷吟哦。此情此景，頗似《列異傳》所載：「談生者，年四十，無婦。常感激讀詩經。」可惜的是，歷盡不知多少夜雨秋燈，始終未遇「女子正年十五六，姿顏服飾，天下無雙，來就生為夫婦」耳。

可見古時的鬼也比今天的多情。

誰料任何選擇，都有一利一害。晝夜顛倒的生活，損人健康，對發育年齡的孩子影響尤大。我寄居伯父家，無固定床位。我若早上八時下班趕回他家，伯母可能尚未起床，諸多不便。權宜之計是自置行軍床在車房閣樓上搭臨時鋪蓋。

在每兩三分鐘出車一次的車房內，怎好作臥榻？一來廢氣沖天；二來人聲馬達聲嘈雜。差不多有大半年時間，我沒有一天一覺連睡四五小時的紀錄。

生活晨昏顛倒，吃飯的時間也隨着改變。每天稍有營養的一頓，就是與伯父家人同吃的晚飯。人家消夜的時間，就是自己的「晚飯」——通常就是用玻璃瓶盛着伯父家的剩飯剩菜。

睡眠不足，再加上營養不良，我當通宵更不到一年，就患了初期肺病。

公司給了我一個月的有薪病假。幸好一來症狀輕微；二來治肺病的特效藥剛上市，承一位好心的「香港難民」——那時在《香港時報》當電訊翻譯的楊際光——給我注射，不到半年就痊癒了。

四、文書生涯

病後伯父介紹我到荷里活道一家文具書店去當「文書」。老闆是鄉下人，粗通文墨，但英文卻目不識丁。他的收入，現在想來，是靠翻印英國公司的中小學教科書（我說現在想來，因為我當年不識其中細節），只是那個時候英國人對付翻版商沒有目前那麼認真，所以他屢次也止於有驚無險。

我在那書店的工作，自稱「文書」，乃因捨此無以名之。原來老闆是請我去替他辦「洋務」的。洋務辦好後的空餘時間，再做舖面夥計。

這書店的洋務，大致分兩種：一是外埠顧客的郵購信件；二是到銀行去辦信用狀等事宜。這差事要勝任愉快，以香港的英文書院水準言之，得有高中程度的底子。

天曉得，我到這家烏有書店上班時，正規的英文教育，只有初一那年。即使加上「談生」式的感激夜讀心得，仍無把握能應付英文的八股文。但接線生通宵達旦的生活，不能繼續了。再說，文書月入二百，雖然以工作時間來說實在是因加得減，因為舊式生意人經營的店舖，抱的都是這種宗旨：薄利多銷，將勤補拙。舖面早上九時開始營業，晚上九時打烊。一年中除了農曆大年夜至初三那四天可以休息外，其餘時間都是老闆的。

但我仍是硬着頭皮去了。最少做夢的時間可以在晚上。至於能力是否勝任，決定走着瞧，一切兵來將擋。

這一步走對了。

且說我上班後第一個月，時間全花在查字典上。我買了好些「模範商業尺牘」之類的八股英文手冊，晚上同事鼾聲大作時，自己挑燈揣摩。起先看了，真是心驚膽跳；因為每隔一行，必出現一兩個生字。

可是過了兩三個月，我對自己的信心大增。原來天下的八股文都一樣，視之巍巍，就之藐藐。開承轉合都有一定的公式，仿似「文革」時的大字報標題和內容一樣，要保百年身，照抄《人民日報》就是。今天香港書信英文用的是哪一套八股，已無緣得知，但在我當文書的時代，「親愛的」落款以後，動不動就要「抱拳奉告」一番（we beg to inform you that...）。

如果今天我回頭再到烏有書店當文書，說不定我受不了八股之餘，會做些出人意表的事。記得當日有一北婆羅洲顧客，以英文來信購買小學教科書，信末附言竟有三個中文字《肉蒲團》。原來他要我們趁貨運之便，夾帶一本天下奇書給他。

當時我大概是以「小號缺貨」作答的。今天如能讓時光倒流三十年，覆件大概不會這麼等因奉此。說不定會加一句：「已向華南寺代查，容後奉告。」

商業信札和文件的生字，經常使用的實在有限。開始時我每天翻數十遍字典，以後漸入佳境，舉一反三。我學歷不足，貿貿然的替人家辦起洋務來，確是濫竽充數。但當時在香港政府搞「華務」的人，學歷雖然合格，文字卻成為後人笑柄。「行人沿步路過」和「如要停車乃可在此」就是政府文員的手筆。

在烏有書店拿了兩年薪水，我覺得非常心安理得。

兩年文書工作，使我悟出一個道理：求學也要擺背水一戰的陣勢。如果我因自己失學而失去信心，做事畏首畏尾，我可能在計程車公司終其生。如果不是為了飯碗關係而不得不苦修實用英語，我日後絕不可能以自修生的資格，通過甄別考試進入香港達智英專的第一屆會考班，而會考落榜的話，就沒資格投考台大。

五、黑市教師

說「背水一戰」，一點也不為過。烏有書店連老闆員工加在一起，上上下下有十餘人。識「番書」的，就是我這個半路出家的文書。偶有老外遊客迷路走進店來，被趕出去辦外交的也是這個文書。換句話說，所有洋務一手包辦。

這種成敗影響到個人生計的自修過程，最見效果。在書店工作了兩年多，伯父得老闆和另一朋友的投資開辦英文書院。我也離開書店，到學校去當以鐘點計酬的「黑市小學教員」。黑市教員是當時香港的特產，因為教育當局只承認香港、大英帝國及其聯邦的學位和文憑。在求過於供的情形下，這種「官方認可」的教員身價百倍。黑市教員於是應運而生。

吃黑市飯的教員，拿的多是「雜牌」文憑，種類繁多，不必細表。總之他們拿的薪酬與正統教員有天壤之別就是。

可憐我連一紙雜牌文憑都沒有。好在伯父當校長，各事可以包涵。就能力論，我倒覺得遊刃有餘，因為我教的是「小狗跳、小貓叫」的小學英文。這比起我在書店辦洋務時所需要的知識，簡直是小兒科了。

可是這口飯也不易吃，心理壓力奇大。原來黑市教員的地位，在官府看來與無牌小販差不多，都是犯皇法的買賣。香港市場在路邊謀生的小販，一聽說「差人來了」，就得「走鬼」作鳥獸散。無牌教員的命運也差不多，只是差人捉小販是突擊式的，而香港教育司的「視學官」畢竟是讀書人，在來視察前一般都會事先打個招呼。

因此凡遇「督學」（視學員）命駕出巡那一天，像我這類無牌教師就得遠避天威。「長他人志氣，滅自己威風」，可不是說着玩的，在我當時的環境說來，這是唯一求生之道。

在伯父學校打散工也有好處，讓我有空餘時間去讀英文專科學校。從一九五五至五六年，每天早上我上兩個鐘頭的課。五六年春末應試，順利拿到皇家認可的會考英文中學文憑。

一九五六年我入台大外文系就讀。大一英文第一次測驗，居然拿了九十九分。

這是我初一失學後到唸大一前「勤工儉學」的一段經歷。台大四年，靠僑委會的僑生津貼和稿費為生。一九六一年「兩袖清風」來美國唸研究院，其中酸楚均記在《吃馬鈴薯的日子》一書，因是舊話，不提。

六、家貧莫論親

除了在孤兒院長大的棄嬰，每個人總有親戚的。但親戚在個人生活所佔的地位，我相信在別的國家與文化中很難找到與中國宗法社會等量齊觀的例子。

劉姥姥拚命向賈府攀親，目的在借錢。她的苦心也說明了一點：朋友既有通財之義，那麼窮親戚更應照顧。如果她不牽強附會與鳳姐論親，怎好啟齒？

沈從文小說《蕭蕭》，傻丫頭被人誘姦成孕，男家不知如何處置，只好請蕭蕭的伯父來決定她的命運，看是沉潭還是發賣。

張愛玲的《金鎖記》，到兄弟鬧分家的時候，還是得由族長做主。

文學作品所記述中國姻親所扮演的角色，多得不勝枚舉。以前美國唐人街社會治安良好，無青少年犯，親戚的制衡作用居功至偉。「六親不認」可作兩種解釋：一個是你不認六親；也可說是六親不認你。在舊社會中，六親不認你不但使你無面目見江東父老，而且斷絕了你窮途末路時可以投靠的門路。

這種制衡力量，等於封建時代的父權，是經濟的壓力高於道德上的裁奪。

隨着社會結構的變化，婦女和年輕人經濟的獨立，父權和親戚的地位也因此式微。今天的姑婆叔伯輩，來到子姪家作客，若不自重，說不定被主人掃地出門。

但這些都是七八十年代才有所聞的變故。我做孩子時，是四五十年代。長輩吩咐一句，哪敢說個「不」字？

父親的兄弟實數有幾人，不大了了，至今印象猶深的就是他一個哥哥、姊姊和弟弟。他的哥哥就是我在第一節提到的伯父。因為我和我的弟弟自小寄養在他家，所以也因他的關係體驗到中國親戚的各種嘴臉。

本來，伯父也是親戚。因自己的父親不成器，把兒子託管，伯父也只好替他的弟弟盡父職了。我的伯父應該是個有上進心的人。祖父把家財散盡後，無法供養伯父唸書。他在洋行當工友，自修英文。

伯父在甚麼情況下娶伯母的，那時我尚未出生，無由得知。不過，照我童年得來的印象重組再加上後來的推想，伯父這樁婚事，準是窮家子力求攀龍附鳳的結果。

原來我伯母是富家女，自小體弱多病，兼患重聽。她父母答應把女兒嫁到劉家，我猜條件之一是：讓她獨身的姊姊也跟着「過門」，終身看護她妹妹。

我的姨母（伯母的姊姊）是虔誠天主教徒。據說年輕時患過惡疾，群醫束手，眼看沒希望了——誰料及時「看到」聖靈顯現，跟着病也好了。以後立志在家修行，終生不嫁。

稱伯母的姊姊作姨母，也僅是一種習慣。這等如今天港台老一派人的家庭，小孩子都叫父執輩的人為叔伯阿姨阿嬸一樣，並不計較血統關係的。我這個姨母在伯父家庭的地位，遍查中國文學作品，未見前例，只好由我道來。

抗戰軍興，她跟着我們到大後方。勝利後回到香港，她也以陪伴妹妹為名搬到伯父家。我的伯母推說身體不好，一輩子沒有做過事。我的姨母是她終身的看護，也沒有為社會盡過甚麼公民的義務。反正她們姊妹二人享盡先人餘蔭，有自己的「私房錢」就是。

我想古人有資格享齊人之福的，應是小康以上，最少應有能力把兩個女人分成兩頭住家。我伯父沒有齊人的福氣，卻備嘗兩女「侍」一男的苦楚。原來這對「姊妹花」除了晚上不得不分手外，白天確是形影不離。她們兩人聚在一起，談的不是東家長就是西家短，總之題目與心智活動毫無關係就是。

伯父既接受了這種「護航」式的婚姻安排，每日要受精神上的疲勞轟炸，刻薄點說是咎由自取。可憐的是我和弟弟。伯父為了躲開是非之地，除了晚飯和就寢時間不得不留在家裏外，整日不見影子。

姊妹花有見及此，「煮酒論英雄」的節目也就排在吃晚飯的時分。

「東家長」準是她們娘家的人。某某「舅父」怎麼春風得意了。某某「表哥」的生意又怎麼一本萬利了。

「西家短」，不必指名道姓，就知是衝着我伯父、叔父和我父親而來。剛好他們兄弟三人都是中小學教員，因此「教書無用論」一下子就成立了。

「讀書有甚麼用？還不如早日出去打工，說不定學到一技之長。」如果這是伯母說的，姨母就在旁邊唯唯。

如果這是姨母說的，妹妹就會附和說：「阿姊，你說得有理。」

伯母的娘家是生意人，難怪她姊妹倆瞧不起吃文字飯的人。

我和弟弟因為自小無家，心理特別早熟。她們含沙射影的話，句句聽得懂。於是我們一邊用筷子撥飯，一邊強忍着承在眉睫的淚水。

我們兄弟倆只有在夜闌人靜時，蒙着被窩飲泣。

如果這是後母的折磨，那也只好認命了。可是我和弟弟受的苦，都是家貧強認親的惡果。好幾次，我想到離「家」出走——到孤兒院去要求收養也好、到街邊去討飯也好，總勝於在伯父家受精神虐待。但一來我不願意讓伯父傷心，二來不忍讓弟弟更見形單影隻，乃作罷論。

「讀書無用，打工有理」的現實終於在我唸完初中一那年降臨。

伯母的娘家有開計程車公司者。她們姊妹說個情，我就在般含道的大行的士公司上工了（一年後我弟弟也輟學，在九龍的大來的士公司打工。大來大行都是余家的產業）。我這個老闆的「親戚」，負責的是接電話和記下司機老爺每次回到總站時報上來的路程哩數。

我的薪水與他人無異。看來「親戚」網開一面的地方是不以我年紀小而破例聘用。

這種大資本家的「親戚」，平日自然不會有幸見到面。可是我伯母有一個姊妹確是明媒正娶嫁給我老闆的，因此每到農曆年，以伯父為首的拜年團就以朝聖的心情「認親戚」去。

到了余家，我和弟弟循例善頌善禱一番後，就自動靠邊站。余家沒設簾子，但大老闆親戚的音容舉止，現今想來，確有幾分垂簾聽政的味道。他一個人大剌剌的半躺在沙發上聽稟。「姊妹花」當然扯着「自己人」閒話家常。伯父呢，在旁有一搭沒一搭的應酬着。生意人的家底你無法猜透，但中學教員身價若干是個透明的數字。

在余家哪有我伯父說話的餘地。他攀龍附鳳的如意算盤，如果沒有太平洋戰爭，說不定可以因裙帶關係一帆風順。但日本人一來，他苦心經營的關係也隨之中斷了。

可是與富家女成親的後遺症卻害了他一輩子。今天男女平等，也許再無門當戶對這種觀念了。但戰前的中國社會，「妻憑夫貴」確是天經地義的事。伯母有資格道東家長西家短，無非是她覺得真的「下嫁」了伯父。

做男子在家裏矮人一截，在親戚輩中自覺寒酸，實難想像怎樣去養「浩然之氣」。如果「女權主義」讀者看了這句話不舒服，我也沒辦法。我決不肯為了適合潮流而講假話。

伯母伯父先後作古，姨母進了修道院。二十年後思往事，猶有餘悸。平心而論，伯母姨母都不是壞人。站在伯母的立場說，她也許會覺得我不爭氣的父親把兩個孩子「寄養」在她家，是強人之難。事實也如此。

今天事過境遷，我和弟弟都不會記恨。她和她姊姊給我童年所造成的種種創傷，都可以原諒；因為她們似沒有義務替別人管教孩子。

最不原諒的是生而不養的父母。

我的母親是受不了我父親的脾氣而離婚的，至今生死不知。如果偉大的母親是不惜一切個人犧牲而護衛自己的孩子，那麼我的母親不夠資格。如果人生的目的是像美國憲法說的追求一己的幸福，那麼她拋棄了我們，也是情有可原；因為我父親一不如意就動粗的性子，實非常人所能忍受。

我和弟弟今天心理還能保持正常，多少是個異數。

「家貧莫論親」。強攀關係，自取其辱，這是我從我伯父一生取得的教訓。

七、朋友是熱的好

「樹欲靜而風不止，子欲養而親不在」，是人生一大憾事。同樣，落難時受人恩惠，一時無以報之。日後自己境況轉順，故人要不是音訊渺然，就是墓木早拱，這也是憾事。

李歐梵與我論交三十年，情同手足，可是兩人出身不同，對人生的體驗因此亦有不少懸殊之處。他有時打趣說：「你寫的小說，情到濃時，不是男女關係，而是哥兒倆肝膽照人的時分。」此說是否屬實，我自己不便作解人。但得馬上聲明的是，周邦彥「少年遊」的境界，我一樣神往，可惜功力不足，無法達意而已。

我在小說甚至學術論文中對友情這個題目始終念念不忘，也無非為了念舊。幫朋友忙，不必傾家蕩產，只要時機適合，有時舉手之勞就會令對方感激終生。就拿我自己說，十六歲那年因在計程車公司工作，夤夜顛倒，得了初期肺病。照當時情形看，一個沒爹沒娘的孩子，在無勞工保險的制度下，一切只得聽天由命了。也許是我命不該絕，因投稿到《香港時報》副刊的關係認識了楊際光（詩人貝娜苔）先生。他當時在電訊組做翻譯，得知我身染「惡疾」，安慰我說：「孩子，別怕，新藥剛上市。我給你注射一個月就會好的。」

際光畢業於上海聖約翰大學，在香港的身份是難民。《香港時報》的稿費不高，我猜他做翻譯的薪水也一樣菲薄。他不但當了我的「密醫」，而且針藥也是他掏腰包買的。這份情誼，是雪中送炭。

一個既無「黨的奶水」可喝，又無祖宗餘蔭可享的孩子能夠長大成人，全仗朋友提攜。我從香港來美的船票和華大第一學期的學費，是靠朋友的血汗錢幫忙才對付過去。後來由華大轉學到印第安那，本擬坐灰狗，恩師濟安先生說：「坐飛機吧，不足之數我補上。」

際光兄至今行蹤不明。濟安師作古已二十多年了。他們兩位對我的恩情，大概全沒放在心內，可是我時刻溫暖在心。大概少年失學，正經書沒唸多少，反把江湖上的規矩視作金科玉律。甚麼「有仇不報非君子，有恩不報枉為人」、「得人恩義千年記」這類的「格言」琅琅上口。後來讀舊小說，始知這也是「傳統文化」的一面。

朋友幫上了忙，我固然感謝，但有意幫忙卻有心無力的，我一樣記懷於心。

一九七二年我在新加坡大學當英文系「高級講師」，衣食無憂，但忽然心血來潮，要重回美國。於是函電交馳，託朋友找事。不少信件石沉大海。交情不夠，也不足為怪。最令我感動的卻是一位當時素未謀面的朋友：董保中教授。他為我到處奔走，雖然最後還是因為自己資歷不足，白費了他的心血，但他急人之急的古風，確教人難忘。

讀太史公《報任安書》，唸到「家貧，貨賂不足以自贖；交遊莫救；左右親近，不為一言」一節，驟覺寒氣迫人。怪不得他對「以武犯禁」的遊俠這麼偏愛！經綸滿腹的司馬遷用春秋之筆時尚難免「感情用事」，今人為了知恩報德特別為朋友說幾句好話，我想也是人之常情耳。

觀其文知其人，太史公最受不了的大概是不冷不熱的朋友。我「不幸」也有這種脾氣。談吐四平八穩，做事面面俱圓，這種人不容易樹敵，但決非性情中人。平生知己，都是愛恨分明的人。

男人交朋友也像女人選丈夫一樣，有「遇人不淑」的時候。這方面我經驗特別豐富。以前聽某甲對我說某乙對他怎麼怎麼不是，「義憤」即湧於胸際，把某乙也看作自己的敵人。誰料下次應酬場合，某甲一見某乙進場，即把自己甩開，一個箭步上前與對方擁吻一番。

以世故的眼光看，這是我「吃虧」的地方；但我不這麼想。一個自己曾引為知己的人這麼容易就露了原形，正是我的福氣。一天只有二十四小時，少了一個人記掛，就節省了一些寶貴的光陰去做別的事。

自己對朋友披肝瀝膽，日後對方出賣你呢？那沒辦法，只恨「有眼無珠」就是。交朋友要嘛是全身投入，要嘛是「保持距離，以策安全」。

第一至五節原載《中華日報》，一九八六年六月三日
第六節原載《聯合報》，一九八六年五月二十七日
最後一節原載《中國時報》，一九八六年七月二十七日

能不憶香江

五十年代初，我因家境貧困，小學畢業後就開始做童工。第一份差事是聖類斯中學的印刷場。一年後承遠親介紹，到大行的士公司般含道站去做電話接線生。我當的是凌晨到清早的夜更。工作可說清閒，因此有不少時間自修。我日後寫稿賣文的生涯，也自那時開始。

第一篇稿發表於《中聲晚報》副刊，並因此認識因戰亂流亡香江的北方知識分子張葆恩先生。那時我這個十來歲的「香港仔」，有緣到鑽石山去體驗趙滋蕃小說描繪的那個《半下流社會》的生活，也是葆恩先生引介的。

第一篇文章發表後，信心大增，於是繼續爬格子，分寄《香港時報》和《新生晚報》等副刊。

五十年代的香港，大家也像今天一樣忙於生活，不過拍子可慢多了。不消說，人與人之間的關係，也親密得多。我跟葆恩先生無親無故，年齡又差一大截，可是每次見面，他總是那麼熱情，那麼誠懇，那麼毫無保留的接待我。

我在一九五六年到台灣上大學前，所交的文人朋友，說也奇怪，大部份都是香港人所說的「上海佬」。

其中有李雨生，筆名路易士。他的小說，比李歐梵筆下的范柳原還要「浪漫」。記得有一篇是這麼開頭的「小姐：這是一封陌生人給你的信，他要向你傾吐他的心聲，伸訴他的願望……。」

事隔四十多年，細節渾忘了，只是開頭一句連文字的次序也不會錯：「小姐：這是一封陌生人給你的信……。」

因為印象良深，因此過目不忘，由此可見男生給女生寫情書的衝動，是老一輩人「偉大的傳統」。認識的固然要寫，不認識也不怕冒昧，照樣以文字「交心」。寫情書完全是自動自發的心智活動，因此會比寫甚麼備忘錄或讀書報告之類的入世文章來得更認真、更用心。

如果說今天香港學子語文水平江河日下，無他，因為寫情書這偉大傳統早已式微。

李雨生小說那位「陌生人」要結交的小姐，原來是韓國人，因韓戰流落香港。故事怎麼結果，已不復記憶。

因九七回歸帶動，好些香港學術團體和大專院校，近年對香港文化和文學的整理和研究，已投入不少人力物力資源。

像李雨生這一類「過客」，算不算香港作家，在學術上是個糾纏不清的問題，但他們以香港作為想像凝聚點和在香港出版的作品，絕對是研究五六十年代香港文化不可或缺的資料。

說張愛玲或施叔青是香港作家，有臉上貼光之嫌。也有點強人所難。但若把她們著作中反映香港經驗的部份收入香港文學大系，應該名正言順，因為她們跟香港這塊地方有過一段因緣。

五十年代初在香港認識的，還有詩人貝娜苔，也就是當時在《香港時報》電訊版當翻譯的楊際光。

際光兄是名副其實的「上海佬」，聖約翰大學畢業。我幼失怙恃，今天能自立，從小靠的就是朋友的扶持幫忙。我在大行的士公司工作不到一年，患初期肺病。際光兄得知，囑我定期到《香港時報》的編輯部找他，給我注射當時上市不久、我自己買不起的特效藥。小命能撿回來，際光這個「密醫」於我，說得上「恩同再造」。

六月份《香港文學》見際光文〈李維陵描繪的香港面貌〉（根據作者給我的原稿副本，此文原題是：〈純境的追求〉。）

我是看了他的文章後，才想到〈能不憶香江〉的。開頭的幾百字，肯定了詩人貝娜苔與香港的關係：

> 是杜鵑落盡的樹？颶風中站不定的腳？
> 還是挖掘不出鑽石的山？末代皇帝的懸崖？
> 為甚麼我這麼緬懷着香港？
> 「昨夜我又歸去。」女主角那麼容易在電影中重回家園？
> 我為甚麼那麼難以踏上夢中歸途。
> 「故國神遊，多情應笑我，早生華髮。」
> 我的滿頭白髮，也源於對舊地的追思嗎？
> 其實，在我所經歷的漫長歲月中，香港只佔不長的階段——差不多十年。

而且，離開的時候，一點不感惋惜，反而覺得輕鬆，如同排除了滿耳喧囂，洗脫了周身銅臭。

可是，離得越遠，走得越久，香港猶如一佳釀，越能發揮它的魔力，深深吸引着我。

像貝娜苔這類五六十年代在香港活動的「南來作家」，為數不少。中文大學盧瑋鑾（小思）教授和其他學者專家，已就此問題研究有年。我個人覺得，在中國現代文學的領域中，香港文學最易識辨的特色，應是我們不拿以申請身份證的標準去界別作家的身份。

李歐梵原是河南漢子，受教育於台灣和美國，現在是「旅美學人」。但他對香港情深款款。最近的文章，更把香港擬人化：「住了六個月，開始對你有點認識了，卻又不得不離你而去，當然感觸良多，又不知如何寫起。」

他的《范柳原懺情錄》，台灣出版，但對香港流露的情感，比張愛玲的〈傾城之戀〉更地道、更濃得似酒。

李歐梵教授因此也是香港作家。

只要立論有據，我們盡可用這種有容乃大、兼收並蓄的方針去編選香港文學大系。

這麼一個大系，相信會多彩多姿。

原載《信報》，一九九八年八月十一日

皮匠詩人

我應該是在一九五一至五二年間認識楊際光先生的。認交的細節，不復記憶。只記得那段時期我在半山般含道大行的士公司當通宵更電話接線生，閒時埋頭苦讀，立志做文藝青年。文稿在《中聲晚報》發表後，認識了副刊編輯張葆恩先生。他是「大陸流亡知識分子」，家居鑽石山。

際光兄當初「流亡」到香港時，也住過鑽石山。說不定我第一次跟他見面，就在流亡知識分子「相濡以沫」的社交場合。

除了際光外，我還在這種場合認識了《人生》雜誌的王道先生和以路易士筆名寫小說的李雨生先生。

今天特別令我記懷的是際光兄。

那時他在《香港時報》當電訊版翻譯，閒來寫新詩，以貝娜苔筆名發表。

我在的士公司當的既是通宵更，午後那段時間空着，就經常到他報館去找他聊天。他總帶我到報館附近的六國飯店喝咖啡。對了，他喜歡抽 Salem 牌子的薄荷煙。

我們一個「上海佬」、一個「香港仔」，教育背景懸殊，見面時以甚麼作話題，今天全無印象。

際光比我大八九歲。論年紀，談不上代溝。論身份，倒有一大段距離。他出身上海聖約翰大學，而我在聖類斯中學讀完小學後，再無升學機會。五十年代香港，只有一所大學。際光單憑名牌大學的身份，已教我艷羨不已。在我眼中，他是「流亡貴族」。

在工作上，他是報界的專業人士，而我是接線生。

難得的是際光一點「階級」觀念都沒有。每次見面，總是那麼熱情，從不因我出身寒微而慢待過我。其實，他若不想花時間在我身上，乾脆避不見面就是，根本用不着敷衍。

十七八歲青少年捱更抵夜去當班，加上營養不良，在健康上是要付出代價的。我因此得了初期肺病。

我把消息告訴了際光。他安慰話說過後，馬上就採取行動。那時剛有治肺結核的特效藥上市，價值不菲。我在的士公司的月薪是一百五十元。際光知我負擔不起，二話不說就給我買下，還私自當起「密醫」來，給我注射。

藥石有靈，我不久就康復了。

一九五六年我離港赴台升學，際光亦於五九年到了吉隆坡工作。一別十多年，直到七一年我應聘到星加坡大學任教，大家才有機會再見面。

際光在馬來西亞的華文報紙和電台服務了十五年，毅然舉家移民赴美，開始了一段在我看來相當傳奇的生涯。

且引用他〈在美國做皮匠〉的幾段話：

> 我初到美國時，已五十歲，以我的年齡，以及我寫作、報紙、廣播的背景，很難找到工作，即使找到，也不易餬口。於是在我親戚小外賣店幫忙之餘，就去找到一個義務的職業訓練所。那裏的一位黑人教師說，最容易找工作的應該是醫院護士助理，而且工資也不錯。於是，我就報名入學。六個月讀完了，老師覺得我成績不錯，應該「深造」，又介紹我考到獎學金，進入附近兩年制的社區大學。
>
> 到選科的時候，一位猶太教授對我特別親切，說可以進他剛開始的義肢糸。這種行業，人才極少，而且將來可以自己創業。
>
> 就這樣我就開始學做義肢，多半在附近退伍軍人醫院實習。讀完以後，教授介紹給我一個老皮匠，認為可以利用他的機器，兩人合作。這位老皮匠正好因為市區治安不寧（他兩次被搶），準備搬場，於是把鞋店讓給我，又教我如何修鞋。
>
> 我修鞋的一點技能，全是他教我的。我們也因此成為朋友，他和太太幾年前相繼去世，到現在我還跟他女兒保持聯繫。
>
> 我一面修鞋，一面做些跟義肢有關的殘廢人鞋子改製工作，一做就做了二十年。

際光這篇文章，成稿於一九九六年九月二十三日。他開的 Romulus Yang Shoe Repair，位於紐約州小鎮 Poughkeepsie。

我花了幾百字的篇幅引他的文章，因為一來覺得書香世家的貝娜苔，搖身一變而為美國的

「補鞋佬」，這段經歷，饒有「教化」意味。詩人、報人、廣播員、外賣店跑腿、醫院護士助理、義肢專家、皮匠。耳順之年，還願意翻這麼大的筋斗，直教自己「脱胎換骨」，際光的一生，可説是讀書人自食其力、能屈能伸的縮影。

除此以外，我引際光以上幾段文字，還有一個原因：觀照他的為人。初認識他時，他不滿三十歲。我跟他非親非故，可是他一知我有困難，馬上伸手相扶。現在讀了他在美國做鞋匠的故事，才知道他「平生肝膽，因人常熱」的性子，風雨三十年，依然沒改。

Romulus 是傳説中的羅馬城建造人，戰神 Mars 之子。我旅居美國三十多年，也許孤陋寡聞，從未聽過有洋人叫 Romulus 的。

對慣取 Joe、Ann、John 為名的美國人來説，Romulus 本身已是別開生面的名字。落在一個華人身上，更不可思議。相談起來，發覺這個來自中國的「補鞋佬」，不但知書識禮，興致來時，還可以跟你談莎士比亞，把人生看作 walking shadow。

怪不得他的顧客中「高知」不少：有律師、法官、大學教授和其他專業人員。一九九七年五月二十一日他在 Poughkeepsie 的舊識給他餞行。這一天，市長 Colette M.Lafuente 明文宣佈為 Romulus Yang Day。

當地報紙，事前事後都發了新聞。在各種「祝詞」中，話説得最得體的是 George D. Marlow 法官：「你是皮匠詩人的典範。我不會忘記你的。你的詩作，不限於筆墨。你日常的言行操守，本身就是詩篇美麗的語言。」

際光的顧客中，身份較為複雜的，自然也不少。其中一個是「騎單車的妓女」。一年聖誕節，他送了一雙絨製的紅白小熊給她，令她感懷身世，回了一張漂亮的聖誕咭，感謝他不因她的身份而把她「當作陌生人看待」。

這位風塵女子，有時跟他十元八塊的借錢應急，但過後一定歸還。

際光也是升斗小民，解囊悉損，無此能力，但對身邊人的關懷，處處顯出痌瘝在抱的精神。

Marlow 法官「表揚」他的話沒錯；他笑容溫暖，行為令人感奮（uplifting demeanor）。

此文該引際光的話作結束：「有一個黑人女子，跟我交往十多年，有一次，她把腕上的疤痕給我看，說曾幾度企圖割腕自殺，都獲救活……，她常說，除了養母偶爾跟她通個電話以外，我就是她世上唯一的親人。」他的脾氣，真的絲毫沒改。

原載《香港文學》，二零零一年四月號

美麗的格言世界

上了六七十歲年紀的人，都是唸着聽着格言成語和諺語長大的。小學課文，教我們當知盤中飧，「粒粒皆辛苦」。

勸學的文字，更多不勝數。「白日莫閒過，青春不再來」。你還是當耳邊風？那麼，聽着：「少壯不努力，老大徒悲傷」。你怕不怕？

我和弟弟小時受祖母看顧。她老人家不通文墨，但中國民間智慧，世代口舌相傳。因此她雖不讀詩書，亦深信「平生行善天積福」，善惡到頭是終有報的，「高飛遠走也難逃」。

老人家看到小孩子終日只知吃喝玩樂，當然痛在心頭，情急之下就以「書中自有顏如玉、書中自有黃金屋」的前景來引誘我們。

可惜小學生對金屋藏嬌的福份興趣乏乏，還是依然故我遍體鱗傷的去玩官兵捉強盜。阿嫲（我們對祖母的稱呼）氣得發抖。自己的骨肉，又不好破口大罵，只好對着我們跺腳，賭氣的說：「教曉你哋都家山發呀！」

老祖母的宇宙觀，是秩序井然的。一分耕耘，一分收穫。「生於憂患，死於安樂」。這種道理，她深信不移。

夏濟安先生在世時，常跟他遠在美國的弟弟夏志清先生書信往還，談讀書心得。一九五八年六月二十四日他自台北發的一封，說到正計劃寫一本論中國傳統小說的書，名叫《風花雪月》。茲錄其中幾段：

最近看《拍案驚奇》，此書與《古今奇觀》相仿，並沒有甚麼了不起。但是我發現中國小說很明顯的假定兩種秩序。

一、social order——倫理的正常（倫常）與歪謬。勤苦的書生中狀元。innocent love 與淫婦。清官與貪官。小姐與丫嬛。忠僕。俠客。

二、cosmic order——命運。投胎；冤冤相報、從玉皇大帝到城隍土地的 hierarchy。求觀音必有靈效。動植物成妖、枉死者有冤鬼、冤鬼必能為自己報仇。

濟安先生所說的 social order，正是我阿嫲信奉的「社會秩序」，因此她苦口婆心的要我們勉力做勤苦書生，希望日後中狀元。

我祖母當然相信枉死者有冤魂。她那輩人所認同的 cosmic order，與元劇《竇娥冤》的道德世界一脈相承。天道是好還的。竇娥這個苦命媳婦含冤而死，老天爺就六月下霜雪為她伸冤。古書不是說過麼？「善有善報、惡有惡報、若還不報、時辰未到」。真的不可以做傷天害理的事呵！阿嫲彷彿喃喃自語道。

格言代表一種信仰。我小學畢業時老師在我的紀念冊上留言：「人生就像一杯白開水，要酸要甜由自己。」

老師是讀書人，大概不會像我祖母一樣篤信鬼神。但他那代人相信勤可補拙，相信where there is a will, there is a way。要不然他不會在我紀念冊上寫上那麼樂觀的話。

四五十年前的世界，沒有拉登、沒有塔利班、喝酒不會染肝病、抽煙不會患肺癌。那時候，小學生齊集操場，望着國旗引吭高歌：「雲山挺秀，珠海流長，中華民族，為世之雄。創業維艱，先烈建民國，守成不易……。」

那時候，那時候……。

後記

稿成後傳真給我弟弟劉紹綱過目。他回應説，依他記憶，我們四十年代在廣州小學唱的那首歌，歌詞與我所引有出入。他記得是這樣的：「雲山挺秀，珠海流長；紅棉聳峙，瑞現五羊。革命策源地，黃花晚節香。……」

四十多年前雲影舊情了。如果他記憶的版本是對的，那麼這幾十年來一直在我腦海中盤旋的句子，「中華民族，為世之雄。創業維艱，先烈建民國」，究竟是從「深層結構」中哪度空間浮現出來的呢？

謹此附識。讀者諸君或有明以教我者。

不羨神仙羨少年

對一個地方和一個時代的情感，因人而異。就拿公元五十年代的台北來說吧，五六十歲的人追懷往事，也因身世背景不同而大異其趣。「原鄉人」與「阿山」的看法，諒難起共鳴。社會地位與經濟能力之懸殊，當然也一樣影響對客觀環境的感受。

要憶述三四十年前台北的紅塵舊事，是沒有甚麼全知觀點的。

我一九五六年從香港到台灣唸大學，身份徘徊於原鄉與阿山之間。籍貫雖屬「外省」，但一來父母沒有在台落戶，二來書唸完還是要走的，當阿山還不夠資格。

除非過去有過痛不欲生的經驗，否則懷舊總有嚼橄欖的滋味。寫到這一句時，我忽然想到，當年在台大宿舍吃飯，三月不知雞味等閒事矣，但一拿到稿費到新陶芳吃鹽焗雞，真有「夕可死矣」的痛快。

這十多年台灣經濟發達，此物已成凡品。別人不知怎樣，但我自己老覺得，這種德禽的模樣，與我三十多年前看到的並無二致，只是味道變了。查詢之下，才知飯店用的料，可能不是「雞聲茅店月」時代的家禽，是美國運去的不見天日的代用品。既不見天日，當然沒有機會舒展筋骨，更難在田間吃到如小蟲之類的野味了。今不如昔，真個今不如昔。

回想起來，五十年代的台北，連細菌也較今天有人情味。不是麼，窮學生晚上看電影回來，上館子吃宵夜沒資格，但在路邊喝兩塊錢一碗的蛤蠣湯，倒是能力所及。幾片葱花薑絲，漂浮其中，甚麼燕窩魚翅也不讓。

三十多年後反思，那個我們常光顧攤子的老闆娘，把我們用過後的碗筷，在她旁邊小桶子內的水順手輕輕一漂，就算「衛生」過了。攤子附近沒有水龍頭，猜想那小桶清水，從一而終，到收市時必成甘露。

說也奇怪，這蛤蠣湯吃了四年，可沒甚麼病痛。肝炎細菌來得窮兇極惡，大概始於台灣經濟起飛，闊得可以吃史前遺蹟娃娃魚的時候。

今之視昔，就是時髦話「走過從前」。假若拿衣食住行標準說，我想最教人撩起思古幽情的是交通。五十年代中葉，台大門前的馬路，牛車與巴士爭道。交通工具落後是落後了，但那時候與朋友約會，守時有十足把握。腳踏車三輪外，還有公車，幾點鐘開、幾點鐘到，一點也不含糊。

台大四年的生活鱗爪，我已在《吃馬鈴薯的日子》中略有交代，這裏不擬重複自己。無論就知性或感性來說，我在台灣過的四年是畢生難忘的快樂日子。以前大學英文老師給學生作文，愛出「如果我再做新鮮人」這類題目。也就是假定了人生難免有憾事，雖然於事無補，也讓你在文字上補過一番。

就我個人而言，憾事多多，絕非限於大一那年。如今想來，在台大唸書幾年憾事之一是生活圈子未能超越於僑生宿舍的範圍。僑生宿舍是當年靠美援蓋起來的，雖然是八人一房，但設備總比舊宿舍的木樓房子「現代化」。

住的環境既比一般同學高人一等。還有甚麼遺憾?這就是我上面說「如今想來」的道理了。僑生宿舍房客盡是僑生。以當年的比例說，十之八九都是香港澳門來的。像詩人戴天這種來自非洲毛里求斯的稀客，百中無一。港澳僑生麕居的地方，「官方語言」因利乘便是廣府話。到了「外省」，一下課回到宿舍就聽到鄉音，在當時的心態而言，異常「振奮」。現今檢討，是一種無可補救的損失。我來自香港，室友和宿舍內十之八九的同學也來自香港。他們的語言、生活習慣、甚至價值觀念都是我所熟悉的。既到台灣來求學，就應爭取每個吸收新經驗的機會。我在僑生宿舍的天地，仿如在美國唐人街居住的香港或台灣的老移民，壺中歲月盡是衛星電視和方城麻將，頗有「闖進小樓成一統，管它春夏與秋冬」的味道。大部份的生活與本地人隔絕，台語無從學起，更無法了解他們的思維和經驗。如果不是因緣際會認識《現代文學》諸君子，其中有陳若曦、林耀福，那麼台大四年可能交不到一個「本省」朋友。五十年代的台灣，二二八悲劇鮮為人提起，但我個人的感覺是，一下課後「本省」、「外省」、「僑生」各種背景和語言類似的同學，總習慣各走各的路。

也許這是自然的事。僑生無家可歸，只好回宿舍說「鄉音」，相濡以沫。至於本省、外省同學，除了上述的文學同好，少見聚會一起。這也許是我的錯覺，也許是各人心中仍存着不幸的歷史陰影。

一般廣東人說的國語就是籍貫的註冊商標。在本省同學眼中，因此成了如假包換的外省人。可能因此關係，同班同學一百三十多人，經常跟我保持聯絡和請我到他們家玩的，是清一色的「阿山」。這是我至今引以為憾的事。

如果今天由我選擇僑生宿舍和在外邊租房子，我當然會選擇後者，理由前面已說過了。但在當時環境和條件而言，這是不大可能的事。僑生宿舍究竟要不要付宿費，已不復記憶。即使要付，我想也是象徵性的。到外邊租房子，房錢以外，還得自管伙食。當年宿舍一天三頓，僅收一百五十元，自己燒飯，想必不止此數。

台大四年，我是靠四、五十元千字的稿費自食其力，日常開支，差堪應付，絕不會有能力離開學校過「個體生活」。

今天覺得住僑生宿舍的生活，是一種遺憾，無非浪費情懷使然。究竟「離群索居」四年，會否因此學會些粗淺的台灣話？多交些陳若曦和林耀福以外的「本省」朋友？也實在難說。台灣話今天還是「嘸宰羊」，但自離開台大後，所結交的「本省」朋友幾遍天下。除朋友外還有「本省親戚」，真是當年做夢也夢不到的事。

從前是走不完的。此文溫故是為了知新。今不如昔的滄桑感，情緒多於理智。如果每個時代的人都覺得從前比今天好，那麼桃花源的境界得要追溯新石器時代。以傳統孝道觀念看，五十年代的孝子自然比今天的多。但以人權眼光看呢，結論近乎殘忍。因為傳統孝道式微之日，正是人權聲浪高漲之時。古時的人要盡孝，不得不盡量消滅自我。今天縱有蠻不講理的父母，也再沒有百依百順的兒女了。隨着時代進步的事物，要復古也復不起來。

總括來講，在記憶中的四年台灣歲月能教人思之念之，主要與年紀有關。年輕人心態開朗、渴求新經驗，雖禁不起挫折風浪，但相對而言，也比中年人和老年人容易得到滿足。交到一個新朋友，可以興奮半天。在校園內若得甚麼系花班花回頭看你一眼，就馬上騰雲駕霧，飄飄欲仙。因此我想今不如昔的感覺，多少是老態併發症的徵象，禪心漸成槁木的過程。

三十多年前新陶芳飯店上桌的鹽焗雞，用的即使是不見天日的雞隻，相信在少不更事的嘴巴吃來，一樣會齒頰留香。

年紀輕真可愛，怪不得人家說「不羨神仙羨少年」。

故國・喬木

我在香港出生。七歲時，香港淪陷後不久就隨家人往內地逃難，躲日本鬼子。香港炮火連天時，張愛玲親歷其境，後來以散文〈燼餘錄〉記述一些身邊事，又以小說〈傾城之戀〉演繹一段亂世男女的愛情。這兩篇文字都沒有正面提到日本人怎樣看待「傾城」後的香港人。「皇軍」進城時我年紀雖小，但好些經驗，雖然零碎，卻終身難忘。我記得晚上時有「皇軍」帶着翻譯挨家抵戶找「花姑娘」。也記得街上的交叉點設有「皇軍」的站崗，你路過時得連番作深鞠躬。稍有差池，拳腳交加後喝令跪下來「示眾」街頭。這些景象，小孩子看在眼內，只識驚怕，但不會有甚麼國仇家恨的感受。

抗戰勝利後我和弟弟在廣州唸小學。還記得是市立第六小學，又名漢民區第一國民學校。我們一班小朋友，早上第一件事就是行升旗禮：「看國旗在天空，飄飄蕩蕩趁長風，為我中華民族爭光榮。願從此烈烈轟轟……」。這是國旗歌的開頭。我們也面對國父照片唸遺囑，「矢勤矢勇，必信必忠，一心一德，貫徹始終」。然後禮成。

一九四八年小學畢業到香港。廣州的市立小學是沒有英文課的。我回港時一個英文字母也不會唸。能在聖類斯中學重讀六年級，是一位親戚要求神父特別開恩的結果。還記得在聖類斯第一節的英文課是 Ali Baba and the Forty Thieves，拿在手上如捧天書。幸好香港親戚都多少讀過點「番書」，課後經他們提點，終於看懂了阿里巴巴這個樵夫，怎樣從大盜口中取得開啟寶庫成為富翁的故事。學期終了，英文課僥倖過了關。

在聖類斯不用參加升旗禮，但晨早起床第一件事就是望彌撒。跟同學一起背誦的，是〈天主經〉、〈聖母經〉和〈䭾靈經〉。吃飯時，也要唸經。英文 indoctrination 是「灌輸」，說得不好聽是「洗腦」。聖類斯是慈幼會名下的天主教學校。你是寄宿生，就得依慈幼會給小孩子定的規矩過活。望彌撒和做晚禱是例行功課，只是 routine，沒有特意向你「灌輸」甚麼。

因為無錢唸中學，離開聖類斯後我做了幾年散工，一九五六年以通過台灣大學聯考，入讀台大外文系。那年頭在電影院看戲，上映前要起立聽國歌，「三民主義，吾黨所宗，以建民國，以進大同……」。鏡頭上看到蔣老先生在座駕上閱兵，向群眾頻頻揮手。在台灣時的身份是「僑生」，意謂這小子在寶島舉目無親。一些平日比較接近的本地同學有見及此，有時假日會請我到家裏吃飯。

五、六十年代在台灣躭過一些日子的人，大都熟悉阿里山的姑娘和淡淡三月杜鵑花這些流行曲子。跟「本省」朋友有往來的，想會有緣聽過《望春風》、《雨夜花》和《綠島小夜曲》如泣如訴的聲音。除了上述兩種歌謠外，我還在一個住在「軍眷區」的同學家裏聽過一支類似「軍樂」的歌謠：「爸爸哥哥真偉大，明月照我家。為國去打仗，當兵笑哈哈」。下文記不起來了，只記得有「家事不用你牽掛」一句。

在台灣生活四年，聽國歌、受軍訓和聽看「檢舉匪諜，人人有責」的口號，是日常生活的一種儀式。旁人看來也許會認為這種教條式的生活不好過，你倒沒覺得甚麼，反正習慣了。儀式突然消失時，說不定還會若有所失。

一九六一年我到美國當研究生。過去十多年習慣了的「儀式生活」一下子變了樣。人太自由，生活就失去了方向。我住在研究生宿舍，日常往來的都是美國中西部的大孩子，大家很合得來，可惜就是不能「談心」。那時候能看到的中文報紙不多。《中央日報》航空版的「匪情」報道，輕易成為台灣來的同學社交圈子的話題。「反攻大陸、解救同胞」的口號，外人聽來或半信半疑，或會覺得是癡人說夢，但我相識的台灣「老兵」子弟中，有不少人的心態頗像五十年代在香港《自然日報》寫社論的馬兒先生說的：「遺民淚盡胡塵裏，東望王師又一年」。

中共原子彈試爆成功後，同學聚會時那種「漢賊不兩立」的氣氛逐漸鬆弛下來。陳毅那句「不要褲子也要原子」的豪語，多少補償了儀式失落後的空虛。同學租下的私人住宅，不時傳來「五星紅旗迎風飄揚，勝利歌聲多麼響亮，歌唱我們親愛的祖國……」的歌聲。

一九六七年夏天我回到闊別了六年的香港。在美國時聽到文革的報道，都是斷斷續續的。對《中央日報》的新聞，始終半信半疑。香港不是紅衛兵出沒之地，但火藥味已濃得不可開交。我住在窩打老道的男青年會，清晨起來到附近的小店吃早點，總看到一兩個用黃皮紙或布料紮成的「菠蘿」，上有「同胞勿近；這是給黃皮豬白皮狗吃的」等字樣。那時國貨公司和其他的中資機構，都一律掛上紅彤彤的長條標語：「戰無不勝的毛澤東思想萬歲！」街上有手戴臂章、高呼口號、情緒激昂的呼喊着打倒這個那個的遊行隊伍。我買的是折得無可再折的來回機票，不能提早回美。日間無聊，看見電影院就跑進去「嘆」冷氣。有一回看一部已渾忘其名的國產片，正片開始前加映一輯有關文革的特別報道，銀幕上的畫面，像是從 mass hysteria 醫學個案剪下來的圖片。我無法忍受，提前離座，誰料到旁邊閘口要離開時，即有黑衣漢子出現，要我返回座位看到散場。

知名「反共」電台新聞評論員林彬被殺，在他的「烏龜車」內被汽油火燄活活燒死。常見報紙「獨家」報道說解放軍雲集邊境。我早年雖習慣了「儀式生活」，但面對香港這種「儀式」，實在不能習慣。晚上無法入睡。

孟子見齊宣王有言，「所謂故國者，非謂有喬木之謂也，有世臣之謂也」。故國是祖國，但劉殿爵教授的英譯另有解釋： a state of established traditions，一個富有傳統的國家。一九六七年的香港，喬木依舊在，但 established traditions 岌岌可危。深夜和清晨聽收音機，聽到 God Save The Queen 的樂聲，才知道天還沒塌下來。

公無渡河

「官話」原來是「普通話」舊稱。這我就懂了。「天不怕、地不怕，就怕老廣說官話」。怕甚麼？因為老廣說的官話原來一點也不普通。你的官腔對方若是聽不懂，情話何從說起？國家大事，怎麼商討？搞革命，要一呼百應，首先要有共鳴。一夥兄弟聽你說官話，一頭霧水，何來共鳴？

孫中山先生的官話何似，我不知道，不過拿他生平和教育背景來看，不會「普通」到哪裏。這麼看來，當年他四處奔走革命，接觸三山五嶽人物，居然能引起他們的「共鳴」，出錢出力扶大業，絕對是因為受了他個人魅力所感召有關。香江父老相傳，國父當年在殖民地鼓吹革命，把前景說得天花亂墜，因有「孫大炮」之稱。孫先生跟大小同鄉溝通的語言，應該是粵語，不會是官話，因為如果說話口齒不清，如簧之舌也鼓動不起來。

新會梁任公「筆鋒常帶情感」，文章極有魄力。但如果表達情感的方式不是書寫而是口語，就說用「官話」吧，效果會如何呢？梁實秋〈記梁任公先生的一次演講〉給了我們答案。事緣任公在一九二一年應清華學校之邀作演講，題目是〈中國韻文裏表現的情感〉。實秋先生也去了。他看到任公的演講稿是預先寫好的。此文後來收在《飲冰室文集》，但實秋先生覺得讀文本和聽任公現場說話，「趣味相差很遠，猶之乎讀劇本與看戲之迥乎不同。」

梁任公是戊戌政變主角，也是雲南起義「討袁」的策劃人。開講那天，清華高等科樓上大教堂擠滿了人，隨後一位短小精悍、禿頭頂、寬下巴的老先生走進來，「步履穩健，風神瀟灑，左右顧盼，光芒四射。」梁新會走上講台，目光向下面一掃，說：「啟超沒有甚麼學問——，」。然後眼睛向上一翻，輕輕點一下頭：「可是也有一點嘍！」他的開場白，就是這兩句。任公著作等身，他「自吹自擂」，人家也不會認為狂妄。

梁實秋接下來的記述教我們大開眼界。他認為任公的廣東官話是「很夠標準的」。雖然距離國語的標準甚遠，「但是他的聲音沉着而有力，有時又是洪亮而激亢，所以我們還是能聽懂他的每一字，我們甚至想如果他說標準國語其效果可能反要差一些。」

細看實秋先生下文，我相信任公當天的演講讓聽眾動容，關鍵不在他說話的腔調如何，而在他對講辭的情感投入。講辭引文例子之一是古詩〈箜篌引〉：

> 公無渡河。
> 公竟渡河！
> 渡河而死，
> 其奈公何！

這四句十六字，一經任公朗誦和解釋後，馬上把聽眾帶到河邊，看見那個抱着酒壺的白髮老頭，不顧妻子趕在後面哀叫「公無渡河」，還是直奔急流之中，終於淹死。實秋先生說聽了任公演講二十年後，有一次在茅津渡候船渡河，「但見黃沙瀰漫，黃流滾滾，景象蒼茫，不禁悲從衷來，頓時憶起先生講的這首古詩。」

原來任公演講，七情上面，有時頓足，有時狂笑，有時嘆息。講辭所引作品讓他感受最深的是《桃花扇》。實秋先生記得，他講到「高皇帝，在九天，不管亡家破鼎，那知他聖子神孫，反不如飄蓬斷梗」這一段戲文時，不禁「悲從中來，竟痛哭流涕而不能自已。他掏出手巾拭淚，聽講的人不知有幾多也淚下沾巾了。」

梁任公那天的演講，會不會如梁實秋說的那樣，用標準國語讀出來的效果反不如「官話」感人，我們無法論斷。可以猜想的是，由於任公個人在清末民初政治舞台上的經歷，因此想起「眼看他樓塌了」的境況時感觸最深。發乎情的語言，不論是國語還是官話，都收到普通話的效果。我想中山先生「半吊子」的國語人家還聽得懂，應該是這個道理。

二、落日故人

異路功名

一

一九五一年春天，耶魯大學英語系準博士生夏志清一邊忙着寫論文，一邊為下半年的生計發愁。他說：「我雖算是耶魯英文系的優等生，系主任根本想不到我會在美國謀教職的。在他眼中，『東方人，拿到了博士學位，回祖國去教授英美文學，這才是正當出路。』」

有一天，同宿舍的一位同學對他說，政治系一位研究中國的教授剛領到政府一筆研究經費，正物色人選幫他做研究。原來主持研究計劃的是饒大衛（David N. Rowe）教授。他看到這位來面試的年輕人既是華裔，又是英文系的準博士，寫英文總沒問題，馬上下了年薪四千元的聘書。

除夏志清外，還有三位同事跟饒教授做研究。他們負責編寫一本《中國手冊》（*China An Area Manual*），供美國軍官參閱。我們記得，一九五一年韓戰烽火漫天，美國學界「中國熱」漸漸變得時髦起來。

《中國手冊》的編寫分工合作，夏志清負責「文學」、「思想」和「中共大眾傳播」三章。此外還要撰寫「禮節」和「幽默」兩小章。除此以外，他還要參與「中共人物」和「地理」兩章的部份編寫工作。

夏志清醉心英美文學。一九四七年在北大當助教時，為申請李氏獎學金寫了一篇論英國浪漫詩人布萊克（William Blake）的長文應徵，深得當年在北大任教的著名英國文評家燕卜蓀（William Empson）欣賞，極力推薦，因得李氏獎學金赴美留學。

一九七八年夏志清為《中國現代小說史》中譯本作序，用了不少篇幅介紹他書寫這本書的前因後果，開頭就交代他怎樣硬着頭皮扮演「中國專家」。哈佛楊聯陞教授有名言，在美國教中文，猶如開雜貨店，面對學生，無論你賣甚麼貨，總要有求必應。

夏先生說他「改行」當上「中國問題專家」後最感到頭疼的是這本「手冊」需要人文、地理和各省、各地區的個別報道。因為實在看不到多少參考資料，「只好憑我的常識和偏見去瞎寫」。五十年代後期《時代》週刊出了一個以毛澤東為封面的特輯，居然也報道中國各地區的風土人情。那晚我們的夏教授捧着這個特輯來看，「看到上海人如何，北平人、山東人、湖南人又如何如何，都根據我撰寫的材料，有些地方字句也不改，看得我人仰馬翻，大笑不止。生平看《時代》週刊，從來沒有這樣得意過。」

夏志清學士、碩士、博士主修英美文學，卻以中國文學傳香火，這也是他自己意想不到的。一九六一年耶魯大學出版了他的《中國現代小說史》後，C. T. Hsia 在美國「漢學界」聲名日噪。其時在哥大任教的王際真先生行將退休，在《小說史》還未上市前先在印刷所看了部份校樣，暗地連聲叫好。王際真先生翻譯過《紅樓夢》，據他說《小說史》教他佩服得緊的地方不但因內容確達到了「破舊立新」的境界，更難得的是英文亮麗如流水行雲，不但國人中難得一覯，即在英語為母語的學人中亦不易一見。

志清先生得今之「伯樂」王際真「毫無保留」之推介受聘為哥大東亞語文系教授。《小說史》後，夏公的另一本重頭著作是一九六八年的《中國古典小說》。自此以後，夏公斷斷續續寫了好些重頭文章，分別在歐美學報發表。這些散篇後來結集成輯在二零零四年哥大出版社出版，定名為《夏志清論中國文學》（*C. T. Hsia on Chinese Literature*）。

夏公在美國「漢學界」的成就，拿算命先生的話來說，可說是「異路功名」的開花結果，在哈佛大學韓南（Patrick Hanan）教授眼中，C. T. Hsia has been without question the most influential critic of Chinese fiction since the 1960s（夏志清毫無疑問是六十年代以來最有影響力的中國小說評論家。）

二

張愛玲的著作，在敵偽時期的上海風靡一時，可以說得上是名利雙收吧，只要她願意，大可這樣在上海活下去。但上海英文女校出身的 Eileen Chang，英文了得，從小就把林語堂看作一個成功的故事：以英文寫作，在歐美出版，拿英鎊美鈔版稅，享國際文壇大名。但事與願違，她的作品就是不合洋人口味。在歐美的知識界，「林語堂」曾一度是個 household name。張愛玲跟他相比，的確是不可同日而語。張小姐走過異路，發覺此路不通。

本文以「異路功名」為題介紹夏志清教授「轉行」的經過，一邊寫一邊想到我的老師志清的哥哥夏濟安（一九一六—一九六五）。濟安老師在一九五九年以交換教授身份離開台灣到西雅圖華盛頓大學時，他在台灣學界和文化界早已「名重士林」。陳子善教授為《夏濟安選集》寫的前言引了一段夏先生死後別人對他的蓋棺之論：「論中西文學的修養，夏濟安是海運開通以來少數翹楚之一；論見解，夏濟安所理想的中國新文學永遠擺在我們所追求的那一端；論文采，五四以來用白話文寫批評和翻譯的，沒有多少人可以趕上他。」

夏老師在華大的交換計劃結束後，不打算回台灣大學復課。他曾不止一次跟我說過，他生平最大的一個願望是用英文寫小說。在台灣當然也可以寫，但在台灣生活，缺少寫英文小說的 ambience。老師的話，也有事實根據。一九五五年夏天，老師在印第安納大學的 School of Letters 選了一門小說創作的課。他寫了一個短篇名為 "The Jesuit's Tale"（「耶穌會神父的故事」），投到名評論家 Philip Rabv 主編的 *The Partisan Review*（《黨派雜誌》）。幾個月後雜誌以「頭條」的版位刊登出來，同期還有《一樹梨花壓海棠》（*Lolita*）的作者 Vtadimir Nabokov 的作品上榜。

要留在美國過日子，先得解決的是生活問題。濟安老師最高的學位是上海光華大學英文系畢業。畢業後曾先後任教西南聯大、北大和台大，明眼人一看當知這些名校對他另眼相看，只是對他本人學問修養之肯定，而不是對他母校的認可。但若要在美國找教職，又是另一回事了，我相信他不容易找到「破格」聘用他教英文的顧主。

幸好當時加大栢克萊校區的中國研究中心需要添人做研究，不需要博士學位，這等於直接提供了夏先生一個獲取「異路功名」的機會。六十年代的 China-watching（中國觀察）是一門很熱鬧的行業。白宮、國務院、五角大廈這些政府部門和一些大企業都急着要知道關在「竹幕」後的紅色政權的動向。

夏老師是「中心」的研究員（research associate linguist），每天的讀物不離《人民日報》、《紅旗》和「內部參政消息」這類公開的或半公開的官方八股。照理說讀八股（任何類型的八股文）都是苦差。幸好老師英美文學出身，文本分析受「新批評」策略影響至深，別人認為枯燥，他卻可化枯朽為神奇，讀得津津有味。

夏先生八股「探微」積存下來由研究中心結集成書的計有三本：（1）《隱喻、神話、儀式和人民公社》、（2）《下放運動術語研究》、（3）《從術語和語義看公社的潰敗》。先生在北大當助教時，讀得最上心的是 William Empson 的名著 *Seven Types of Ambiguity*，難怪他對各式隱喻和術語的草蛇灰線解讀這麼得心應手。

夏先生除了在加大「觀察中國」外，每年暑假還要到西雅圖的華盛頓大學參加由 Franz Michael 教授主持的「中國現代史研究計劃」。幸好夏老師成了小組的一員，定期參加研究和寫作計劃，否則在美國幾年雖然跑過不少「異路」，也不會拿到甚麼「功名」的。「下放」和「人民公社」，只合「現買現賣」，一旦事過境遷，日月也換新天，再沒有甚麼研究價值了。但收在 *The Gate of Darkness* 的文章類型不同，內容歷久常新。此書的中文版最近由中文大學出版社出版，取名《黑暗的閘門》。主持審訂譯稿的王宏志教授為此書寫了長序，毫無保留的說：「在中國左翼文學研究來說，這毫無疑問是一本劃時代的傑作，在一段很長的時間裏，有關左翼文學的研究，無論在架構和論點上，可以說無出其右。」

「黑暗的閘門」這個書名是夏志清為哥哥取的。他對哥哥在本書的理論架構摸得清楚，引了Jacques Barzun在《達爾文、馬克思、瓦格納》一書第二版的序言指出：「這類型的文章顯然不是純粹的傳記、歷史或評論，而是三者的融滙貫通。」

夏濟安拿這種「文化研究」角度來讀蔣光慈作品，也得承認他的著作今天雖然難以卒讀，絕對是革命文學的「反面教材」，但話分兩頭，若拿這位「浪漫作家」的生平、所處的時代和作品的特徵，同時放在歷史的脈絡來觀照，你當會認得，his contribution was his failure, and his worth is found in his worthlessness（他的失敗正是他的貢獻，他的價值正因他一文不值）。

《黑暗的閘門》是夏先生在華大暑期研究計劃的部份成果。他要研究的，是整個中國左翼文學運動的歷史，可惜天不假年。《閘門》收七章和一個附錄，〈中共小說中的英雄與英雄崇拜〉。說左聯、左翼文學的前前後後，當然要牽涉到魯迅在其中的角色，但一般讀者大概不知一九三一年被處決的「左聯五烈士」是甚麼人物。他們是：胡也頻、柔石、馮鏗、殷夫和李偉森。這幾位作家的作品本身也許無足觀，但因為他們在特定的歷史情景下遇害，研究他們的生平和遭遇就有不尋常的價值。

夏先生經年屢月的閱讀思考，幽微處每有一得之見：「集體運動中的個人命運可能會很悲慘，而我這本書就是要揭示其中的悲劇。假如把共產黨員也看成個體，那麼也應給予他們體諒，因為除了搞政治，他們同樣有思考的能力。」

書中第一章〈瞿秋白：一名軟心腸共產主義者的煉成與毀滅〉是作者融合了識見、學養、襟懷給這位共產黨人所作的證言。不把瞿秋白的處境和心事看透，就沒資格給他下 tenderbearted「軟心腸」的結論。

濟安先生曾在一封給弟弟的信說到，他對中國傳統小說「六大說部」以外的 minor works 很有興趣，特別是有關「相思病」這題目。此「病」本來無藥可醫，但他閒讀洋書所得，知有好事者曾給相思病人喝「驢乳」，此說當然信不信由你。濟安先生說他有志寫一本諸如此類的「小題目、大論述」。他告訴弟弟說連題目都想好了，叫「風花雪月」。

可惜老天爺在先生生命最旺盛的時候讓他「先走一步」。

載《香港文學》

夏志清的人文精神

夏志清教授是學界中人，要評定他的成就，自然得看他的學術著作。他一生在美國大學教書，作品要讓行家賞識，要寫英文。他在這方面的貢獻可真可圈可點。一九六一年耶魯大學出版了他的《中國現代小說史》。十年後再版發行。一九九九年印第安納大學買了版權推出第三版。此書一九七九年的中譯本原出版人是香港友聯出版社。十二年後，台灣地區的傳記文學出版社重排上市，而香港的中文大學出版社亦因應市面需求，於二零零一年根據友聯版本重印出版。二零零五年上海復旦大學出版社亦出了節刪本。

當年錢鍾書讀了《中國現代小說史》，讚曰：「文筆之雅，識力之定，迥異點鬼簿、戶口冊之倫，足以開拓心胸，澡雪精神，不特名世，亦必傳世。」夏著迥異點鬼簿的地方，就是他一生奉行的人文精神。我在舊文《夏志清傳奇》說過：「先生讀古人書，懷抱『人者仁也』善心，看《水滸傳》時，覺得哥兒們對待女人的手段和處置『仇家』的兇殘，實在談不上是甚麼『忠義』行為。假『替天行道』之名，像『同類相食』（cannibalism）這種勾當，也可以合法化了。如此看來，這本素以『陽剛之氣』見稱的流行小說，在某些程度上，亦可作中國傳統文化陰暗面的索引看。」近代中國學人中，夏先生特別推崇胡適，不但因為他的學問淵博，更因為他立言的道德勇氣。胡適認為中國人講了七百年理學，竟沒有一個「聖賢」站出來指出纏足是極不人道的野蠻行為，這都是使我們「抬不起頭來的文化制度」。夏志清對舊中國婦女的悲慘命運，時作不平之鳴。在〈人的文學〉一文，他特別引了《三國演義》第十九回為例。話說劉備匹馬逃難，借宿少年獵戶劉安家：

> 當下劉安聞豫州牧至，欲尋野味供食，一時不能得，乃殺其妻以食之。玄德曰：「此何肉也？」安曰：「乃狼肉也。」玄德不疑，乃飽食了一頓，天晚就宿。至曉將去，往後院取馬，忽見一婦人殺於廚下，臂上肉已都割去。玄德驚問，方知昨夜食者，乃其妻之肉也。

為了餵劉備吃「野味」，為夫的竟然把枕邊人殺了，真是人間何世！難怪夏教授忍不住以譏諷的口吻說：「殺妻而不求報，態度更何等落拓大方！只吃了臂上肉，劉安至少可以十天不打獵，在家裏伴着老母吃媳婦的肉。」

志清先生的英文著作，除《中國現代小說史》外，還有《中國古典小說》（*The Classic Chinese Novel*），一九六八年由哥倫比亞大學出版。此書分章討論《三國演義》、《水滸傳》、《西遊記》、《金瓶梅》、《儒林外史》和《紅樓夢》六大名著。一九九四年安徽文藝出版社出版了中譯本，題為《中國古典小說導論》，譯者是胡益民、石曉林和單坤琴。二零零一年江西人民出版社出版的《中國古典小說史論》，書名雖然改了一個字，但譯者還是胡益民等三位。

書內沒有夏志清的前言或後語，想翻譯尚未得作者認同。

夏志清憑《中國現代小説史》和《中國古典小説》奠定了他在歐美漢學界的地位。如果哥倫比亞大學去年沒有把他歷年發表過的單篇代表作結集出版了《夏志清論中國文學》（*C. T. Hsia on Chinese Literature*），一般人也許還不知道他除了專治新舊中國小説外，對中國傳統戲曲也有心得。此書就收了他討論《西廂記》和《牡丹亭》的兩篇論文。

夏志清的英文著作，是學術文章。學院派英文自有其清規戒律，沒有多大空間讓作者顯其情性。但夏教授是學者，也是中國文人。他的英文出類拔萃，母語卻是中文。上世紀七八十年代先生應台灣地區報章雜誌之邀，寫了不少在 C. T. Hsia 名下不大可能出現的隨筆與雜文。他用母語暢所欲言，痛快淋漓。《外行人談平劇》有此一段：

> 我這個人，年紀越大，新舊文學讀得越多，對舊社會的反感也越深。要我好好坐定看一齣程派青衣悲劇，或者是才子佳人悲歡離合的青衣喜劇，簡直是等於受罪。看到一齣對我胃口的好戲，雖是票友演出，照樣很滿意。幾年前在紐約看了短短一齣昆曲《思凡》，為小尼姑唱詞所感動，不禁熱淚盈眶。……好多年前我剛開始看台港電影，有一次看到鄭佩佩在《大醉俠》裏單刀獨臂戰群僧，真想在電影院裏大聲叫好。

先生快人快語的天性，也只有在隨筆雜文中才能充份流露出來。在〈人的文學〉中他就這麼說過：

在美國教詩，我常對學生說，中國詩人大多數想做官。做官不得意，牢騷滿腹，就喝酒尋樂，或者想退隱，或者想成仙。……我既不想做官，也不愛喝酒，也不想退隱，更不想成仙。古代讀書人的幾個理想，對我說來，毫無吸引力，讀他們的詩篇，簡直很難發生同感……

我國有不少「先天下之憂而憂」的名臣，他們一方面直言奏諫皇帝，一方面也關心民間疾苦；但他們的詩文，往往也難免落於俗套，僅寫些個人感受和牢騷。……到了宋代，多少詞人傷春悲秋，讀他們的作品，有時不免驚訝我自己感受的遲鈍。對我說來，柳絮滿天的暮春天氣（當然住在紐約，連柳絮也看不到），不冷不熱，有甚麼可悲的。

志清先生評議中國文學，時發諤諤之言，端的是個「異見分子」。四十多年前他在《中國現代小說史》中稱許張愛玲是「今日中國最優秀最重要的作家」，的確教人側目。四十多年過去了，張愛玲研究今天已漸成「顯學」。用英文來說，夏志清當年擇善固執的膽識，今天已見fully vindicated。在《中國現代小說史》中，他以同樣的識見稱譽過錢鍾書和沈從文等備受主流文史家冷落的作家。夏志清論文學，算不算「離經叛道」？當然是。我在中文大學重印發行的《中國現代小說史》序言中說過這樣的話：「難得的是他為了堅持己見而甘冒不韙的勇氣。他的英文著作，大筆如椽，黑白分明，少見『無不是之處』這類含混過關的滑頭語。他拒絕見風轉舵，曲學阿世。也許這正是他兩本論中國新舊小說的著作成為經典的原因。」

志清先生一介布衣，既不是「中央研究院」院士，也不是哥倫比亞大學的講座教授。他該感到驕傲的是，他在業界的成績深為行家賞識。已退休的哈佛大學韓南教授 Patrick Hanan，也是中國傳統和現代小說專家，在閱讀《中國古典小說》的文稿後做結論說：「毫無疑問，夏志清是上世紀六十年代以來最有影響力的中國小說評論家。」韓南教授說話素有分寸，不輕易抬舉別人。他認為夏志清的評論文章是名副其實的 seminal，識見過人，開風氣之先。名位止乎其身，未若文章之無窮。諒先生也樂聞。

余英時：以身弘毅

一九八七年余英時教授告別耶魯，應聘到普林斯頓大學。翻開高行健為他老師編寫的著作目錄看，這一年余先生三本影響深遠的重頭著作也同時問世：（一）《中國近世宗教倫理與商人精神》；（二）《士與中國文化》；（三）《中國思想傳統的現代詮釋》。

其實英時校長一九八七年前出版的中文專著，已有十六本之多。我鎖定一九八七年為介入點，因為普大給予先生的名份是地位崇高的 University Professor。先生的英文著作不多，一九八七年前出版的專書只有三本，其中一本是博士論文。這也是說，普大考慮給先生聘書時對他所作的「學術評估」，中文著作應佔相當的比重份量。

英時校長以中文著書立說，以身弘毅，捨美國「漢學」英語論述的主流煢然而立，無疑給同行後進樹立了一個為學做人應「適才量性」的楷模。他接二連三的就方以智和陳寅恪二人的生平着墨，只為抒發一己幽思。這些文章，不是在 publish or perish 的壓力下寫得出來的。

廣義的說，普林斯頓大學以 University Professor 的名義禮聘余教授，一方面固然是對他個人在中國歷史研究卓越成就的肯定。更為重要的是：余先生的 appointment 足以證明用中文書寫的學術著作在美國「漢學」的行家中一樣受到尊重。

憑常識看，促成余先生「過檔」普林斯頓的「幕後推手」中，必有一位身份特殊的「伯樂」。

他當然得是一位「大老」級的中國史專家，對余先生的生平和著作瞭如指掌。那還不夠，這位「伯樂」還得有足夠的眼光看到余先生的著作對中國文化深遠影響的前景。余先生的著作，在上世紀八十年代多在台灣出版。八十年代尾開始，大陸版本開始出現，一時風起雲湧，各家出版社爭相向他要稿。原著供不應求，譯文亦轉眼變了「奇貨」。上海古籍和台北的聯經聯手編譯了《余英時英文論著漢譯集》，有助讀者認識余教授研究範圍的「外一章」。余先生一九六七年在加州大學出版的專著《漢代貿易與擴張：漢胡經濟關聯式結構研究》，漢譯版本就收在《余英時英文論著漢譯集》。

如果余先生思想性的著作如《文化評論與中國情懷》和《文史傳統和文化重建》全用英文出版，相信大陸不會出現「余英時現象」。中國情懷有賴文字寄託，通過翻譯，難免失其本性。余先生著作初在中國大陸登場時引起的哄動，王汎森在〈普林斯頓時期所見的余英時老師〉有側面的描述。他說葛兆光告訴過他，余先生的《士與中國文化》一九八六年在上海出版後引起很大的震動。當時葛教授一位「半通不通」的朋友，連封面也沒看清楚，就興高采烈的跟他說「最近剛讀了一本精彩的《土與中國文化》」。

如果從文化流散的社會角度看，這個「笑話」其實是一種啟示：余先生在神州大陸的讀者階層，早已跨越學者專家的「族群」。他的「粉絲」中，說不定「士」「土」不分的確大有其人。這些「半吊子」粉絲讀余先生的著作，能力容或有所不逮，不過即使他們所識只是一知半解，也不會錯過余先生「吾道一以貫之」的思想，那就是對民主、自由這些普世價值觀鍥而不捨的追求。

英時先生名滿天下，歷年所獲學術榮譽包括中央研究院院士、美國哲學學會（American Philosophical Society）院士等。二零零六年他更獲得美國國會圖書館「克魯積人文學科終身成就獎」（the John W. Kluge Prize for Lifetime Achievement in the humanistic and social sciences）。這個榮譽的金額「與諾貝爾獎等量齊觀」（the award is at the financial level of the Nobel awards），本身已具吸引力，但身為學界中人，得獎人最值得引以為傲的是候選人的提名是經過國會圖書館內一個特別的Scholars' Council會員甄選的。可想而知，會員中一定有獨具隻眼的「伯樂」，能夠在他學術著作中看到一位「弘毅之士」的身影。

見面時打招呼或寫信時落款，我總叫余英時「英時校長」，而不隨俗稱呼他余教授或余先生。有一次他笑問緣由，我也笑說生平喜歡給朋友取諢號，容易記掛也。再說，他在李卓敏主政時代當過香港新亞書院院長兼中文大學副校長。我也在李校長時代在崇基學院教過書，稱余教授為英時校長，諒也不越分。

認識余校長多年，但親近的機會不多，因此對他的認識多從他的著作而來。要對一個學人有書本以外的了解，你得是他的近親、總角交或入室弟子。今天的社會，大家都忙，朋友往來，也不見得有時間作長夜之飲了。就英時校長而言，最能近距離感染他道德風範的是跟他寫博士論文的研究生。理由簡單，指導論文的老師對學生喋喋不休，是本分。在課室如是，辦公室如是，在老師家晚飯後聊天時如是。談的當然都是學問，但過場時說不定老師突有所悟，即興說些題外話，帶動現場氣氛。這應是學生認識書本以外的老師的大好機會。

我是看了田浩（Hoyt Tillman）編的《文化與歷史的追索：余英時教授八秩壽慶論文集》中余教授四位弟子寫的前言才想到「知人」這個題目的。校長初從大陸到香港時一段經歷，我略有所聞，但知之不詳。據田浩所記，一九四九年英時校長父母先離開上海，留他一個人料理一些家事。年底父母通知他可以來香港「探親」了。他聽了父親在北京朋友的話，對公安局説要去的地區是九龍，屬廣東省，因此得合法離開大陸，但到了香港，既無護照又無身份證明，成了個「無籍遊民」。錢穆先生幫他申請到哈佛獎學金，就因「身份」問題遇到重重困難。台灣懷疑他是「左派」激進分子，給美國領事館打小報告，不要發給他簽證。幸好當時耶魯大學在香港的代表給他力保，問題才得到解決。

我想這是校長在「爐邊閒話」時告訴學生的，雖然我相信這不會是「獨家新聞」。田浩的前言，最發人深省的地方是有關他老師的「價值觀」。

田浩編的這本文集，書後附了一個「余英時教授著作目錄」，中英文外，還有日文文獻。書目粗分為「專書」和散篇的「論文」，此外還有「訪談錄、對談錄」二十六篇。校長的專書共有五十一本，其中包括各種不同的版本和從他的英文著作翻譯過來的，如侯旭東等譯的《東漢生死觀》。論文散篇合四百六十三條。英文著作六本。（其中兩卷論文集將由哥倫比亞大學出版。）

校長為甚麼拿到終身職位（tenure）後就較少用英文寫作？本文篇幅有限，未盡之言，只好留待下回分解。在此以前，先看看他在新亞書院當學生時的著作。他用「艾群」筆名，光在一九五一這一年間在《自由陣線》發表了六篇可說是「遺悲懷」的文章。這位「學生哥」關心的是甚麼？〈從民主革命到極權後群〉、〈論革命的手段與目的〉和〈我的一點希望〉。一九五二年，他寫了二十一篇。

校長日後寫的大塊文章，如《士與中國文化》和《文化評論與中國情懷》等，在若干地方都可看到少年情懷的延續。用校長自己的話說，他要從「自己所寫所思的專門基礎上發展出一種對國家、社會、文化的時代關切感」。

金庸：劍橋取經

李懷宇年初訪問金庸，對談錄以〈金庸：辦報是拚命，寫小說是玩玩〉為題在《時代週報》刊出，佔了兩大版的篇幅。李懷宇做的 homework 相當充實，提問題時進退有度，但遇到非知究竟不可的關頭，也不怕難為情單刀直入。譬如說：「大家都覺得很奇怪，你過了八十歲，還到劍橋大學去讀書？」

李懷宇文章的標題雖然以金庸生涯中的兩大盛事為引發點，即寫武俠小說和創辦《明報》，但卻以他在劍橋大學做「老童生」的日子拉開序幕。原來金庸在劍橋拿了榮譽博士學位後，要申請攻讀博士。校方告訴他不用了，因為榮譽博士排名在一般教授和院士之上，「地位比校長還要高。」

金庸沒有言聽計從，決心要拿一個 earned degree，一個自己辛苦「掙來」的學位。既然如此，校方就組成了一個委員會，由二十多位教授提問題。金庸說打算從匈奴問題着手，因為中國學者認為在漢朝時，衛青、霍去病跟匈奴打仗，匈奴打不過，就遠走歐洲。但西方學者不同意這種說法，他們認為匈奴是在東亞、西亞和中亞獨立發展出來的一個民族。

二十多位教授中剛好有一位是這方面的專家。他用匈牙利語發言，金庸只好說抱歉聽不懂。專家隨即說這些資料已翻譯成法文和英文了。「如果你去匈牙利，我可以推薦你。你可以唸三年匈牙利文再來研究這個問題。」金庸說因為年紀關係，恐怕有心無力了。專家因此建議他最好另外選一個題目做論文。

有關金庸就讀劍橋的種種傳聞，我看過不少零星報道，但都沒有提及這段「波折」。二十多位教授都各有專長，每人在一特定的科目中鑽過牛角尖。如果大家對這位專家的專業一無所知或僅識皮毛，那在這問題上就無發言資格了。匈奴曾先後稱為「鬼方」、「混夷」、「獫狁」，秦時始叫「匈奴」。單看名號，已「胡」得不得了。他們應該有自己的文字和歷史。劍橋那位專家的話說得那麼斬釘截鐵，因為他堅守學者做研究，一定得用「原始資料」的原則。研究匈奴問題，單靠《左傳》和《史記》這類記載，是難明真相的。

大批評家George Steiner除拉丁文外，還精通英、法、德等歐洲語言，只是不懂俄文。他一直引為平生憾事，因為他認為十九世紀的俄國人寫了最偉大的小說。他在*Tolstoy or Dostoevsky*一書的序言中，即為自己不諳俄語而「侈談」托爾斯泰和陀思妥耶夫斯基而向讀者致歉。此書廣受好評，影響深遠，但如作者拿到劍橋去充當博士論文，必為俄國文學專家否決，因為作者沒有用上「原始資料」，也就是說沒有引用俄文的參考資料，因此不能算作scholarship。

匈奴不好惹，於是查先生想到要寫一篇關於大理怎樣成為一個國家的經過的論文。他是那兒的榮譽市民，還有一塊人家送給他的土地。查先生相信西方國家對大理了解不多。一位教授顯然另有看法。他發言時講了許多「古怪」的話。查先生抱歉說不懂後，專家說他講的是藏文，「本來南詔立國是靠西藏的力量來扶植的，所以大理等於是西藏的附屬國。後來唐朝的勢力擴張過去，才歸附唐朝。大理跟西藏的關係是很深的。」查先生既然不能用藏文來看有關大理的「原始資料」，只好打消研究大理國的念頭。

李懷宇問查先生為甚麼年過八十還要上學堂。他這樣回答：「因為劍橋大學有學問的人多，教授雖然只研究一種學問，但是一門功課很複雜的問題他都了解。」Louis Cha 的博士論文選定了寫安祿山造反，論文導師是著名唐史專家 David McMullen 教授，近年的研究興趣是唐代的墓誌。他也快七十歲了。查先生活到老、學到老，真有古風。

白先勇就是這樣長大的

一

白先勇還年青。雖然近年文章發表不多，但我們知道他寫作從沒中斷過。到時機成熟，新作發表時，想會帶來另一回「白先勇熱」。

香港有識之士當然知道白先勇是《台北人》的作者。香港電台給他出過特輯。電視節目《百萬富翁》的題目中，亦用上他一篇小説的題目。

從文學史的眼光看，白先勇另有輝煌的一頁。他是《現代文學》（下稱《現文》）的創辦人。一九五九年暑假，他跟台大外文系幾個同班同學，決定籌辦一本以譯介西方現代文學和發表本土新生代作家作品為宗旨的雜誌。

白先勇弄到一筆十萬元的基金（當時電影院的票價是十元）。因只能動用利息，他只好拿錢到一家鐵廠去放「高利貸」。誰料雜誌辦了九期，這家公司倒掉了，十萬元的本息，也全泡了湯。

除了為錢煩惱外，《現文》這位白董事長還要身兼雜差。組稿、跑印刷所，都包在他身上。

外援來到，大家喜出望外。於是由我集稿，拿到漢口街台北印刷廠排版，印刷廠經理姜先生，上海人，手段圓滑，我們幾個少不更事的學生，他根本沒有放在眼裏，幾下太極拳便把我們應付過去了。《現文》稿子丟在印刷廠，遲遲不得上機，我天天跑去交涉，不得要領。晚上我便索性坐在印刷廠裏不走，姜先生被我纏得沒有辦法，只好將《現文》印了出來。

多年後，白先勇回顧台大四年，覺得最有意義的事就是創辦了這本編輯無薪酬、作者無稿費、在財政上一直命若遊絲、卻多次死而復生的文學雜誌。他倒說得對，「大概也只有在我們這個重義輕利的中國社會，這種事情才可能發生。」

六十年代初，台灣還有一本廣為文藝青年重視的雜誌：《文學季刊》。黃春明的〈看海的日子〉、陳映真的〈第一件差事〉、七等生的〈我愛黑眼珠〉，都是在這本刊物發表的。《文學季刊》和《現代文學》同樣以發掘和培養文學新秀為宗旨，只是編輯方針略有不同。前者注重創作，後者除刊登創作外，還兼顧西方文學評論和作品的譯介。《現文》的創刊號，就是由王文興籌劃的卡夫卡特輯。

當時在台灣的「土秀才」，即使聽說過卡夫卡名字，也沒機會讀過他的中譯作品。後來《現文》繼續了這個傳統，先後推出了喬伊斯、湯馬斯曼和福納克等大家。

大概由於這個編輯方針的關係，也因雜誌的創辦人和早期的作者譯者，幾乎清一色是台大外文系的窮學生，日後論者為了便於識別這本刊物異於同類的風格，常常會把《現文》目為「學院派」的「地盤」。

這有點冤枉。「學院派」確屬事實，不能抵賴，但「地盤」卻談不上。稿費也發不出的刊物，哪有資格劃地自封？最近重讀白先勇〈不信青春喚不回〉一文（一九九二），談到他初遇今已作古人的三毛的經驗：

一九六一年的某一天，我悠悠蕩蕩步向屋後的田野，那日三毛（那時她叫陳平，才十六歲）也在那裏蹓躂。她住在建國南路，就在附近，見到我來，一溜煙逃走了。她在《驀然回首》裏寫着那天她「嚇死了」，因為她的第一篇小說〈惑〉剛剛在《現代文學》上發表，大概興奮緊張之情還沒有消褪，不好意思見到我。……〈惑〉在《現代文學》上發表，據三毛說使她從自閉症的世界解放了出來，從此踏上寫作之路，終於變成了名聞天下的作家。

十六歲的三毛，正是小毛頭，跟學院沾不上邊。由此或可看到，《現文》實在沒有甚麼門戶之見。

二

《台北人》早成中國近代小說經典。裏面所收的故事，「哀感頑艷」者不少，絕對是一把眼淚、一把鼻涕的「言情小說」上好材料。但白先勇鐵石心腸，從來沒有讓我們在他作品看到任何癡男怨女的旖旎風光。花好月圓人壽？有情人終成眷屬？你想呆了。

我在台大比先勇高一班，驀然回首，跟他論交也四十年了。他為人豪邁爽朗，極重情義。七十年代在美國看他在《現文》一篇接一篇的發表《台北人》系列小說，心中暗暗吃驚，糟糕，溫潤如玉的白公子，怎麼變了用「忍情」的專家？他筆下四季穿着素白旗袍的尹雪艷，「冷艷逼人」。白先勇的小說語言，也一樣「冷艷逼人」，一點不像我們平日認識的濁世佳公子說話的口吻。

白先勇寫小說，作者的「自我」與書中人物的感情世界，涇渭分明。這是了不起的成就。〈玉卿嫂〉是白先勇大三時的作品，用筆名發表於《現文》的創刊號。當時台大法國文學教授黎烈文看了，覺得玉卿嫂寫得很「圓熟」，不像是閱世未深的青年人手筆。白先勇聽了得意，連忙招認是他寫的。

玉卿嫂是誰？在〈驀然回首〉（一九七六）一文中，白先勇有分教：

> 有一年，智姐回國，我們談家中舊事，她講起她從前一個保姆，人長得俏，喜歡

帶白耳環，後來出去跟她一個乾弟弟同居。我沒有見過那位保姆，可是那對白耳環，在我腦子裏卻變成了一種蠱惑，我想帶白耳環的那樣一個女人，愛起人來，一定死去活來的——那便是玉卿嫂。

區區一對白耳環，想多了，就變了一種「蠱惑」，一種藝術的心理負擔。寫〈玉卿嫂〉，就是要化解這種負擔。白先勇的「自我」與玉卿嫂的感情世界，卻是截然不同的兩回事。《台北人》系列，有不少篇章是跟民國史脈絡相承的。〈歲除〉、〈梁父吟〉和〈國葬〉是顯例。白先勇是將門之後。許多在他小說的人物，可能曾經一度是對他「樽前悲老大」的「眼前人」。他們的遭遇，白先勇感同身受可以，但若借機「自傷身世」，則容易流於濫情，作品就不客觀了。

我們細察上述三篇的文字，不難發覺，作者筆觸冷靜得像外科醫生的解剖刀。白先勇刻意要跟他的小說人物保持一段藝術的距離。白先勇在小說藝術得到非凡的成就，靠的當然是他個人的天份和日後在文字上「苦吟」修成的正果。在這方面，他台大的業師夏濟安教授及時給他扶了一把。

雖然夏先生只教了我一個學期，但他直接間接對我寫作的影響是大的。當然最重要的是他對我初「登台」時的鼓勵，但他對文字風格的分析也使我受益不少。他覺得中國作家最大的毛病是濫用浪漫熱情、感傷的文字。他問我看些甚麼作家，我說了一些，他沒有出聲，後來我提到毛姆和莫泊桑，他卻說：「這兩個人的文字對你會有好影響，他們用字很冷酷。」我那時看了許多浪漫主義的作品，文字也染上感傷色彩，夏先生特別提到兩位作家，大概是要我學習他們冷靜分析的風格。

三

白先勇的創作類型，一直是小說。他可能寫過新詩，或劇本，但我沒有看過，亦沒有聽說過。他沒「刻意」寫過像朱自清〈背影〉那類散文。所謂「刻意」，就是非常「自覺地」寫散文，像梁實秋、像余光中、像董橋。

但白先勇小說以外的文字，有不少是以隨筆或序跋形式發表的散文。寫小說，他「六親不認」，前面說過了。在散文字裏行間出現的白先勇，有血有淚，坦坦蕩蕩。

〈樹猶如此〉是紀念亡友王國祥君之作。王國祥患了「再生不良性貧血」，百醫罔效。一九九二年一月，王國祥五十五歲生日，白先勇提議到一家海鮮酒家給他慶祝，誰料惡疾到了末期的王國祥，蹬不上通到酒家那二十多級的石階，只好作罷。兩人回到王國祥家，煮了兩碗陽春麵吃。

星期天傍晚，我要回返聖芭芭拉，國祥送我到門口上車，我在車中返光鏡裏，瞥見他孤立在大門前的身影，他的頭髮本來就有少年白，兩年多來，百病相纏，竟變得滿頭蕭蕭，在暮色中，分外怵目。開上高速公路後，突然一陣無法抵擋的傷痛，襲擊過來，我將車子拉到公路一旁，不禁失聲大慟。

白先勇寫隨筆，信手拈來，不少日後可作文壇史話。他的小說系列，除《台北人》外，還有《紐約客》。下面一段出自〈驀然回首〉的記載，可作《紐約客》緣起看：

暑假，有一天在紐約，我在 Little Carnegie Hall 看到一個外國人攝輯的中國歷史片，從慈禧駕崩、辛亥革命、北伐、抗日、到戡亂，大半個世紀的中國，一時呈現眼前。南京屠殺、重慶轟炸，不再是歷史名詞，而是一具具中國人被蹂躪、被凌辱、被分割、被焚燒的肉體，橫陳在那片給苦難的血淚灌溉得發了黑的中國土地上。我坐在電影院內黑暗的一角，一陣陣毛骨悚然的激動不能自已。走出外面，時報廣場仍然車水馬龍，紅塵萬丈，霓虹燈刺得人的眼睛直發疼，我蹭蹬紐約街頭，一時不知身在何方。那是我到美國後，第一次深深感到國破家亡的傍徨。

去國日久，對自己國家的文化鄉愁日深，於是便開始了《紐約客》，以及稍後的《台北人》。

宋明話本的說話人，好站到台前來向聽眾「言志」，說三道四。今人寫小說，引此為戒。白先勇迷戀崑曲，到了情癡地步。〈遊園驚夢〉的錢夫人，一舉手、一投足，都是白先勇對崑曲海誓山盟的符號。但他沒有以小說言志。他對這一派演藝的認識，日後以隨筆〈驚變〉（一九八七）曲曲傳出。他在上海看了上海崑劇團《長生殿》的演出，回來吐了心聲：

> 崑曲無他，得一美字：唱腔美、身段美、詞藻美，集音樂、舞蹈及文字之美於一身，經過四百多年，千錘百煉，爐火純青，早已到達化境，成為中國表演藝術中最精緻最完美的一種形式。落幕時，我不禁奮身起立，鼓掌喝采，我想我不單是為那晚的戲鼓掌，我深為感動，經過文革這場文化大浩劫之後，中國最精緻的藝術居然還能倖存！……崑曲一直為人批評曲高和寡，我看不是的，我覺得二十世紀的中國人的氣質倒是變得實在太粗糙了，須得崑曲這種精緻文化來陶冶教化一番。

不讀白先勇〈少小離家老大回〉的尋根隨筆，不知他的遠親「大概是從中亞細亞遷來的回族」，始祖是伯篤魯丁公！這支「少數民族」，對中華文化貢獻可大。李白「大概」是回人。《聊齋誌異》的蒲松齡「大概」也是。我在嶺南大學的同事馬幼垣亦「大概」如是。

白先勇說，桂林除了山水甲天下，米粉也是天下無雙。

因為桂林水質好，搾洗出來的米粉，又細滑又柔韌，很有嚼頭。……我回到桂林，三餐都到處找米粉吃，一吃三四碗，那是鄉愁引起原始性的飢渴，填不飽的。我在〈花橋榮記〉裏寫了不少有關桂林米粉的掌故，大概也是「畫餅充飢」吧。外間的人都稱讚雲南的「過橋米線」，那是說外行話，大概他們都沒嚐過正宗桂林米粉。

藝術家生活於公私兩個世界。寫小說的白先勇，不可靠。要識「正宗」的白先勇，要讀有「嚼頭」的文字，得讀他的散文、隨筆、雜文。

二零零一年九月六日

遙念戴詩人

戴天離港卜居他鄉，不覺已三四年了？有時到他常去的館子吃飯，聽到廂座中偶傳笑聲，音韻神似詩人者，曾多次衝動得要拍門看個究竟，臭罵他一頓，你這小子，怎麼偷偷回港，事前也不打招呼？

初識詩人，應是一九五七年的事。那時我在台大唸書，當「九等僑生」。我們的戴詩人因來自天涯海角的毛里求斯（Mauritius），跟歐美僑生一樣，同屬稀有品種。同屬僑生，為甚麼香港的淪為九等？這想與供求率有關。記得當年僑委會發放的資料，僑生回台升學的人數，以香港比例最高。港生慣看亦尋常，怎會矜貴？

僑委會和其他政府部門當然沒有明文給我們排座次。僑生就是僑生，怎可因地區分貴賤？這裏有分教。一等與九等之別，只是僑生中一些好事者搞笑出來的稱號。現今想來，八等僑生想是濠江客吧，因為以人數論，僅次於香港。

可是從第二到第七等，究竟是屬於哪些地區的少爺小姐呢？大家一直沒有甚麼共識。偶然在合資聚餐的飯桌上，有九等人物突然自告奮勇登高一呼，說要請喝啤酒，大夥兒一時感激得措手不及，不知如何應對是好。幸座中有人急智生者眼珠一轉，揚聲道，「有了，咱們禮尚往來，推舉他跳一分，升為八等，各兄台意下如何？」

眾人轟然叫好，紛紛舉杯為豪客言賀。隨後更有貪得無厭之徒，理直氣壯的對豪客說，再買一 round，多升一等。豪客也是窮學生，疏財能力有限，再買幾 rounds，自己過兩天說不定要喝西北風了，只好將就安於八等名份。

這個場面，現在想來，有趣極了。如果這位豪客不但豪於情，亦豐於資，能應付七八個 rounds 的要求，那麼一晚下來連升七八級，不是可以跟我們的戴詩人平起平坐麼？名位之虛幻，由此可見。

不過階級畢竟是階級，有些識別，從小地方也可看出來。有一次我這九等僑生約了一等詩人到操場踢足球。見面時，我失聲叫出來，「乖乖！你沒搞錯吧？我們又不是去化裝舞會！」原來我們詩人穿的，不是球鞋，而是可以出場面的皮鞋。幸好他沒有穿長褲盛裝出現就是。不過，無論如何，眼前浮現的學生哥，運動短褲，進口皮鞋，總不是理想配搭就是，也不知這是那門子的 fashion designer 的怪主意。

虛心問詩人登革履到球場的緣由。原來戴少爺到出門時找不到球鞋，又不想遲到，只好找到鞋子就穿，胡亂應付一下。各位朋友，守時是我們詩人一大美德。

遙念戴天，自然就想到一九六八至一九七一年間我在中文大學任教時與他相處的一段日子。那時詩人、胡菊人、胡金銓和林悅恒幾條漢子，常有聚會。紅酒尚未當道，自認格調高者多取茅台、高粱或五糧液。九等僑生自問段數不高，只好在旁羞怯怯的呷着啤酒助興。

詩人的酒意，單憑面相看不出來，但你一聽到他口吐真言時，若夾雜了些甚麼 monami，

mon dieu和c'est la vie的片語，就知道他喝得差不多了。難得的是他酒醉三分醒，體諒到我們接受法語的能力，沒有再說甚麼哲理的話。座上獨醒者如林悅恆，眼見時候差不多了，就哄哄騙騙的護送他和菊人回太子道寓所。然後你看到，他們拾級而上時，在每層住客的門鈴上得意的勁按幾下，像頑童一樣掩嘴而笑，然後繼續上樓，繼續按鈴。

詩人在台大就讀時，曾在夏濟安主編的《文學雜誌》刊登過〈風：致阿雲〉一詩，有名句：「我的心掛在椰樹上，青青的、澀澀的果實。」細心讀者，不用懷春，也可一眼看出這是情詩。這當然是情詩。但青青澀澀的果實，其實就是赤子之心。戴天疾惡如仇，素有俠風。朋友聚會，月旦人物或議論時事，若偶及他老先生認為「不是東西」的東西，說不定他會忍不住破口大罵那個「甚麼東西」的東西。這就是青青澀澀性子本色。

這種性子，只合當閒雲野鶴。六十年代他在香港有一段日子曾是「待業青年」，朋友替他着急，一看到有機會，就給他通風報訊。見他遲遲「議而不決」，乾脆把申請表格也替他捎來。他老人家會不會跟進，真是天曉得。「皇帝不急太監急」，想是這種滋味。

但詩人一旦為了吃飯而白天應卯，他就絕不含糊。一九六八至七一年我留港期間，曾替他任事的美國出版機構翻譯過幾本小說。詩人負責給我編輯譯稿。他心事如塵，不少誤讀誤譯都給他挑了出來。

寫報紙專欄，印象中他從未脫稿。幾年前他挑燈看球賽，急人之急，大喊大叫，結果因興奮過度送院治療。我得消息後去看他，喜見他「硬是要得」，談笑自如。歸途中，我突然想到，詩人雖然一向酒後照爬格子，但這次人在病中，恐怕有心無力了。顯然我又低估了詩人的能耐了，因為專欄第二天一樣如常見報。

因此就詩人而言，「閒雲野鶴」不等同「遊手好閒」。性情中人做事，第一個考慮是工作能否配合情性。與他同班的台大同學畢業後，不少放洋唸博士學位。詩人在英語和法語同是官方語言的毛里求斯長大。就研究院對外語的要求說來，他兼通法語，在這方面的條件比一般人高。但他沒有放洋去為「工會證書」而入學，想是研究院的清規戒律，不合自己情性。借用《世說新語》的話，詩人大概覺得「我與我周旋久，寧作我。」說得也是，在家呼喝「杯，汝前來！」慣了，讀書怎肯讓人牽着鼻子走？

暑假停課後，特別想念這位慷慨、灑脫、熱情、又從不屑為自己「文壇」地位營營逐逐的朋友。多倫多驀地又起沙士風雲，真希望這位「世外高人」能覷個空檔，溜到 SARS-free 的香江來促膝話舊，共度 one crowded hour of glorious life。

林行止的兩個世界

林行止作品，議論縱橫，雜花生樹。議論是他在《信報》專欄的本色。二十多年來他的政經短評，觸及的經濟、社會、政治和文化範圍，可說「百技紛陳」。

王國維有言，世間事「可信者不可愛，可愛者不可信」。君子不器。唯林行止以「在野」之身，始能發諤諤之言。國事天下事，論題一夾雜人道主義或「民族大義」情結時，要作持平之論，話就不容易說得可愛了。

七十年代以「計劃報廢」(planned obsolescence) 為生產指標的美國汽車工業，給「價廉物美，經久耐用」的東洋進口貨打得落花流水。

那時日，在汽車生產重鎮底特律，時見開着行將「報廢」產品的美國愛國公民車子後面，bumper stickers 上貼着 Drive American 這類號召同胞用國貨的字樣。

有些本田豐田車主，晚上到酒吧作樂，打烊出門時一看，自己的寶貝車子前窗玻璃已砸得粉碎。

可是即使「大氣候」不利進忠言，敢站出來橫眉冷語對千夫的，仍大有人在。記得當時在報章上看到的讀者投書中，最聳人聽聞的一篇是這麼作標題的：Buying American is unpatriotic，誰買美國產品，誰就不愛國！

這些人吃了豹子膽？倒也不是。他們有恃無恐，敢於說「不」，因為堅信是非曲直，公道自在人心。明知美國汽車金玉其外，敗絮其中，你還要繼續光顧，就是幫倒忙，讓他們「吃」定了你。

這類型的「愛國」行為，直同「養奸為患」。有這種長期顧客供養，做買賣的人的確可以坐以待「幣」。長此下去，美國的經濟不就垮了？

大概是受了這種「曲線愛國」言論刺激，美國三大汽車公司（General Motors, Ford, Chrysler）的產品，八十年代初現轉機，漸漸贏得美國消費者的信心。

林行止的政經短評，辛苦經營了二十多年，在香港社會的知識與領導階層建立了傲人的公信力。在「朕即天下」時代，九五之尊一言而為天下法，靠的是赤裸裸的權力。書生無權無勢，說話要人家當作一回事，除了取信於人外，別無他法。公信力積聚下來，就是影響力的基礎。

林行止「香江第一健筆」美譽，得來不易。他沒有說過 Buying Chinese is unpatriotic 這類「離經叛道」的話，但這些年來，言論為了信而有徵，字裏行間時見逆耳之言，倒是事實。春秋之筆，亦合該如是。

政治無情，經濟學又離不開統計數字。林行止專業政經，平日看書，當以此兩項為當務之急。這類著作，會不會令人神往得像五柳先生那樣「欣然忘食」？長日廝守，會不會嘴裏淡出鳥來？會不會想到「移情別戀」去暫時享受一下「域外之趣」？

政經之餘神遊域外，是林行止多年的嗜好。他一有空檔，就讀「閒書」。這裏說的「閒書」，得引用他的話落注：「多年前我在英國的時候，聽從一位前輩的勸告，離開圖書館後，絕對不要看本科的書籍。」

林行止的「本科」是政治經濟，因此與此課題無關的出版物均可以「閒書」視之。教我們大開眼界的是，他看的雖是「閒書」，但事事要問緣由、求水落石出的脾氣不改。更難得的是，他涉獵的範圍絕對是「雅俗共賞」。這邊廂他向你細訴曼陀林之戀，你聽得入神，方留戀處，他已換了嘴臉，煞有介事的引經據典給你講「趣不可當的西洋屁話」！

這類根據與其所學無關書籍寫成的作品，林行止統稱為「閒讀閒筆」。這類書寫的特色，幾年前我曾以〈怎生一個閒字了得〉一文介紹過。

在傳媒資訊供過於求的時代，刊於報紙的文字，堪剪存者必有其異於凡品的一面。美國小說家 Joyce Carol Oates 為去年出版的 *The Best American Essays of the Century*（本世紀美國最佳散文選）作序，把散文粗分為三大類。第一類好「誨人不倦」（instruct），故屬 opinion essays；第二類作家睹物思人，好「往事追憶」，可稱「印象派」；第三類以「傳遞資訊與知識」（impart information and knowledge）為旨趣，或可名之為「務實派」。

Oates 說得好，在今天我們奉行「平等主義文化」（egalitarian culture）的社會中，關乎道德倫理這類話題，各有各的立場和看法。端的是「東風吹，戰鼓擂，今天誰也不怕誰」。誰板着面孔傳「福音」，誰就是牛鼻子老道。為甚麼要聽你的？

難怪今天的讀者對這類散文興趣乏乏。「印象派」作家觸景生情，處處憐芳草。記取「荷塘月色」或「槳聲燈影裏的秦淮河」這類的筆墨，只要風姿別具，今天依然有讀者的。

林行止的政經短評和「雜花生樹」的閒讀閒筆，題目儘管不同，腔調亦因應有異，但本質上，他寫作的方向是一致的：提供資訊，傳授知識，因此可說是 Oates 心目中的「務實作家」。務實作家不信口雌黃，事事講求言之有物。林行止「香江第一健筆」的美譽，就是建立於這種誠信的基礎上。

我們把他的文字看作一回事，也就是為了這個原因。

生活其實可以如此美好

「……《枕草子》的內容體裁可長可短，前後沒有一定的連貫性，這就給了我很大的啟發。」這是林文月教授在一篇訪問中對金聖華教授說的話。她在散文集《擬古》中那篇〈香港八日遊〉的文體，就是有意擬日本名著《枕草子》格式的，「可長可短，前後沒有一定的連貫性」。

一九八一年秋天，突然接到通知，我在台大的老師侯健教授要到威斯康辛校園來參觀。隨行的還有姚一葦和林文月兩位教授。姚教授是戲劇評論專家。林教授是台大中文系教授，比我早幾屆畢業，雖然不同學系，卻是「學長」。

威斯康辛大學的校園，就是Madison市，雖說風景秀麗，但交通不便，不是紐約或舊金山那類使過境旅客想到趁便一遊的地方。但正因如此，突聞有朋自遠方來，感覺特別親切。你知道，小地方交通不便，他們不是因為在家悶得發慌才來看你的。

那天晚上，東亞語文系同事鄭再發教授夫婦權充嚮導，把三位台灣訪客帶到我家。坐下來不久，林文月就試探的問：「聽說你很會調馬丁尼？」她準是看了我在《二殘遊記》中有關馬丁尼的八道胡說！

侯、姚、鄭三位的杯中物，各有所好，不用招呼，自成天地去了。我把調製馬丁尼的各式「道具」，一一放在素有「酒仙」之譽的學姐面前，然後冰塊、杜松子、苦艾，三結合混在一起，

stir stir, shake shake。

倒在高腳杯，加了一片檸檬皮，恭恭敬敬的擱在她面前。整個調配過程，複雜繁瑣，她看愣了眼。怪不得呷了一口，就說：「真囉嗦，對不對？」跟着又呷了一口，讚嘆道：「唔，好香！果然別有一番風味。給我再調一杯吧。」

我遵命調酒，也遵命陪她喝着。大概自己在國外耽久了，一直覺得台灣朋友在飯桌上「勸酒」的規矩，因為強人所難，所以顯得非常野蠻。要賓主盡興，還是任由對方「適才量性」的好。學長在台灣的公私場合，喝馬丁尼的機會想是不多。說不定那天晚上我為她調製的飲品是新經驗。她一口接一口的「隨意」呷着，一個多鐘頭後那瓶新開的 Beefeater 快已見底。我默察她言談舉動，竟不露半點酡紅。「酒仙之譽，果然不虛。」我暗暗叫好說。

第二天看到再發，大大稱讚了林學長的酒量，喝了半瓶多的杜松子酒，竟看不出半分醉意。再發笑嘻嘻抖出真相：「她要強，不讓你們看到就是。回家的路上，她腳步也站不穩哩，哈！哈！」

十多年後讀林文月教授大文〈飲酒及與飲酒相關的記憶〉。她提到出國訪問，最不習慣的就是在大庭廣眾之間寒暄。有一次在一個專為她而舉辦的場合上，有幾位陌生的外國學者，經人介紹後竟睜大眼睛說：「呵，你就是那個很會喝酒的林文月嗎？」

林文月教授若在飯桌上遇到這種冒失鬼勸酒，自己既「不擅長忸怩計較，只好飲盡杯中物。那要比多費口舌計較或推辭簡單俐落多。飲酒固非易事，自忖日常所做之事中，也多屬不容易。做學問、寫文章，乃至譯事斟酌，哪一樣是容易的呢？若其勉強過量喝酒，大不了一醉罷了。」

大不了一醉罷了，省得跟你們這些男子漢斤斤計較。

〈生活其實可以如此美好〉原是一篇書評，介紹法蘭西斯·梅耶（Frances Meyes）暢銷書《杜鎮艷陽下》（*Under the Tuscan Sun*）。梅耶女士是意大利裔美國人、詩人、美食家，在舊金山州立大學教文學創作。

梅耶有一次跟她男友或再婚丈夫到意大利旅行，途經杜鎮，被一座「高大方正的杏紅色外貌，褪色的綠窗及老式磚頂」的古老房子迷住了。他們猶豫再三後，終於決定買了下來，自己動手動腳去粉刷裝修。

杜鎮入夜有「星光蛙鳴。他們二人在簡單的傢具佈置的大房子裏憩息，倒兩杯當地產的葡萄酒，放鬆筋骨，面對着一片空曠的野趣景物，只是談着、談着、談着……。」

杜鎮原是小鄉村，居民多為農家，種植葡萄及各種水果蔬菜。梅耶和她的男友生性好客，跟親友鄰居時有往還。林文月讀着書中片段，腦中不禁浮現出陶淵明的詩句：「漉我新熟酒，隻雞招近局。日入室中闇，荊薪代明燭。」

林文月的思緒，跟隨着梅耶在杜鎮佈置新居的活動翻騰。她很高興的認識到，「生活的美好，也可以是在清除房屋，安排傢具，或者飲膳烹調方面」追尋。

〈生活其實可以如此美好〉一文，今收在《飲膳札記》一書作附錄。此書為林教授入廚多年所做的筆記，每回請客的名單、日期和菜式都有記錄。「這樣做的好處在於一方面避免讓客人每次吃到相同的菜餚；另一方面則可以從舊菜單中得到新靈感。」

且看林教授請三位老師的菜單：

涼拌三絲（豆腐乾、萵苣、火腿）
滷牛肉片
菠菜豆乾
蘑菇蠶豆
糟炒雞絲
潮州魚翅
香酥鴨
清炒豆苗
口蘑湯
芋泥
白蘭地西瓜

林文月在台大的三位老師分別是台靜農、鄭騫和孔德成三位教授。台先生和孔先生善飲，所以主人請了酒量好而又豪爽的學長何佑森夫婦作陪。

這位親手作羹湯的女主人請客，心思綿密，不但為善飲的幾位客人特別準備了四款佐酒的前菜，而且為了自己有充份時間坐下來陪賓客談笑，菜單上所列的菜式，只有蘑菇蠶豆、糟炒雞絲、清炒豆苗和口蘑湯需要現炒熱食。其餘的菜，都是事前準備好的，臨時一炸一熱，就可上菜。

林文月認為，「宴客之際，菜餚固然重要，而席間氛圍更應注意，若主人盡在廚房忙碌而無暇陪賓，實在既掃興又失禮」。

林文月教授著作等身：學術論文、翻譯、散文，三位一體。《謝靈運及其詩》、《澄輝集》、《山水與古典》、《中古文學論叢》，這類論述，是她稱譽士林的學術著作。其實，論投入的時間和心血，林文月在翻譯上付出的最多。

紫式部的《源氏物語》，在日本文學的地位，堪與《紅樓夢》在中國文學之地位比擬。林文月花了六年的時間去翻譯。隨後她再接再厲，先後完成《枕草子》、《和泉式部日記》和《伊勢物語》三本經典著作。今天任誰提到古典日本文學中譯，就會自自然然的想起林文月。

林文月的散文著作，已結集的有《京都一年》、《讀中文系的人》、《遙遠》、《午後書房》、《交談》、《擬古》、《作品》、《風之花》、《夏天的會話》和上面提到的《飲膳札記》。

這種成就，足以傲人。的確，林文月這輩子的學術生涯，即使只翻譯了《源氏物語》、《枕草子》、《和泉式部日記》和《伊勢物語》，已夠傲人的了。她傲人的成就，來自天生的傲氣。中學畢業時，同學一窩蜂報考台大外文系，她偏不服氣，把表格上原來填好的「外文系」，用刀片刮去「外」字填上「中」字。

在大學教書時，她覺得中國人對日本文學的了解太膚淺，認為要認識一國文化，不能不追溯源頭。「大家不做，我來做」。因此有《源氏物語》等名著的中譯。

林文月是個不肯讓白日閒過的人。從她的文字與言談，你可以看出「成就感」是她「美好」生活不可或缺的因素。

燒一頓飯宴請朋友，幹嗎要那麼煞有介事做起 research 來？因為：「烹飪之道，固然為了應付三餐之所需，不得不特別花費精神，而且烹而食之之際，又往往能夠獲得當下立即的成就感，所以令我對之興味盎然。」

林文月跟金聖華在訪問錄中一段對話，可進一步幫助我們了解她對成就感的定義：「別的有成就的女性，因為身兼好幾個角色，要當妻子、女兒、母親，的確很辛苦。我這個人有一個不同的地方，就是常常把責任、工作弄到後來變成一種享受。做家務清潔工作，我當作運動，把家變得可愛，就很有成就感。……我對人生、世界一直充滿好奇心，永遠有興趣去發掘。……即使累一點，也很快樂，也許，我對生命太貪心了吧。」

林文月跟我們一樣，討厭蒼蠅，討厭牠老愛在我們吃飯時營營地飛來飛去。有一回，她拿起蒼蠅拍子，正準備迎頭痛擊，突然發覺自己對蒼蠅認識太少。如何辨別兩隻蒼蠅之間異同呢？於是：

蒼蠅與我各據一端，面面相覷。

我注意到，牠其實並不是完全靜止，正一刻不停地搓動着細細的足部。這種動作令我記起小林一茶的俳句：

「莫要打哪，蒼蠅在搓着牠的手搓着牠的腳。」

果然，林文月動了惻隱之心，下不了手，決定繼續觀察。過了好一陣子，電話鈴響。她聽完電話後，要趕辦許多事情，竟把蒼蠅忘了。

第二天，她清理房間，「卻赫然發現枱燈左側有一個黑點。細看，竟是一隻死蒼蠅。牠的身體倒翻了過來，兩排細腿朝上蜷曲着。由那不大不小沒有特色的形態判斷，我知道那必是昨夜陪伴我的蒼蠅無疑，遂有一種如今只有我自己明白的孤寂之感襲上心頭。」

《浮生六記》的沈三白，窮愁潦倒，卻不忘苦中作樂。憶童稚時，把成群的夏蚊看作群鶴舞於空中。林文月拍蠅、觀蠅、悼蠅的心理歷程，雖不能強說是一種成就感，但確確實實是一種神奇的經驗，滿足了她的好奇心。

生老病死。人生實苦。林文月的學術生涯雖然一帆風順，但在私人生活上，一樣逃不過人生各種磨難。她堅毅不拔，把握眼前每個可以創造「成就感」的機會，一本接一本的完成她的寫作計劃，直是「生活其實可以如此美好」的一己證言。

「我喜歡很努力地過一輩子，很充實地經歷各種階段，然後很尊嚴地老去，」她對金聖華這麼說。

文字是董橋的顏色

我應該是七八十年代之間認識董橋的。那時他編《明報月刊》，我在威斯康辛大學教書。他來信約稿，每次攤開來看到滿紙俊秀的毛筆字，精神為之一爽。想到自己筆耕多年，從未遇到一位編輯給我寫過毛筆字。心裏一感動，就一口答應下來。

我們因此開始通信。我書寫用鋼筆，心中有愧。但更難過的是字體七零八落。自己明明要說的是「魯」，人家卻看出「魚」來，真不好意思。

跟董橋通信一段日子，真的有過拿起毛筆重臨「硃砂簿」的衝動。但轉念自己早過不惑之年，提筆練字，一不小心，會惹上「五十肩」，只好作罷。

小董既然沒有覺得我塗鴉跟他書信往來是慢待了他，我也因此我行我素：來信即覆，不計觀瞻。

有一天，收到他一封信，談到他在香港的生活，說平日「白天應卯」，只有晚上更殘漏盡時才能檢回自己，讀書寫作。

「白天應卯」？不懂。乞靈字典，始知「舊時官署辦公室從清晨卯時始，點名稱點卯，應名為畫卯、應卯」。原來小董要說的是，他白天上班要「打咭」！不識「應卯」之來龍去脈，枉讀詩書，自己因此面紅了一陣。

自六十年代開始，沾了老師夏濟安的光，我跟他弟弟夏志清教授經常通信。寫了七八封後，志清先生說，「你的字看得太吃力，以後來信用英文吧。」

就這樣，我跟志清先生互通音訊三十多年，用的都是英文。先生英美文學出身，許多勸慰和勉勵我的話，隨手拈來，都是大師的吉光片羽。至今還記得他引了 Henry James 一句：drink life to the dregs，漂亮極了。人生酒一杯，不管是苦是甜，總要一飲而盡，一滴不留。

小董為了禮貌，沒有說讀我的信費力，但我寫出來的是甚麼貨色，自己比誰都清楚。一念及此，就用打字機告訴小董，不跟他玩方塊字了，今後給他寫信，概用英文。理由？打字機可以遮羞。

不久就接到他的回信，也是用陳年打字機打出來的英文。

這麼一說，竟是二十多年前的往事了。二十年前的小董，見報的文字不多。我成為小董的忠實讀者，始於一九九五年他在《明報》發表的《英華沉浮錄》。一來他的題材常與翻譯有關，二來文字本身氣派不凡，引人入勝。晨起讀董橋成了我近年生活習慣。

有時讀後浮思不斷，順手作了「眉批」，日後綴集成之者有三：〈捉字虱之必要〉、〈文字豈是東西〉和〈董橋的散文〉。最近重讀舊作，發覺所言有關董橋文字特色，該說的話沒有說，或是說得不到家。謹以此文作補充。

董橋文字的特色，就是他的文字。他是香港專欄作家的苦吟僧。從他對自己作品要求之苛看來，可見他今天的成就絕非偶然。還是由他自白吧：「我紮紮實實用功了幾十年，我正正直直生活了幾十年，我計計較較衡量了每一個字，我沒有辜負簽上我的名字的每一篇文字。」

珍惜羽毛的法國作家，下筆力求每個字恰如其分（le mot juste），就是這種精神。董橋量度 le mot juste 的標準，自有一套規矩。我們記得他有一篇文章是用〈就一個字：shit!〉作標題。

他計計較較衡量了每一個字後，覺得只有一個字可以形容香港近來發生的一些事：shit!「中文『屎』字『也用以比喻極低劣的事物』，比如『今嘲惡詩曰屎詩』；英文 shit 雖然也 "used to express anger, impatience on disgust"，活用起來比中文粗得利落。」

因此他棄用〈就一個字：屎！〉作題。

他還有一個教人「皺眉」的標題〈唱高調是放屁〉。小董怎麼動了肝火？事因「知識分子矯情孤傲教人反感；言行不一之餘，自吹自擂博取公信力的勾當不啻精神自瀆。……唱高調像放屁，人人都會」。

這題目當然可以說得乾淨些。唱高調令人「反感」不錯。令人「討厭」也不壞。甚至令人「反胃」也可以。但為了表達他對知識分子虛偽矯情之深痛惡絕，他覺得在此文的 context 內，只有「放屁」才是他想說的「恰如其分」的話。

董橋說話不避「粗野」之言，你還忍不住要聽。想來美國小說家 Joyce Carol Oates 所說也有道理。有些作家聲音特具魅力，你初聽時可能不習慣，甚至會抗拒，可是最後還是不知不覺的 be drawn irresistibly to experience this voice again and again。

這就是了，「忍不住一再側耳傾聽」。Oates 的話還未說完：「雖然我們說看某作家的作品，是為了認同他們言論的觀點，但實際上，我們是為了欣賞他們獨特的文字風格才去讀他們作品的」。

Oates 說得有理，上一個世紀，多少才智之士曾就美國的種族問題、道德問題、貧富懸殊問題、越戰、墮胎、青少年吸毒等社會話題發表過不少讜言偉論，但風潮一旦過去，作者說過甚麼話亦隨即遺忘——除非這些作者能有一種 unique employment of language to which we, as readers, are drawn。

我們認識的董橋，吐屬溫文，懷抱清輝。他不調皮撒野的時候，濡墨信筆，文字意境都惹古趣，令人銷魂。〈薰香記〉和〈繆姑太的扇子〉二篇，足為典範，既見文字鈎沉的深厚功力，亦托出了作者營造柳暗花明的心思。

董橋文字，還有一特色。有時熱辣辣的題目經過他的過濾，傾倒出來卻有「一泓秋水照人寒」的淒清。

〈聽那槳聲，看那燈影〉：「一天，樓道裏忽然傳來雜亂的腳步聲，一幫人擁進來了：『牛鬼蛇神都站起來！』有人喝令：『誰是俞平伯？』蒼老蒼老的俞先生轉身回應。……大詞家張伯駒向一個女紅衛兵報到，她遞一張表格要他填，用不屑的口吻問道：『你識字麼？』張伯駒說：『識一點兒。』」

此文發表於文革三十年後的五月十四日。小董說：「不要為千千萬萬砸爛了的文化尊嚴燒香點燭，……寧願讓歲月倒流到一九二三年八月槳聲燈影裏的那個晚上，『我和平伯同遊秦淮河；平伯是初泛，我是重來了……』俞先生的朋友朱自清這樣寫。」

小董還有一大段日子才到七十，可是在素材的取捨，早已隨心所欲。也百無禁忌。他建議〈董先生，該讀幾本閒書了〉。金庸一九九九年十月二十六日在杭州的講話，肯定「新聞工作者的首要任務，同解放軍一樣，也是聽黨與政府的指揮」。

董橋聽了，覺得不是味道，不敢苟同，因此在〈金庸在杭州的談話〉一文，客氣的說，「他要新聞工作者向解放軍看齊，那倒是香港傳媒人要從頭學習的課題了。查先生的言論前進得很」。

小董最近自述有言，「活了幾十年的人了，煙水池台，風景闌珊；荒村客路，斜陽無主」。人生到此境界，大可任自風流，但求無過，揮墨續寫〈繆姑太的扇子〉餘緒就是。但關鍵時刻，他還是站出來說話，可見未能忘情，不失報人本色。

文字是董橋的特色。雖然他說「我只在乎我滿不滿意我筆下的文字。……人家說好說壞是人家的事：I don't care a damn，但任誰在文字上斤斤計較過的人，都會知道，這多少是句意氣話。

楊牧為台灣洪範版《中國近代散文選》作序，說：「散文是中國文學中最重要的類型之一，地位遠遠超過其同類之於西方的文學傳統，原因在於它多變化的本質和面貌，……典型既多，學者不乏聞問之道；一義偶得，體貌尚且不差，復能推陳出新，固然沾沾自喜；倘有敗筆，作者心神之不寧，更恐怕不是任何西方文人寫作散文時之所能夠想像」。

寫文章為甚麼要計較衡量每一個字、為甚麼會有時「心神不寧」，就是因為除了自己對文字 give a damn 外，還知道關心文字的讀者也 give a damn。

董橋出品，未必篇篇佳構。即使是佳構，也不一定合你口味。他的作品能在香港、中國大陸和台灣以不同的版本出現，可見對他文字 give a damn 的讀者不少。

但銷量多少，不足以界定作家的高下。在我看來，董橋「現象」的正面意義是：在中文處於「你家嚴、我令尊」這種無政府狀態的今天，還有這麼多人重視 the sanctity of the written word，可見人心未死。

文質彬彬的小董，為了讀者，可千萬別鬧情緒。

物換星移

上世紀八十年代初，一向朝氣勃勃、幹勁十足的台灣報業傳奇人物高信疆忽然一陣子顯得意氣消沉。我跟他通了幾次電話，告訴他如果想找個地方轉換一下環境，也不怕冷的話，可考慮到冰天雪地的 Madison 散散心。他說他得找個名份才能向老闆請假。季季在〈縱橫《人間》的浪漫兒〉一文說到七十年代《中國時報》每月的訂閱費是四十五元，但很多讀者只看〈人間〉副刊，於是報館採取特別措施，接受只訂副刊的讀者，訂費十五元。

給台灣報紙副刊創出一番新氣象的是以「高上秦」筆名寫詩的高信疆。當然，如果背後沒有開明進取的老闆余紀忠先生的支持，信疆魄力再大，目光再遠，也難成事。七十年代的台灣，經濟起飛，但政治上還是「鎖國」，警備司令總部控制言論的幅度，無遠弗屆。《中央日報》是黨報，刊登的都是中央通訊社消毒後的新聞。其他報刊的國際新聞跟黨報大同小異，要別具一格，只有在地方版和副刊上用心機。

余紀忠留學英國，秉承文人辦報的精神，《中國時報》營運一有基礎後即廣納賢士。信疆和他太太柯元馨大學畢業後不久，就被余先生招攬過去。余先生對副刊的角色看得準。他貴為國民黨中央常務委員，深知要在當時的政治環境中給寶島台灣拉開一線「天窗」，只能在七嘴八舌的副刊篇幅中騰出一角作「租界」。這租界正名為「海外專欄」。

「海外專欄」的作者清一色的是僑居外國的專業人士。他們吃不到永和豆漿，但享有「治外法權」。主持這個專欄的就是二十來歲的高上秦。初辦時，余先生還親自出馬幫他約稿，後來就由信疆一人獨挑大樑。信疆這輩子寫信最勤最認真的時期，就是主持「海外專欄」的頭一兩年。一九七一到一九七二年間我任教新加坡大學，他給我寫信，都長達三、四頁。一九七三年我回到美國，他不再寫信了，靠「越洋電話」聯絡。

台灣同胞在那年頭要出國「觀光」，哪像今天那麼家常便飯。「留學生文學」風靡一時，因為沒有機緣到外邊打一轉的讀者，都想透過這些「域外人」的文字一睹域外風光。給信疆抓來的作者的專業背景，不局限於文史哲，他們文章涉及的知識層面也因此超越一般副刊讀者熟悉的範圍。正因他們是「域外人」，借題發揮談起國是來，自然比「域內」的作者容易清心直說。

一九七三年信疆接掌〈人間〉。在余先生大力支持下，相繼推出一連串影響深遠的文化活動。除經常邀請名家主持座談會外，還設立了時報年度小說獎，積極培養新人。一九七四年他在〈人間〉推出「當代中國小說大展」，可視為事業上一個里程碑，因為被他引進的「海外作家」的其中一位是在台灣土生土長的陳若曦。在台灣居民對中央通訊社有關大陸現況的報道半信半疑的年代，陳若曦的文革系列小說，立時引起哄動。《中國時報》挾〈人間〉之風雷，在寶島一紙風行。副刊內容能提高報紙的聲譽與銷量，此乃實例。

信疆之能成為台灣報業傳奇，才具和眼光外，還因為他有膽識。李敖出獄後誰還敢用他的稿件？信疆主動找他在〈人間〉「隆重登場」。對柏楊，亦禮遇如此。信疆雖然不是「警總」

的常客，但被「召見」的次數一定不少。也真難為屢次替他說話的余先生。

那次跟「意氣消沉」的信疆通電話後，我順理成章的以他對中國報業的貢獻為據，給他辦理威斯康辛大學 Honorary Fellow 的申請手續。他在 Madison 半年，經常有古蒙仁和羅智成這些「老同學」作伴，喝酒聊天，倒不寂寞。信疆一九四四年出生，今年五月五日逝世。他在 Madison 時，曾多次跟我說過為了給〈人間〉拉名家稿件，有時真要賠上性命。因為有些大牌作家是否瞧得起你，得看你酒量如何。古龍的武俠小說，「奇貨可居」，得來也不易。原來這位《天涯．明月．刀》的作者，拿來盛酒的是臉盆大小的容器。信疆為了〈人間〉，迫得捨命相陪。我跟信疆也曾在 Madison 的胡姬酒肆中度過不少 Happy Hours。如今「長溝流月去無聲」。故人亦成故友。

孤懷抗俗

二零零四年四月號的《文學世紀》，古蒼梧和古劍訪問了陳映真。陳映真斬釘截鐵的說，他寫小說：「目的很簡單，就是宣傳，宣傳一整代足以譴責眼前犬儒主義世界的一代人。小說的藝術性就是為我的思想服務的。我公開承認我是一個意念先行的作家，我公開承認我是一個文學藝術的功利主義者，我公開認為文學是思想意識形態的宣傳，我並不以此為恥，問題是你寫得好不好。」

我們記得，毛澤東一九四二年在延安談話，確定了中共的文藝政策，要作家「旗幟鮮明」地為政治服務。根據這種指示，文學作品的功用，就是宣傳。宣傳就是替要推銷的商品或理念做廣告。廣告的配套和包裝，是R. G. Collingwood（一八八九—一九四三）在*Principles of Art*（一九三八）所說的一種magic，訴諸人類原始情感的一種藝術形式。母愛、宗教情懷、愛國心、長生不老的願望、女性對「艷絕人寰」容貌的追求等等，這些都是適合宣傳文字大展身手的範圍和對象。

「天國近了，你們應該悔過」不是宣傳上品，因為話說得太直截了當：你們不悔改，就要下地獄了。陳映真入獄（一九六八）前的小說如〈那麼衰老的眼淚〉和〈兀自照耀的太陽〉特別耐讀，說來也夠諷刺的，部份原因可能與政治環境有關。許多話，不能直說。他的文體，本來就有點陰柔。「口將言而囁嚅」時，在文字上開承轉合而成一種淒迷的美。

上引陳映真那段答客問，結尾那句話至為重要。他並不以宣傳思想意識形態為恥，「問題是你寫得好不好」。

陳映真的小說寫得好。他懂得策略，明白在馬克思和恩格斯的眼中，藝術自有其「相對的自主性」，不能像政治論文那樣喊口號。左派作家的文學創作，「要更多一點莎士比亞，要更少一點席勒。」

華盛頓大樓系列小說之一的〈夜行貨車〉（一九七八），是陳映真出獄後寫作生涯的一個里程碑。二十世紀七十年代台灣經濟「起飛」，成了美日資本的「加工區」。林榮平任職於美國「跨國」電子公司，能力為洋上司賞識，事業青雲直上。因為依戀高等華人的物質生活，對「君臨天下」的美國人只好逆來順受。他的情婦秘書 Linda 向他訴說他的洋老闆調戲她時，他也只是淡然一笑，啞忍下來。

年紀比他輕，長着「一頭經常零亂的長髮、肩膊出奇的寬闊」的同事詹奕宏，做人的宗旨可不一樣。他也是 Linda 的戀人。當他發覺女人跟林榮平的關係後，鬧着要分手。Linda 辦好移民去美國，公司的同事在觀光飯店給她餞行。

跨國公司的洋人弄不清楚，台灣這麼好，為甚麼中國人還是往美國跑。席上，有三分酒意的洋上司摩根索臉湊向 Linda 說：「奇怪吧，我們美國商人認為台北比紐約好千萬倍，而你們××的中國人卻認為美國是××的天堂。」

摩根索說的，當然是英文：And you f...ing Chinese think: the United States is f...ing paradise。

一頭亂髮、肩膊出奇寬闊的詹奕宏聽到 f...ing Chinese 這種字眼，氣得渾身發抖。他以辭職表示抗議，要洋人道歉，「像一個來自偉大的民主共和國的公民那樣地道歉。」離開餐廳時，他用台語向林榮平說：「你，我不知道。我，可是再也不要龜龜瑣瑣地過日子！」

本來還在跟他嘔氣的 Linda，看到這個場面，搶着追出去抱着他的臂膀。她看到他「方才為忿怒、悲哀、羞恥和痛苦所絞扭的臉已經不見了。他看來疲倦，卻顯得舒坦、祥和的這樣的他的臉，即使是她，也不曾見過的。」

他把一枚景泰藍的戒指套上她手上。Linda 哭了。他說，「別出去了，跟我回鄉下去……。」「他忽而想起那一列通過平交道的貨車。黑色的、強大的、長長的夜行貨車。轟隆轟隆地開向南方的他的故鄉的貨車。」

詹奕宏帶着 Linda 離開萬丈紅塵的台北市到南部去，是一種意識形態的指向，非常浪漫。他們兩位到南部詹的故鄉去耕田？Linda 會過得慣鄉村生活麼？這些問題不必有答案，正如易卜生戲劇中的娜拉走後怎辦？也不必有答案的道理一樣。要緊是詹奕宏的決定顯示的信念：人活着，一定要有尊嚴。

陳映真曾在美國的跨國公司謀生，對這種機構的 corporate politics 耳熟能詳，因此把故事的發展安排得合情合理。摩根索這種洋人，嘴臉儘管醜惡，陳映真卻沒有醜化他。事實上，陳映真看人，不存種族、國族、或省籍偏見。代表人道精神化身的〈賀大哥〉，也是一個美國人。〈夜行貨車〉的故事，明目張膽的 tendentious。難得的是文字不見八股。有時為了配合人物刻劃的必要，更不避腥葷。林榮平和詹奕宏同時迷上的 Linda，不但乳房「溫柔」，還長着「一頭濃而且潤的長長的髮，使她裸露的雙臂顯得格外的蠱惑。她的身段豐美，但是如果沒有那一雙修長而矯健的腿，面貌怎樣也說不上姣好的她，就不會有那一股異樣的嫵媚。」

馬家輝二月二十日在他的《明報》專欄報道說，「一位長居香港的台灣朋友聽知陳映真來港訪問，忽然陷入沉思，眼睛望着前方……。她永遠記得中學時代獨居斗室，寒冬夜裏，瑟縮於被窩裏細嚼〈夜行貨車〉，一顆心愈讀愈沉、愈讀愈沉，結局卻見男女主角在遭跨國企業肆意蹂躪的城市廢墟裏誓守尊嚴，她的眼淚忍不住汩汩流下，原來再如何卑微的人亦有權對如何自處作出抉擇，只在於你是否願意付出。」

如果〈夜行貨車〉的筆墨，全用來力數跨國公司在第三世界地區「加工」時各種巧取豪奪的不是，想不會是寒冬瑟縮被窩時的理想讀物。陳映真寫小說，確曉得「要更多一點莎士比亞」的道理。

「人活着，真絕！」這是〈第一件差事〉（一九六七）中投宿旅舍的胡心保自殺前反覆沉吟的話。才三十四歲，「年輕有為，可是忽然找不到路走了」。航海的人羅盤停了，航路地圖模糊了，電訊中斷，海風不吹。陳映真早期作品中人物，面對家國的敗落、民族的分裂、個人道德的困惑、思想沒出路時，要不是陷入瘋狂，就是自己了斷生命，像在〈第一件差事〉中給人「風華正茂」感覺的胡心保。

人活着，要有尊嚴，更要有活下去的意義。在古蒼梧、古劍的〈左翼人生：文學與宗教〉的訪談錄中，陳映真說他在綠島服刑時，曾多次與五十年代入獄的中共地下黨員或「同路人」交談，「才知道人有罪性，好逸惡勞，墮落的一面」，可是人也有崇高、願意為弱小者解放鬥爭和犧牲的一面。

蔣經國主政時的台灣，解嚴（一九八七）前的兩三年，政治已開始「自由化」。陳映真亦趁此機會公開面對了許多早年只能用晦隱手法拱托出來的政治問題。同在一九八三年刊出的〈鈴璫花〉和〈山路〉是這個時期的代表作。

〈鈴璫花〉中把放牛的窮學生也當人看待的高東茂老師，「匪諜」身份暴露後躲在山洞，終於也難逃一死。〈山路〉以蔡千惠的追憶記述李國坤和黃貞柏兩位「一心要為別人幸福去死」的「聖徒」生平。

李國坤「正法」後，黃貞柏也判了無期徒刑。蔡千惠的二哥在「白色恐怖」期間，為了自保，供出了李國坤和他「同路人」的名單。為了替家族贖罪，千惠以「像花朵一般年輕的身體」，冒充國坤在外結過婚的妻子，投身李家照顧他在煤礦當工人的年邁父親、羸弱的母親、和一個年幼的弟弟。

三十年後，台灣經濟「起飛」，當年餐粥不繼的小弟弟變了「中產階級」，已經成家立業了。

就在這個時候，千惠在報上讀到黃貞柏特赦出獄的消息。

突然間，千惠對國坤弟弟「一寸寸建立起來的房子、地毯、冷暖氣、沙發、彩色電視、音響和汽車，感到刺心的羞恥」。

人活着，真絕。千惠自得知貞柏恢復自由身後，就在毫無病徵的情況下，突然「萎弱下來。好好的一個人，突然就那樣萎弱下來」，終於離開人世。

在她寄給黃貞柏、卻沒有發出的信中，千惠告訴他幾十年來，「白日失神時，光只是想着您們夢中的旗幟，在鎮上的天空裏飄揚，就禁不住使我熱淚滿眶。」

紅旗沒有在蔡千惠的天空飄揚。她想着想着，有點駭然：「如果大陸的革命墮落了，國坤大哥的赴死，和你的長久的囚錮，會不會終於成為比死、比半生囚禁更為殘酷的徒然……。」

王德威在陳映真中篇小說〈歸鄉〉（一九九九）發表後，曾以「最後的馬克思」為題綜論他作品的特色。王德威直截了當的說：「陳映真的文學成就必須和他的政治抱負等量齊觀。他對他的主義一往情深，無怨無悔，本身就是一則浪漫傳奇。」

在王德威眼中，陳映真與共產革命的「情史」，充滿了錯位和異化的悲喜劇。「在慘澹噤啞的六十年代，他是不受歡迎的吶喊者；在眾聲喧嘩的九十年代，他卻早被更刺耳的叫囂所湮沒。他沒趕上祖國飛揚壯闊的開國歲月，卻在世紀末被大陸評者奉為『比老幹部還老幹部』，令人發思古之幽情。……後天安門、後毛鄧的時代裏，市場經濟及消費文化竟羈佔神州。」

這種局勢的轉變，諷刺是夠諷刺的了，但陳映真對自己的「主義」，並沒有失去信心。刊在同期的《文學世紀》中，有林幸謙的訪問。陳映真說，「左派的退潮不是我一個人的遭遇，而是全世界的情況。……我始終認為，只要資本主義的內部矛盾沒有解決，只要資本主義不是人類最後的答案，人類就留下了對於社會主義選擇的可能性。」

借用黃繼持形容魯迅的話，陳映真對人道主義的情懷，不離不棄，繼續「孤懷抗俗」。他的眼淚，雖然「那麼衰老」，卻依樣感人，一來因為「他的敍事魅力依然無可比擬」，二來因為他的文字，是Lionel Trilling（一九零五—一九七五）稱誦的兩種元素的結晶：authenticity and sincerity，既可信，又真誠。

見樹也見林：鄭樹森的文化評述

鄭樹森為人低調，很少接受傳媒訪問。一個謹言慎行、做學問格物致知的人，一旦被人家挑起話題，想難免有身世悠悠，不知從何說起之感。正因如此，紀大偉於一九九七年三月十日發表於台灣《聯合報》的特寫，特別珍貴。文章題為「御風而行的荷米斯：鄭樹森談讀書經驗」，文長五千餘字。荷米斯即希臘神話的 Hermes，字典音譯赫耳墨斯。「荷米斯腳穿帶翼的涼鞋，上天下地，勝任神祇的信差。荷米斯在眾人面前宣示焚風般的信息，步伐敏捷，無視於牆垛的存在；人們想要問清他來龍去脈時，荷米斯已馳往另一空間，神不知鬼不覺。」

閉門家裏坐的鄭教授，一下子變了足登插翼涼鞋的荷米斯，事出有因。自一九八零年開始至九十年代後期，台灣的《聯合報》把每年諾貝爾文學獎放發的有關新聞，作重點處理。最令行家嘆為觀止的是，往往獲獎人的名字一公佈後，鄭樹森的專訪即配合評介在第二天見報。

要訪問一個作家，最基本的禮貌是事前做足準備工夫。作家的著作、教育背景和宗教信仰，起碼得有個粗淺的認識。不能光拿「你愛吃中國菜嗎？」或「閒來有甚麼消遣？」作話題。

果然不錯。按紀大偉所記，早在多年以前，鄭樹森和聯副編輯手上就握有一份諾貝爾熱門入圍名單。歷史證明，這份名單奇準，列名的作家幾乎個個得獎。鄭樹森解釋說，「對於諾貝爾獎的心得，並不是出自奇門遁甲，而是長期閱讀的自然結果。」

鄭樹森替《聯合報》充當荷米斯，是為了個人興趣。不過，這差事要求的條件這麼高，不是光憑個人興趣就可以擔當得來的。我們可以說，博覽中外文學作品，關心世界文壇發展狀態，是他平日例行的功課。沒有《聯合報》的邀請，他也一樣我行我素的過着這種生活。在出任香港科技大學人文學部教授前，他曾任美國加州大學（San Diego）比較文學組主任和文學研究所所長。國人在美國重點大學研究院開西方文學理論課程的，比我老一輩的，有曾在威斯康辛大學（Madison）任教的盧飛白。跟我同輩的，有一直在芝加哥大學任教的余國藩。晚一輩的，就是鄭樹森。

楊牧在《藝文綴語》的序言這麼說：「鄭樹森在我的同儕當中最能結合文學和藝術於一共同的閱讀策略之下，互使激蕩，以凸顯其相對的、絕對的智慧。……追蹤中文世界（包括香港、台灣、中國）以及北美、中南美、歐洲和亞洲多種繁複而起落快速的文學和藝術，對全世界擾攘的藝文現象加以冷靜的觀察、檢視、分析、解說，然後將值得保存的作品定位，分門別類穩妥地擺在它應該擺的位置。樹森作這樣無人能望其背項的工作長年如一日……。」

「無人能望其背項」，絕非誇詞。讀紀大偉的特寫，方知鄭樹森的興趣除概括文學與電影這兩大範圍外，還兼顧建築。他在加州大學有一個時期開的文學、文化理論的課中兼及建築理論，尤其是和後現代以及亞洲建築相關的部份。

本文開始時說鄭樹森做學問「格物致知」，亦非虛言。他寫〈張愛玲·賴雅·布萊希特〉一文時，為了搜集有關賴雅（Ferdinand Reyher）的生平、文學成就、文壇交遊，以及身後遺稿的資料，用紀大偉的話說，不惜「上天下地」，包括通過司法部（Department of Justice）以資訊開放法案（Freedom of Information Act）為名向美國聯邦調查局（FBI）取得檔案翻閱。（事緣賴雅與左傾的布萊希特是好友，曾是FBI的調查對象，資料不公開。）

為了求證張愛玲的出生年月，他直接向張愛玲服務過的加州大學打聽。根據張愛玲自己填報的資料顯示，她的出生時間是一九二零年九月三十日。一九五六年張愛玲由港赴美參加Edward MacDowell Colony「作家營」時，個人背景的申報表上填寫的，亦是這個出生年份。

鄭樹森這個癡心文壇探子前後花了五年時間追蹤祖師奶奶的域外傳奇，所得資料新鮮刺激，言人所未言，文章發表後見獵心喜者眾，可想而知。這篇文章怎樣被行家不斷以翻炒、回鍋、加料、合併方式「重現」出來，他在〈張愛玲仍是一則傳奇〉作了交代。我們不妨替他解嘲說，在這方面他一樣是「無人能望其背項」。

已故台灣大學英美文學教授朱立民曾以《迫稿成篇》為自己一個集子命名。我看鄭樹森好些稿件也是被「迫」出來的。十多二十年來他擔任台灣兩大報文學獎的評審，這些會後限時交卷的報告或筆記，正是「迫稿成篇」的好例子。

〈只關心自己的肚臍眼〉一文，是因應陳映真一個問題而寫。他們兩位是去年（二零零三）《聯合報》文學獎的決審評委。進入決審階段的短篇小說共有十二篇，讀來像「喃喃自語的獨白」者佔大多數。難怪滿腔家國情懷的陳映真讀着讀着，覺得實在不是味道。為甚麼出現這種現象？因以此詢問同是評委的唐諾和鄭樹森的意見。

如果「喃喃自語的獨白」是「反小說」和「新小說」一個流派，那麼這流派不算時髦，因為三十年前鄭樹森已為台灣的《文學季刊》組織專輯介紹，後來還出版了專書。為甚麼台灣的年輕作家只對自己的肚臍眼感到興趣？依鄭樹森的看法，這種現象或可拿近年崛起德國小説界的三十歲上下的新生代參照來看。「這群作家對德國的歷史問題、兩德磨合、社會論爭都毫無興趣，作品關心的都是個人情緒或一些偏執，其中也有極度內心化的獨白或作品。德國評論界對這個現象也頗為困惑，暫時只以『我、我、我的世代』或『專注肚臍眼的世代』來概括。」

台灣新生代作家喃喃獨語的傾向，是不是反映了因面對十多年來台灣政治、社會、甚至價值的劇變產生出來的無力感？答案當然不能「是」與「不是」這麼簡單。鄭樹森回應陳映真一文可貴的地方，是舉出了近年德國文壇類同的經驗，給我們月旦「本土」作品時提供一種立論根據。

鄭樹森這篇文章，説的雖是台灣文壇現象，對我而言，卻有觸類旁通的效應。近年閱讀香港文學經驗所得，發覺愛盯着自己肚臍眼寫作的，其實還有香港新生代作家。盯着自己的肚臍眼寫作怎麼説也是一種自戀行為。看來王德威的話有理：「香港的情與愛是『自己與自己』的熱戀。」董啟章的〈安卓珍尼〉，不正是自戀的一種寫照麼？近十年來香港政治、社會、價值觀起了激變，打開報紙，看到的盡是父不慈、子不孝、夫妻反目、兄弟鬩牆的新聞。現實不堪聞問。自己的肚臍倒是百看不厭的。

紀大偉的訪問稿提到鄭樹森愛看電影，癡迷得不可自拔。「一談起電影，眼裏更是爆出火花。

他熱切地強調，『看電影絕不可以避開爛片！甚麼片都要看！』」甚麼爛片都要看？乍聽起來，這種言論乖巧荒謬，但若從文化研究的角度看來，「爛片」能給研究者提供的資料，應與「好片」一樣有價值。因為「電影是綜合性的造物，就算一部片的某些成份表現平庸，卻也可能飽含其他精彩的元素。」

鄭樹森文字，資訊強，理論基礎深厚。就拿電影來說吧，許多在內容上我們自以為是的電影，一經他點評後，第一個的反應可能是：怎麼我沒想到？希區考克（希治閣）的電影《鳥》，我們看了，記得麼？說的是成千上萬的飛鳥蓋地鋪天到美國一個小鎮襲擊居民的故事。場面雖然有點匪夷所思，但緊張刺激，絕對是驚心動魄的恐怖片。對了，這些「魔鳥」不懂憐香惜玉，第一次襲擊的，是從大城市來的金髮美女。

鄭樹森用李維史陀（Claude Lévi-Strauss）結構主義敍述學的觀點來作觀照，發覺此片突顯了不少二元對立的關係。更其微妙的是，隱藏在這些對立關係背後的，卻是一絲絲「憎恨女性」（misogynism）的情意結。鄭教授慢條斯理的把一部充滿懸疑驚險的電影一板一眼的給你解構，雖然有點煞風景，卻不由你不信。《縱目傳聲》所收的，不是抒情小品。像〈希區考克的女人問題〉這類文字，很是「知性」，套用陳腔濫調的話說，可以幫助我們「反思」。這就是他文字的本色。

借問酒仙何處有？

拜讀楊牧〈六朝之後酒中仙〉大文，驟覺書香酒氣撲面而來。更難得的是，詩人齒及賤名時，說劉紹銘「專攻杜松子苦艾，頗有心得」。真是豈敢豈敢！蓋筆者啖酒，不幸染了五柳讀書遺風，不求甚解。前些年即鬧過誤認「螺絲起子」為「學校司機」的笑話，現今想起，還覺汗顏。

楊牧想因獨飲而念故人，我卻常因念故人而獨飲。知己不常有，而知己中又能勝酒量者，更不常有。明知二者不易兼得，因此交上一個，就自自然然惺惺相惜起來。可恨世事多變，相交不到幾年，故人或自己就要西出陽關了。

我在威大中文系的同事中，喝酒能以級數論之的，只有鄭再發兄。（周公策縱在「五四」時期可能是個杜康君子，只是近年除了在喜慶場合敷衍一兩口外，可說滴酒不沾，因此論段數，僅算啟蒙。）再發兄師出台大中文名山，量吞河嶽，殆無疑問。遺憾的是他國粹派得只喝高粱大麯紹興，是個真的講究煮酒的人。而筆者在這方面是個永不道歉的崇洋分子。

看來酒友也有華夷之別。

幸好文人交酒友，不限於臭味相投的圈子。筆者這三四年來在陌地生的一號酒友，首推沈均生（也是楊牧舊識）。沈公子習商，我習文，可是一杯在手，甚麼都溝通了。遠適異國，昔人所悲，而在路滑霜濃的歲月中，若無「知酒」共度寂寞時光，倍覺蒼涼。

楊牧說我專攻杜松子苦艾，頗有心得。這句話雖抬舉了我，可是正因楊牧本人不諳此道，人云亦云，我也不見得有甚麼光彩。此話若出沈君之口，則作別論。事因楊牧近年所好的杯中物，僅限於宜作牛飲的啤酒，而沈均生與我，除了溽暑天時不得不以此小麥水解渴，平時喝的，都是成人飲料，如馬丁尼。茶有茶道，酒有酒道，而馬丁尼之調製，要得上品，需拿出齋戒沐浴的虔誠心情。

先取矮腳夜光杯一隻，置於冰箱冷櫃待用。杜松子與苦艾酒，寧缺毋濫。前者得用英國進口貨，如「吃牛肉的人」，後者應取來自蘇菲亞羅蘭故鄉的馬丁尼牌。一般酒吧酒保，若非事前指定，均用三「松」一「苦」的對比，實小兒科耳。均生兄與我，常從五一之數。是時也，潔手切澄黃檸檬皮一小圈片，取出冰櫃已上薄霜之夜光杯，注入受過冰塊洗禮的杜松苦艾，作「層」飲，味若仙醍。

馬丁尼系出雞尾，應是飯前酒。喝時杯中忌放冰塊。其他有關喝馬丁尼細節，不擬為醒者傳。上面百餘字，不過是為「頗有心得」的註腳，不想浪託虛名耳。

筆者朋輩中，嗜馬丁尼而又有段數者首推芝加哥大學余國藩兄。均生兄在這方面，僅算得是位顧曲的沈郎，因他只會喝，卻不會調。或調起來笨手笨腳，檸檬皮切成了檸檬塊，有失琴酒雅意。國藩兄不但身體力行，而且是有心人。記得年前路過芝加哥，承他招待，自機場接我返家，行李一放下，就拉我到廚房，打開冰箱一看，兩個披上濃霜的夜光杯已在緊急候命。

五一之數，在識者看來，已屬重量級。國藩兄造詣，尤有進者，他不用對比，只取點滴，那天他給我喝那杯仙醍，據説放了五滴。國藩兄在學術會場，談笑自如，羽扇綸巾；調製馬丁尼時，倒似御廚，以撒胡椒粉的手勢來佈苦艾。

陌地生酒友零落，可是一九六八至一九七一年的香港，以筆者的圈子來説，真是一呼四應。二胡（胡金銓、胡菊人），一戴（天）一林（悦恒）。那時除筆者與悦恒是住家男人，餘子皆屬遊手好閒輩。黃湯一灌，各露情性。金銓一樂，我們就慫恿他用上海話擬思果向教堂神甫辦告解一段相聲。此幕情景，思之捧腹。

酒量並不怎樣驚人而好作「仙」狀的是胡菊人與戴天。菊人一醉，就露青年導師的本色，滿嘴盡是使命感。戴天呢，要嘛是冷眼看世界，把我們看作哀鴻；要嘛就不請自彈，引吭高歌起來，説自己的菜燒得怎麼精美，因此最具王老五資格。

但他們的酒量實在平平，每於事後要人扶他們一把。若不扶，他們回家時就亂按門鈴，他鄉作故鄉。

悦恒不愧是我們的大宗師，有泰山崩於前不改其色的本領。每次酒會，儘管我們都酩酊得前仆後繼，他卻依然神氣清朗。醉眼看去，貌似老僧入定，可怕可佩之至。

愛酒的人不會酗酒，因深知「醉後添杯不如無也」。可是，另一方面，要真的懂得酒中趣，倒也得先具視死如歸的精神。不能一手握杯，另一手卻量着自己的脈搏。如果結了婚，自己視死如歸還不夠，還要太太充份合作，視若無睹。要不然與友輩杯觥交錯中，她以醒者身份，舉出一些最近公佈的酒與健康的衛生數字，一下子在座酒仙成謫仙，英雄變狗熊。

年紀越大，賞心樂事越少。做人難得糊塗，可是要清醒的活下去，卻非偶然糊塗一下不可。此時也，若有三五知己在座聽你的醉話，則人在福中矣。

一九八零年

半仙‧如半仙

〈借問酒仙何處有?〉一文見報後不久，李歐梵過訪，憤憤然謂余曰楊牧小覷了他，發誓他日必移樽就教，以證明自己是否「酒量平平」。

歐梵返回地之不毛後，我細加檢討，發覺自己交遊中，酒量及仙的，實在不多。

前年暑假回台，在聯副的飯席上有機會看到林文月喝酒。看到人家以水杯給她盛紹興，她不加檸檬梅子，一口口隨意作鯨飲而神清氣爽，套用杜光庭一句話：「見之心死。」像林教授這種海量，才有資格稱酒中仙。餘子，包括筆者，半仙而已。或等而下之，如半仙而已。

因有意為所識的半仙立傳。

李歐梵，河南人也。身長六尺，如果體量與人的酒量成正比，則他應是扛鼎之才。楊牧說他專攻蘇格蘭，屬實，蓋筆者曾有與他在兩小時內報銷了一瓶的雅量，過後他仍能「扶搖直上」(上樓睡覺)而不倒。真正的酒仙，該是一人一瓶，因曰半仙。

李君平日對人，一如歐陽子所言，虛懷謙厚，即有酒意，亦鮮見其道人之短。可是這種酒意，僅限於蘇格蘭或啤酒。若換了老夫本行的杜松子，兩杯半下肚，哎呀呀，是非觀、正義感、嫉惡如仇的本色再不受「溫文爾雅」美譽的阻壓，胸中壘塊此時盡吐無遺。

「狗屁，狗屁，某某之流的德性，怎會做拔一毛利天下的事。」

李生年逾四十，無婦，常感激讀浪漫文學。友好輩欲玉成其事者，下次請酒，應改用杜松，使他一回首就看到那人在燈火闌珊處。

楊牧，寶島花蓮人，不論故居新寓，四面均見盈盈秋水。身材中等，烈酒量平平。若是換了啤酒，可稱海量，如果喝啤酒也能入仙籍的話，則楊生眾望所歸，一「仙」當關，諸將披靡。

猶記去年五月中，楊生東征陌地生，會師紅樓。份屬知己，月前早備土啤一箱（兩打）候命。那天中飯，筆者在「熱狗樓」做東，共席的還有李半仙、白半仙（先勇）和筆者不會喝酒的「另一半」。啤酒叫了兩大水罐（pitcher 也），以便把粗食沖下。

楊牧一人包辦了三分之二「罐」。

下午，系老闆有招待會。老闆德裔美人，啤酒世家，楊牧到此，如魚得水，一個人偷偷到露台盡興。喝了多少，我不在場，無由備考。

晚飯因太太另有應酬（看紅樓書畫展），做了些適合國情的下酒物，讓我招呼西域來客。

西雅圖盛產「葛搭」——象鼻蚌，其肉奪殼而出時，如脱皮象鼻，極不雅觀。然物也不可以貌相。此物看來，雖令人起疙瘩，切成細片，拌以扶桑特產華搽比（芥末），日啖三四片，願長作西域人。

楊牧厚意，不遠千里帶來象鼻一條佐膳。席間我吃我的象鼻，他喝他的土啤，真是各得其所。

那天晚上，直鬧到凌晨二時多才鳴金收兵。促他上客房，自己把狼藉了的杯盤收拾一下，上樓正要問他要不要牙刷漱口，早已氣似奔雷。

第二天把空瓶子點點，始知楊生一人喝了十四瓶。此亦詩人足以傲視群儕一技之長也。李歐梵和楊牧是半仙。酒仙既可遇不可求，能夠得到半仙為友，已是緣份了。如果不苛求，看得開一點的話，則友儕中如半仙輩，大不乏人。聞道詩人中，愁予、瘂弦均號杜康君子。愁予每次路過陌地生，均在其好友均生兄公館作客。鄭夫人的歌，一絕。菜，二絕。可是愁予的酒量如何，尚屬傳說。

瘂弦與我，則同在陌地生度過一年貓臉的歲月。年節、假日，三五知己在寒舍小敍，若他在場，勸酒的目標總集中在他身上。這真是盛名之累。可是他談吐溫柔，酒也喝得溫柔，一點沒有退職阿兵哥豪氣干雲的模樣。此時也，我必做壞人，以「將在外軍令有所不受」的話釋其遠念。可是他泰然的說，非也、非也，若此杯中物是清酒，或紹興，必奉陪。

是耶非耶，不必深究，總之今天的瘂弦是如半仙就是。

雖是如半仙，也有分等級的。如果瘂弦是如半仙的甲級，則余光中是丙級。余詩人胸懷千仞，不爭氣的肚子只容涓滴。他筆下有關單人床雙人床的詩句，不但落英繽紛，而且「可信性」極強。可是，親愛的讀者，如果他寫的是，「吐露港前一片月，欲邀太白謀一醉」，可別上當。除非是蘋果西打也能醉人。

性嗜酒而又因身體反應的關係而不得不戒酒，其痛也，如愛珠光寶氣的女人患了對金器敏感症一樣。友輩中，陌地生同事李學博兄就是痛苦的一例。學博兄好啤酒，卻患了呼吸系統敏感症的頑疾。只啖一小口，輕者馬上涕淚交零，重者哮喘。好酒的人，遇到這種朋友，真是拿他沒辦法。

古人捨身救命的義風，常在自己不善飲、卻要硬湊大夥兒高興的朋友身上發現。令人感動。筆者在陌地生舊識中，有今在芝加哥開業的李幸雄醫生。他結業離校前夕，邀我們到他家吃火鍋，拿出了一瓶蘇格蘭，我大吃一驚。他平日喝白酒紅酒，用的是茶道器皿，現在居然坐直升機升級？

飯桌上，他頻頻勸酒佈菜。有好事者謂李醫師不愧武林前輩風範，深藏不露。

「咦，怎麼不見老李？」

「他大概在廚房幫太太搬菜吧？」

後來李太太出來，而李醫生卻遲遲不見影子，大夥兒叫喊了一陣仍無老李的應聲。李太太不放心了，上樓到睡房及洗手間一一探問。不旋踵，只聽見她說：「唉呀，真是的……」

原來李醫生早已醉臥浴缸。真是「醉臥浴盆君莫笑」。

像李醫生的酒量，只合如半仙的丁級。但君子待人以誠，這樣不自量力的酒客，折磨自己，陪你高興，也是中國傳統文化的特產。詩酒風流，也是中國文化特產。寫《愛情在西方世界的地位》知名的 Denis de Rougemont 説過，如果沒有「通姦」這題目，西方就產生不出偉大的文學作品。此話聳人聽聞，不謂然者眾。同樣若説酒乃中國詩之媒，余光中也不會服氣。因他滴酒不沾，也一樣盡得風流。可是，這關鍵到詩才酒德之事。我雖有酒德，卻乏詩才，欲辯無能，理應由代表兩派異同的楊牧和余光中去辯正。

一九八零年

夢蝶居士

周夢蝶（一九二一——）詩作〈空杯〉小序有言：「六十三年農曆元旦，與徐進夫居士偕往南師懷瑾家拜年。中午，師留飯，並舉杯命飲。余惶恐起立，雙手舉杯，一仰而盡。師問：『酒味佳否？』應曰：『甚佳！』師仰天軒渠，同座諸友亦相視而笑。余還座，見杯中綠影搖漾，傾側皆滿，竟未損一滴。始悟知其為空杯也。」（註：民國六十三年，即公元一九七四年。）果然是「虛者實之。」詩人飲杯時，「在舉頭一仰而盡的剎那／身輕似蝶，泠泠然／若自維摩丈室的花香裏散出」。詩一入禪，得觀其自在。說的既不是常理，我們平日自恃的分析能力因此不可靠。其實詩人現實生活中有些作為，亦是悖乎「常理」的。

周夢蝶本名周起述，河南人，一九四八年加入青年軍，隨國民政府遷台。一九五五年退役後曾任小學教員、店員和墳場守墓人。他在鄉村師範上過學，熟讀經書，舊學很有根底。以此資歷，大可繼續在學校討生活。但他想過的，卻是「夢蝶」的日子。一九五九年始，他在台北武昌街明星咖啡館擺書攤，一擺二十一年。

我在台灣上學時，對此鬧市大隱屢有所聞，一度偕戴天到武昌街看他。到攤前，詩人正閉目盤膝，如坐雲端。五十寒暑彈指而去，當年聊了些甚麼，不復記憶。至今印象猶新的是他鄉音濃重而又拙於辭令。他在咖啡館騎樓廊柱下擺的，其實是地攤，賣的多是詩集和文哲類書籍。

明星咖啡館當年是「文藝青年」的聚散地，因此可料想書攤會有人光顧的。

小本生意，請不起助手幫忙。聽説店主有事離開，書攤也只得任由自生自滅了。此説可自〈十三朵白菊花〉小序求證：「六十六年九月十三日。余自善導寺購菩提唸珠歸。見書攤右側籐椅上，有白菊花一大把：清氣撲人，香光射眼，不識為誰氏所遺。」跟〈空杯〉小序一樣，此詩亦難以常理度之。無名氏於十三日留下十三朵白菊花，害得詩人「從未如此忽忽若有所失又若有所得過……我震慄於十三／這數字。無言哀於有言的輓辭。」

詩人禮佛參禪，卻一下子被十三搭十三的數字亂了方寸。讀他詩作，可知詩人凡心未了時偶被情困。他在一九五九年出版了《孤獨國》，後有《還魂草》（一九六五），「以澹泊素靜之情志試探冥漠於未知」，廣為傳誦。名聲既顯，求見者漸多。中有沈慧，十九歲，中學畢業，看來跟詩人只有一面之緣。依〈迴音——焚寄沈慧〉後記所言，沈慧因血癌就醫台大醫院，「與主治杜姓青年醫師相愛悦。誓同生死。未幾。杜飛美。一去無耗。女縈思苦切。沈綿百二十餘日。終以不起。」

沈慧臨終前「倩人以二事乞情於杜之父母。願於歿後託名為子婦。並促杜歸為最後別。然都未蒙矜許。」詩人因慟問：「十九年的風月竟為誰而設？／裊裊此魂，九十日後／將歸向誰家的陵寢？」詩人以禪入詩，透視色空，偶見人間煙火，只因不忍。面對情癡沈慧，詩人「恨不能分身／如觀世音／為人人／渴時泉，寒時衣，倦時屋，渡時舟，病時藥。」周居士出世入世的矛盾，化解不了時，每每譜成無語問天的詩篇。

三、文墨因緣

童話豈是小兒科

林徽因公子梁從誡在《壹週刊》撰文，指出媽媽傳誦一時的名句「你是人間四月天」是衝着他出生而寫的。

這位才貌雙絕的民初女子，是怎樣的一個媽媽，只有梁從誡知道。他說自己「從小就不被當作小孩，媽媽不會說小白兔、大灰狼的故事。她看《米高安哲羅傳》時，就跟兒女描述他為聖彼得教堂穹頂作畫時有多艱辛。走難到四川農村時，姊弟就聽到媽媽大聲背誦莎士比亞名劇。」

林徽因「番書」出身，應該知道給孩子床邊講小白兔、大灰狼的故事，是西方「母教」的一部份。

德國詩人、劇作家、文藝理論家席勒（Johann Christoph Friedrich von Schiller, 1759-1805）話說得斬釘截鐵：「我兒時聽來的童話故事，意義比我日後學到的任何真理要深刻得多。」

林徽因這個媽媽，不跟兒女講灰姑娘，要他們聽文藝復興時期意大利一代宗師的豐功偉業，可見老一輩的中國人載道傳統之深。西方的童話，每教人想入非非，與我們教導子女老成持重的「庭訓」背道而馳。

從道學的眼光看，灰姑娘也好、青蛙王子也好，都是「怪力亂神」的表徵。中國志怪傳奇小說，也有不少可作「童話」來讀的，如〈胡粉女子〉。但正因其怪，「兒童不宜」，只合老頭兒欣賞。賈寶玉如偷看，與月下誦《西廂》一樣離經叛道。

西方的童話，妙想天開之餘，也有不忘載道的，肯定「天道好還」。白雪公主那個整天攬鏡自照的後母，最後不是「惡有惡報」麼？由此可知「載道」的童話，只要筆墨高明，小朋友一樣會聽得下去。

要小朋友聽得下去的童話，得盡力拉攏他們跟故事人物認同。這些角色，最好也是小朋友。說話口吻和敍事觀點切忌老氣橫秋。

近得陳蒲清《歷代童話精華》（一九九三）。陳先生力排眾議，否定中國古代沒有童話或童話不發達的說法。因為「在我們民族的日常生活中，大人們給小孩講故事是一種經常的現象，老人們把講故事叫做講『古』。」

基於這種認識，陳蒲清把〈精衛填海〉、〈夸父逐日〉這類神話，也作童話看待。不錯，像〈李寄斬蛇〉和〈周處除三害〉這類「勵志故事」，的確有童話成份，但正如前面所說，要孩子聽得下去，一定要邀請他們參與，成為「童話國」一分子。

任溶溶在〈我要一輩子為兒童翻譯〉裏的話說得好：「我以為做好外國兒童文學翻譯工作，最要緊的是熟悉兒童。兒童文學的讀者對象再明確不過：是兒童。不熟悉他們，就做不好這個工作。」

翻譯兒童文學如是。童話的書寫亦如是。舊時的孩子，初識詩書就踏出了「小老頭」的第一步。這樣一種文化，那有為兒童而寫、以兒童為對象的「童話文學」生存空間？

南方朔〈童話故事與「共讀」傳統〉一文，扼要地點出西方童話文學能夠不斷繼往開來的原因：「童話故事由『家庭閱讀』這種『共讀』的傳統開始，逐漸變成文化習慣與體制。無論貧富，幾乎每個家庭，子女睡覺前，父母一定要去探視親吻，而後親暱的抱一抱，拿出童書讀一兩段。」

老爹老媽既然把「床邊故事」看作一回事，孩子日後長大，不管從事哪種行業，只要童心一起，也會「手癢」寫起童話來。給我們道盡 Cinderella 辛酸的佩羅（Charles Perrault, 1628-1703），是名重士林的法蘭西學院院士。

《白雪公主》出自格林兄弟手筆。哥哥雅各布（Jakob Grimm, 1785-1863），是民間文學與語言學家。

你猜《愛麗斯夢遊仙境》的作者卡洛（Lewis Carroll, 1832-1898）是誰？原來是個本名 C. L. Dodgson、躲在牛津大學教邏輯的「糟老頭」！

由此可見童話是一自成天地、老少咸宜的文學類型。天份低些也不會有成就，因此絕非「小兒科」。

胡適當年沒有把〈差不多先生〉寫成童話，誠是憾事。大概他覺得以「一言而為天下法」的身份去搞「小兒科」，會令祖宗蒙羞吧。

西方的經典童話，慣例以「好久好久以前」開頭。時代背景既是年湮日遠，許多我們今天看來簡直胡說八道的人物情節，但因套了 once upon a time 這個框框，事情就變得「合該如是」了。

小公主落難，不必為她擔心，因為總有白馬王子到時出手搭救。這是「好久好久以前」的童話世界秩序。

今天的小朋友，對小王子、小公主的遭遇，不會感到興趣。古希臘悲劇，多繞着帝王將相身邊發生。今天的悲劇主角，總是升斗小民。童話不想落得滿紙荒唐言，只有「現代化」。

據洪汎濤在台灣版《童話學》（一九八九）所說，中國大陸有一段時間，真有人把童話當報道文學來寫。且錄一段：

> 萬變不離其宗，大家不外乎弄個泥娃娃、布公雞之類玩具，或別的甚麼小動物，或者索性用孫悟空、豬八戒之類，像一個牽線木偶似的，要它一路去遊水庫，過大橋，逛工廠，走農村，穿插點小故事，讓它出點洋相，受受教育，最後讓這些木偶來說說「意想不到啊！」「巨大的成就啊！」這類驚訝、感嘆的話，用以來介紹水庫、大橋、工廠、農村的建設面貌。

看來童話一經「現代化」，主題先行就不在話下了。西方古典的 fairy tales，原是故老相傳集成得來，多非一人手筆。故事內容能教舊時的「婦孺皆懂」，老少同樂，就流傳下來。

現代童話可不一樣。像洪汛濤上面所說的例子，實在是一種掛着「童話」招牌來推銷的「遵命文學」。可不是麼：「一個大水電站建成了，水電站開始發電，周圍頓時一片燈火輝煌，當然這是很感人的壯觀，於是有人說：『這真是一個童話世界，那麼漂亮，你們寫童話的人，寫個童話吧！』於是，有的作者就寫起童話來，反映這個水電站的建設。」

西方名為 fairy tales 的作品，不一定要有仙姑或巫婆出現，但既是童話，總得以孩子為重心。以歌頌偉大建設為前提的童話，說的當然不能是「很久很久以前」發生的事。一百年前的小淘氣，怎會聽得懂「農業學大寨」或「工業學大慶」的微文大義？

據我個人閱讀所得，現代童話一個共有的特色是「言志」的衝動。Alison Lurie 編選的《牛津現代童話集》（*The Oxford Book of Fairy Tales*, 1993），就有不少例子。

就拿 Jeanne Desy 寫的《雙腳穩站地上的公主》（*The princess Who Stood On Her Own Two Feet*, 1982）來說吧。

話說我們這位美貌聰明的小公主，遇到鄰國的小王子，大家一見鍾情。誰料兩人雙雙起舞後，小王子突然拂袖而去。小公主百思不得其解，問一直跟她形影不離的狗，才知道王子不喜歡她，因為她比他高了一個頭。

為了討王子歡心，公主從此看到他時，就不再站起來跟他打招呼。不用說，王子看到公主這麼千依百順，大樂。

但公主的煩惱未完。原來她因為不能跟小王子「出雙入對」，常獨處閨中，百無聊賴之餘，勤練「東方朔式」的應對藝術，妙語如珠，出人意表。

這又犯忌了。王子給「小女子」比了下去，老羞成怒。公主不得已，只好裝做啞巴，不再說話。與人交談，以筆代口。果然因此奪回王子的歡心。

看來公主為了愛情，自己能犧牲的，都犧牲了。男女兩家父母，正忙着婚禮。白紗禮服都準備好了。誰料王子突然又有新要求，他跟那條與公主相依為命的狗勢不兩立！

怎麼辦呢？我捨不得離開你，但又不能帶你在身邊，公主對小狗說。

「有時為了愛情，甚麼都得犧牲，」小狗回答說，沒多久，就「氣絕身亡」。

公主悲痛欲絕，不必細表。小狗以死成全她和王子的「愛情」，令她大徹大悟：像王子這麼一個自私自利的男人，不值得她作任何犧牲。

她用白紗禮服裹起小狗，昂然站起來走出睡房。路遇小王子，彎下腰對他說：「拜拜！」

這童話雖以「好久以前」為背景，但現代氣息濃得不可開交。父母指望以女兒與鄰國結「秦晉之好」的工具，已經「封建」了。小王子本人又這麼蠻不講理。任何有正義感的成年讀者看到公主還我本來面目的決定，相信都會鼓掌稱善。

那麼小朋友呢？年紀太小的，也許一時不能領略字裏行間的女性主義意識，但將來長大了，回想起來，就會明白作者的用心了。

由此看來，童話不論新舊，都有「載道」的傾向，只是對命運的了解，觀點各有不同而已。拿《雙腳穩站地上的公主》跟我們熟悉的古典作品相比，不難看出這故事要灌輸的，是「一己前途、求其在我」的獨立思想。公主面對父母的壓力、王子不合情理的要求，拒絕逆來順受。她從沒想過自己的困境，最後會有仙子出手搭救。一切得靠自己，這是 The Princess Who Stood on Her Own Two Feet 命題的由來。

林在山最近為文介紹〈巫林中人：哈利波特〉，因此得知西方童話另有新發展。不說別的，單就篇幅而言，已到了卷帙浩繁的境地（一共將出七本），使人想到金庸。看這系列書的封面插圖，有毒龍怪獸。其中一幅還看到哈利波特和小朋友坐在汽車上騰雲駕霧起來。

羅林（J. K. Rowling）的童話，有沒有我上面所說的「載道」痕跡，因自己沒過目，不敢瞎說瞎猜。哈利所上的學校，「每個小巫師都要學習魔咒、飛行、應付邪魔對策、預言學和照料魔界動物等，日用品則包括巫師的斗篷、巫師專用的大鍋和掃帚……。」

單看這古今一爐共冶的道具清單，可知哈利波特的世界熱鬧非凡。羅林作品教小讀者看得如醉如癡，一定有她的看家本領。照常理看，她即使有「道」要載，也不會披起祭衣登壇作法，強銷自己的 agenda。

童話不是不可以「載道」，這一點前面已交代過了。關鍵是，作者要「言志」，要落得不着痕跡，如上面引的「雙腳站起來」的故事。

沙永玲主編的《台灣名家童話選》（一九九二）收了一篇以小象嘟嘟做「主角」的摩登童話。話說嘟嘟躲過殺身之禍後，聽到綠色和平組織的人跟「大象殺手」的一段對話：

調查員又問：「象塚就有很多象牙，為甚麼你們非要殺象不可呢？」

第三人說：「死牙那有血牙好？血牙比較光滑、完整、質地堅韌，它的價錢比死牙高三倍耶！」

主題絕對正確，可惜手法太生硬。童話豈是小兒科，一點不假。

原載《香港文學》，二零零零年十月號

匹夫007

Simon Winder剛出版的*The Man Who Saved Britains: A Personal Journey into the Disturbing World of James Bond*，封面內頁把詹姆士．邦德形容為「英國的絕世英雄」（the ultimate British hero）。這位足智多謀、一身是膽的好漢，初在弗拉明（Ian Fleming, 1908-1964）作品現身，後來在世界各地銀幕大放光芒。007在天涯海角建立的功業，及時為第二次大戰後日薄崦嵫的大英帝國討盡各種「精神勝利」的便宜。「國家興亡，匹夫有責」。本文取名「匹夫007」，就是這個因由。

作者Winder對「邦德學」的另一貢獻是把*From Russia With Love*（一九五七）、*Dr No*（一九五八）和*Gold Finger*（一九五九）三本我們俗稱為thriller的小說收入企鵝經典系列（Penguin Classics）。把弗拉明這類奇情、刺激、頑艷但毫不哀感的通俗讀物列為classics，正如小說家John Lanchester在《倫敦書評》所言，編輯不但要厚着臉皮（cheeky），還要「奮不顧身」，即是說不懼物議。但Lanchester自己也承認，弗拉明有些作品，「寫得實在出色」。

單看銀幕上的浮光掠影，是很難捉摸007「愛國」心態的。不管「壞人」多難纏，他們到最後都劫數難逃。「壞人」的長相，電影的特技比文字的描述更見寫實，要多恐怖就多恐怖。但鋪陳細節，卻非電影語言所長。銀幕上的Dr No，面目霜冷，語言陰惻。他所作所為，既危害人類福祉，最後當然得由我們的「絕世英雄」出手收拾。

可惜電影觀眾僅知 Dr No 的今生，對他前世所知不詳。弗拉明少時愛讀 Sax Rohmer 以 Dr Fu Man Chu（傅滿洲博士）作書名為賣點的暢銷小說。「傅滿洲」的電影也多。顧名思義，傅博士是「華裔」，畢生致力於消滅白種人。“It is my fly-trap!” shrieked the Chinaman，“And I am the god of destructions!” 傅博士的居所，處處是陷阱，殺人暗器觸目皆是。他所說的 fly-trap，在這裏要捕捉的，當然不是蒼蠅，而是白人。他要他們 die like flies。弗拉明打造出來的「壞人」Dr No，是個中德混血兒。上世紀五十年代，中國大陸竹幕低垂。在弗拉明眼中的炎黃子孫，形象恐怕比「傅滿洲」作者 Rohmer 描繪的 Chinaman 還要低一籌：Chink。Chink! Chink! Chinaman 跟 Nazi 族裔交配，兩股「邪氣」一拍即合，產下「長得像一條包裹在錫紙內的巨型毒蠕蟲」的 Dr No。

「愛國」和「仇外」兩種情緒總是互相依傍。世間「壞人」何其多也，但 007 不是區區都頭捕快，他身繫西方文明世界之安危，專責對付操縱毒品、石油、核子武器、或暗殺名流政要的國際犯罪集團。弗拉明作品中的「壞人」，一般來說國籍或血統都不含糊。他的善惡標準是：大英帝國的「敵國」，就是他的「歹國」。歹國出產歹徒，你只消看看那個在 *From Russia With Love* 以酒店清潔工人身份出現，鞋尖裝上彈簧刀，幾乎奪了「絕世英雄」性命的婆子嘴臉就知究竟。弗拉明世界的「歹國」，還有一顯例：北韓。在 *Die Another Day* 中，這「歹國歹民」幹的，自然都是窮兇極惡、傷天害理的事。

依 Simon Winder 的解說，如果一個「非敵國」的政府有過奚落、慢待或反對大英帝國的前科，弗拉明也會「記仇」的。法國總統戴高樂一九六三年否決英國加入歐盟。一九六七年再投票時，戴將軍還是說 "Non!"

Winder 要我們想像一九六五年 *Thunderball* 在英國上演時「愛國觀眾」那種「大快人心」的情景。大英帝國名存實亡，殖民地早作猢猻散，這已經不好受。但最令這個「破落戶」子民難受的是，德、法這兩個也曾一度是「廢墟」的國家，在經濟上卻日見欣欣向榮。且看「匹夫」007 怎樣赴「國難」，替同胞「洩憤」。

007 跟法國刺客交鋒的地方是古堡內一間陳設極盡奢華的房間。纖巧細緻的椅子，帶櫟木細工的鑲板，the sort of French furnishings so derided by the English（那種英國人愛拿來開玩笑的法國裝飾玩意）。

這位法國刺客是甚麼模樣？也虧弗拉明想得出來：「濃脂粉厚唇膏、穿着高跟鞋、襪褲、黑連衣裙的」鬚眉男子。後來呢？後來給 007 用撥火棒了斷了，陳屍在華麗的、富有法國貴族氣派的壁爐中，身上鋪上 007「鄙夷的」扔給他的鮮花。God Save the Queen!

弗拉明對法國佬無好感，那對 Yankee 又如何呢？二次大戰期間，他在英國海軍 Admiral Godfrey 麾下做情報工作，經常往返於倫敦和華盛頓之間。在公在私，他跟美國人關係深厚。但關係深厚跟感情輕重不成對等。Simon Winder 說 007 的作者並不喜歡這個他稱為 Eldollarado 的國家（「黃金國」）。他討厭在美國人中老是被迫充當「副手」(second fiddle)、討厭人家對他「施恩惠」（patronize）、譏笑、或冷落他。他忘不了英國人「從前闊過」的日子。

美國人今天君臨天下的氣勢把 007 壓得喘不過氣來。正如 Winder 所說，別的國家怎樣看英國，奉承也好、批評也好，「約翰牛」(John Bull) 大可置之不理。但美國人如果諷刺或嘲笑他們，就會痛徹心脾。Winder 因此覺得弗拉明對 Eldollardo 的態度亦「陰」亦「陽」。簡單的說，面對美國各種優勢時所產生的酸葡萄心理。007 有一次說氣話，聲稱美國夠得上「上佳」的東西只有兩種：「花鼠」（chipmunk）和「奶油牡蠣羹」（oyster stew）。這種刻薄話，在 *Diamonds Are forever* 說得更淋漓盡致。「美國的黑幫大佬其實沒有甚麼了不起，」007 教訓他的讀者說：「他們本來不是甚麼美國人。大多數只是襯衣袖口上繡着兩個字母的義大利混混，嘴巴塞着麵條肉丸，身上噴滿香料。」

話雖如此，弗拉明當然知道，未來的日子是屬於美國人的。他跟大多數和美國人有往來的同胞一樣，明裏拿美國人的錢，暗裏笑罵他們「暴發戶」。出於經濟利益的考慮，早期的 007 小說如 *Casino Royale*（一九五三）、*Live and Let Die*（一九五四）和 *Diamond Are Forever*（一九五六）鋪排了不少有關新大陸的細節，有些更是特別為了討美國人歡心而設的。但美國市場反應不如理想。弗拉明眼看風頭不對，把隨後作品的場景轉移到別的地方去。他所料不及的是肯尼迪總統在一份對外公開的"my favorite books"的名單中，*From Russia With Love* 也上了榜。不過實際上推動弗拉明著作市場最大的動力應是辛康納利主演的電影。*Dr No* 在一九六二年公映，跟着來的就是 *From Russia With Love*（一九六三）。

在消費社會中，弗拉明如果關心自己創作的市場，本應考慮作品是否「政治正確」。他當然知道，他小說的讀者和電影的觀眾，不可能全是白人。可是，他除了是個大英帝國 supremacist（大英帝國至上主義者），還是個無可救藥的種族主義者。看來他寧可失去一些顧客，也不肯放棄機會奚落他不看在眼內的「有色族群」。*Live and Let Die* 中的「壞人」是 Mr Big，大塊頭。他「壞」，因為他不是 choice black（黑人中的好人），還因為他湊巧是「黃金國」公民。難怪弗拉明寫完第三本小說 *Moonwalker*（一九五五）後，就不再以英國作故事背景，把「壞人」移師到牙買加、伊斯坦布爾或北韓去撒野。Winder 說得好，只有在這些貧窮落後地方，罪惡才會蔓延滋長，他們才可以放手去幹傷天害理的事和濫施酷刑。007 帶着 license to kill 的金牌，遇到「壞人」格殺勿論，痛快極了。如果這些「壞人」在英國、加拿大或澳洲犯罪，說不定掣肘也多。

上世紀六十年代英國蘭克（Rank）電影公司出了一系列《風流醫生俏護士》的片集，以 *Carry On* 為名。記得片中醫生、病人和護士小姐胡天胡帝，故事荒謬絕倫，但可能因為衣衫老是不整的護士實在「俏」，此片集大受歡迎，源源不絕的 carry on 了一段時期。當時一位影評人對此現象有這麼一個解釋："They may be rubbish, but by God they're British rubbish"（這玩意可能都是垃圾，但謝天謝地，可幸都是英國垃圾。）

有不知死活的恐怖集團取得核子武器，意圖把 Miami Beach 炸毀。碰巧 007 在 Bahamas 閒着沒事，喝着馬天尼雞尾酒，mucking around，當然接報馬上趕去對付歹徒。不消說，007 略施小計，加上一點運氣，就及時化解了 Miami 居民毀於核武的危機。這麼說來，美國人也夠窩囊廢了，是不是？難道資源得天獨厚的FBI和CIA都是吃閒飯的？美國作為Superpower，天威無遠弗屆，竟會淪落如斯？上述那位影評人的話，試易一字，對007影片也可派用場："They may be rubbish, but by God they're Anglo-American rubbish!"

Simon Winder是英國人，難得的是他對弗拉明作品和電影的評語相當客觀。他說今天007的電影在英國還有相當多的觀眾，「但感覺上他們好像是出於愛國心才去看的」。

美國觀眾又怎樣看待007片子呢？Winder認為they are viewed as comedies of self-delusion，自我陶醉的鬧劇。*You Only Live Twice*的電影（一九六七）說到冷戰期間的一次高峰會議，美蘇雙方以為自己的火箭被對方劫持而大發雷霆。英方的代表要他們稍安毋躁，因為英國的「特工」正在on the job，「正在處理中」。美國觀眾的有識之士，說不定會笑破肚皮，因為實際的情形是，二次大戰後的所謂「三強」（Big Three），只得美、蘇二強。一九六一年肯尼迪和赫魯曉夫的高峰會議，就沒有英國的份兒。

稍有分析能力的人都不會把007的言談或故事內容當真。杏林國手換了刀槍不壞的鐵金剛。俏護士變了蛇蠍美人。但本質上007電影跟*Carry On*系列一樣同屬鬧劇。故事過目即忘，007的身手比李小龍差遠了。對六、七十年代的觀眾而言，鐵金剛影集其中一個「賣點」，是專供這特工使用的gadgets，如具備潛水升空性能的汽車、放在敵人嘴上一點火就會爆炸的香煙和可作武器用的手錶。如果你看的是小說版本，說不定你會羨慕他的生活派頭，他抽的香煙是帶有三條金線的Morland，手捲的。晚餐愛吃scrambled eggs fines herbs：一種混合切碎的龍蒿、西芹、細香葱等配料而製作的炒蛋。

弗拉明的小說在這方面能給慣過單調生活的讀者一種「物外之趣」，讓他們閒時做做白日夢，也算得上是一種「價值」。007小說作者只活了五十六歲，一生為「厭煩」(boredom)所苦，不斷尋求感官刺激。煙不停手、酒不離口外，在性行為方面還愛施虐受虐(sadomasochism)這些玩意。他真的活得不耐煩，早就決定了「決不為延長有生之年而浪費青春」。007小說和電影之所以有這麼多「奇技淫巧」的gadgets出現，無非是作者尋求刺激的一種手段。Simon Winder說對了，弗拉明的作品縱有各種不足，but at least they are entertaining，至少娛樂價值豐富，讓人看得過癮。

書評本是無情物：《紐約書評》淺識

讀黃燦然〈美國知識分子的爸媽〉一文，最教我「吃驚」的幾句話是，《紐約書評》創刊號印了十萬份，旋即銷售一空。在出版後的幾個星期，編輯部收到千多封讀者來信，拍手叫好。一本單以書、書、書作話題的刊物，一上市，竟有十萬個有心人注目，的確有點「聳人聽聞」。

華文世界的讀者，只有羨慕的份兒。我們當然也有以討論書、書、書為對象的刊物，像從前在台灣出版的《書評書目》和在上海創辦不久的《書城》。這海峽兩岸一前一後的書評雜誌各有多少讀者，外人無從得知。再說，一本刊物的成敗，也不能光拿銷量來衡量。

我想在華文世界經營書評刊物是非常吃力、非常寂寞的事。翻閱書評讀物的人決非一般讀者，他們都有看書癖好。此癖值得表揚。張岱（一五九七——一六八零?）說得好：「人無癖不可與交，以其無深情也。」消費者有購物指南，「書癡」（bibliomaniac）也有類同的指引。

《紐約書評》旗開得勝，一半是因勢利導。一九六三年《紐約時報》工人罷工。週日出版的《紐約時報書評》亦因此停頓。此機不可失。大詩人 Robert Lowell 和他身邊幾個「紐約知識分子」當機立斷，馬上向銀行貸款四千元創刊，並推定 Barbara Epstein 和 Robert Silvers 兩人擔任編務。

Silvers 在 *Harper* 雜誌當主編時，刊登了 Elizabeth Hardwick 一篇影響深遠的文章，"The

Decline of Book Reviewing”（一九五九），暢論書評文化之沒落的原因。我引用黃燦然的譯文：「通融的書評人、溫和而膚淺的評論家也許可合理地在地方報紙生存下去，但是，大都會的重要出版物——不尋常的、高難度的，長篇大論的、絕不妥協的，尤其是活潑生動的——應預期可以找到它的讀者。」

Hardwick 對書評刊物的期望與要求，大都在《紐約書評》實現了。《紐約時報書評》一來篇幅有限，無法長篇大論。二來以「一書一論」為單位。《紐約書評》最顯著的特色是「博覽群書」。這就是說，書評人把內容和題目類似的出版物一併歸納起來作宏觀的論述。在此刊物發表的文章動輒數萬言，因為論者要說的，不單是一本書的得失，而是幾本類同的著作顯示的文化現象。

不少初出道的作者得這本刊物品題後，每能「一鳴驚人」。反之，老前輩的作業若失水準，給不賣情面的書評人依書直說，看不開的就會抱憾終身。對歐美學界說來，「書評本是無情物」。像《紐約書評》這類刊物不容易在我們的文化市場出現，一來「無情」知易行難，二來我們的「書癡」愈來愈少。雖然黃山谷有言，「人不讀書，則塵俗生其間，照鏡則面目可憎，對人則語言無味」，但黃夫子（一零四五——一一零五）是古人，他說說無妨。

一本書評雜誌要繼續經營下去，除了讀者的支持外，更需要作者的認同。書評書寫是專業，不是阿貓阿狗做得來的事，因此在學報出現的書評作者，十居八九是學界中人。替學報寫稿，無經濟效益，但仍有人樂此不疲。原因也簡單，你如果接到歷史悠久的刊物邀稿，多多少少是對你江湖地位的一種肯定。編輯如果不是認識到你在這門學問造詣深厚，怎會委你以重任？如果你是學院中人，得「旗艦」等級的學報請你出來主持公道，這種榮譽給你的滿足，套用英文的俗話說，就是一種 ego massage，算是靈魂的按摩吧。

主持公道，就是用史筆。如果你手上要衡量的著作真材實料，獨具識見，你就事論事的表揚一番，此書說不定從此身價十倍。要是這本書的作者是個年輕的大學講師，正申請 tenure（終身職）或升遷等，能得到你的推許，等於扶了他一把。反過來說，你要點評的那本著作，手法偷龍轉鳳，立論一派胡言，你堅守「書評本是無情物」的大原則，落筆直斥其非，說不定作者從此一蹶不振。

不論出的是「美言」或「惡聲」，書評人只要依書直說，不受情面所左右，自會得行家的尊敬。無酬的書評作業一直香火不斷，就因為業者從中得到職業上的滿足感。但學報書評太多極限。行家寫給行家看的文章，外行人覺得高不可攀時，不會再虐待自己發狠看下去。第二個最為人詬病的是學報的出版時間老是拖得遙遙無期。一兩年是等閒事。書評的作用因此大打折扣。希望靠一本新書定乾坤的小講師，看到「美言」自己的學報出版時，說不定已炒了魷魚，開計程車養家活兒了。

《紐約書評》橫空出世，徹底改變了英文所謂 the general reader 或 the common reader 對書評的成見。Robert B. Silvers 和 Barbara Epstein（最近逝世）這兩位資深編輯，學有所長外，最難得的是洞明世事。他們體會到，要一本刊物廣為讀者接受，絕不能孤芳自賞，走學報的路子。

他們認同 Elizabeth Hardwick 的話，「活潑生動」的語言一樣可以寫出學術文章。

去年十月十九日出版那一期，有 Graham Robb 寫的長文，"Proust: the Race Against Death"（跟死神競賽的普魯斯特）。介紹的新書是 Richard Davenport-Hines 寫的 *Proust at the Majestic: the Last Days of the Author Whose Book Changed Paris*（在 Majestic 大飯店的普魯斯特：一本書改變了巴黎的作者的最後日子）。書評一落筆就說：「一九二二年五月十八日午夜剛過不久，巴黎 Majestic 大飯店的貴賓廳內，一班最負時譽的作家、藝術家、音樂家和藝術的贊助人在此集會，慶祝 Stravinsky 的『滑稽』芭蕾舞在巴黎歌劇院正式公演，……。」

當晚在 Majestic 招待貴賓作長夜之飲的，是 Sydney Schiff 這對英國夫婦。寫過一些「現代小說」，但作品和作者早已明日黃花。他對普魯斯特崇拜極了，四處打聽他用的是甚麼稿紙。顯然他沒有細讀自己偶像的小說，因為《追憶逝水年華》中有好些段落特別在這種稿紙上做文章。

長話短說，Schiff 夫婦破鈔設宴，只有一個目標，促成兩個互不相識的英法大文豪在這裏作一歷史性的聚會。結果如何呢？「飯桌上的食物早已清理好。一個衣衫襤褸、酒氣沖天的漢子闖了進來，一屁股坐在 Sydney Schiff 旁邊。依藝術評論家 Clive Bell 的描述，來人『始終一言不發，頭枕在手臂上，前面放着一杯香檳酒。』未幾鼾聲大作，此公就是大名鼎鼎的《尤利西斯》作者喬伊斯。」

同一天早上兩三點之間，一個裹着毛皮外衣，身材瘦小的男子潛入飯堂。如果 Clive Bell

的描述可靠，這個人醉醺醺的、濕濕滑滑的，像隻老鼠，“sleek and dank and plastered”：he looked somewhat like a rat。他就是《追憶逝水年華》的作者普魯斯特。

以上是《紐約書評》文章特色的一個抽樣。文體很「八卦」，是不是？*Proust at the Majestic* 是一本名人傳記。死於敗血病（Septicemia）的普魯斯特，生於富貴人家，是個「被寵壞了的」同性戀者，一生過着日夜顛倒的頹唐生活。說來這種題材，實在也適合「八卦」文筆。不過以我這個《紐約書評》老讀者經驗所知，出現在這本刊物的文章，不論談的是甚麼題目，都「活潑生動」得讓一般讀者讀得下去。一來編者約稿，心中有數，知道對方的語文能力。就拿 Graham Robb 來說吧。照作者簡介欄所說，他寫過法國詩人蘭波（Arthur Rimbaud）的傳記，也有研究十九世紀同性戀的專著（*Strangers: Homosexual Love in Nineteenth Century*）。作者簡介中並沒有說 Robb 是不是大學教授，但這無關宏旨。要緊的是，他是同性戀問題的專家。Robert B. Silvers 和 Barbara Epstein 這兩位極受行家尊重的編輯，審閱來稿非常認真。來件在文字上或結構上若未達要求標準的，會敦請作者修改。《紐約書評》草創時沒有稿費，現在變了一門賺錢文化事業，稿約都是「重金禮聘」的。為名為利，都值得作者全力以赴。我上面說一本成功的書評刊物，除了依靠消費者的支持外，還需要作者的「認同」，就是這個道理。

學報書評照顧的，是名正言順的學術著作，攝影藝術、房中術或烹飪秘訣之類的出版物，當然不會受理。《紐約書評》可沒設門限，要是認為這類書籍中有值得推介或「修理」的，一樣照評不誤。你大概認為體育界的人物浮沉和學術拉不上甚麼關係吧？但跟 Graham Robb 長文出現的同期就有中國問題專家Jonathan Mirsky寫的"Count Favourite",介紹中國籃球明星姚明。《紐約書評》每期刊出的書商廣告,好些是一兩版整頁的彩照。這不奇怪,要促銷新書,在這裏登廣告可說「門當戶對」。這本刊物的廣告最引為「美談」的是小廣告,有求職、招聘、房地產、旅遊和交友等與書本無直接關係的「俗務」。一本書評刊物辦得如此深入各階層,值得驕傲,也教人艷羨,難怪我在美國教書時的一些同事常常打趣說,自己有新書出版,給《紐約書評》痛批一下也是值得的,因為最少有人在乎過你,總比不死不活的擱在圖書館沒人瞅睬的好。

「佬」的前世今生

「佬」之為物，雖見於辭典，但除粵人口語外，似少用於書寫。一般字典只說：「佬，大貌。見《玉篇》三。後用於指成人男子。」三民書局的《大辭典》除此說外，還加了一句：「粵人稱男子為佬，或作狫。」這個犬字部首的「狫」，究竟是何物？《大辭典》又說：「狫，今作佬。」那麼未作「佬」前的「狫」是甚麼東西？《辭源》把狫和犵配搭在一起，說：「犵狫，我國西南地區少數民族名。古稱僚、仡僚等。封建王朝史籍和其他著述，出於偏見或大民族思想，多於民族本名加偏旁，成為含有侮辱性的稱謂。」

佬字的原始部首，還是別追尋下去的好。與狗配搭還可以，怕的是這樣追查下去，說不定會看到舊時「佬」字的部首原來是「鬼」的資料。前些日子一位久居香港的「鬼佬」同事問我，港人口中的「佬」，有沒有適當的英文翻譯。我不假思索的回答說沒有，因為「佬」的歧義太多，常常見異思遷，得看「前置詞」是甚麼才能決定意義。同樣是佬，鬼佬的佬跟泥水佬的佬，這兩個男子的形象在說話人心目中就不一樣。翻譯成英文，泥水佬就是 mason，形象中性。鬼佬呢，可費煞思量。如果鬼佬只是鬼，那好辦。ghost，phantom 或 specter。甚至說成 spirit 或 apparition 都可以，反正鬼就是鬼。心懷鬼胎也好、鬼頭鬼腦也好，都不是好東西。

但鬼佬是鬼同佬的混合詞。翻譯時照顧「鬼」就會冷落「佬」，不易找到 dynamic

equivalent。佬是停佬，高大貌，鬼佬或可譯為 Ghost Big and Tall。但香港人口中的「鬼佬」，原指金髮碧眼的「外籍人士」。金髮碧眼的「佬」，可依習慣翻譯成 Big Tall Foreign Devils。幸好改革開放後，美帝英帝已革面洗心，正名為美利堅合眾國和大不列顛。鬼佬也搖身一變成為外國專家，foreign experts。我們今後不必再為「鬼佬」一詞的英譯發愁了。我那位 Big Tall Foreign Devil 同事聽我細説因由後，guffaw, guffaw 大笑一番，不見鬼氣之森森。洋人究竟比我們龍的傳人有幽默感。

因要照顧翻譯，有關佬的各種嘴臉，反而沒機會多説。商務印書館繁體字版《現代漢語詞典》也有「佬」條：「成年的男子（含輕視意）：闊佬。」香港人眼中的「闊佬」相當於內地的「大款」。我們輕視闊佬？豈敢豈敢。把成年男子稱為佬，絕無貶意。雲對雨，雨對風。婆是佬的對稱。你在地鐵看到上了年紀的女子，稱呼她一聲「婆婆」，把位子讓給她，老人家感動之餘，説不定會含淚稱謝，口誦放翁詩句，「人間萬事消磨盡，唯有清香似舊時。」

以年齡論，佬是「仔」的長輩。仔亦作「崽」，就是孩子，小朋友。跟「婆」一樣，仔的疊聲有親和力，「婆婆」和「仔仔」聽來就舒服。傳媒愛把高官和藝人的姓名疊聲化，以營造 terms of endearment，如冬冬、唐唐、城城。但把一個肌肉發達、江湖老了的漢子城城來城城去的呼喚着，不正是醫學上 infantilization 一個案子麼？

婆婆、仔仔、冬冬可以疊聲。但佬佬期期不可。姥姥聽説過，她的老公可不是劉佬佬。由此可知「佬」之為物，自成一格，不論用粵語唸也好，普通話唸也好，只能單表一個佬字，不可以佬佬。前面說過，佬字本身不含褒貶。用途也不限於粵語地區。李育杭有一短篇小說叫〈最後一個漁佬兒〉（一九八三），他是杭州人。漁佬兒是打魚佬。

Yankee 原指美國新英格蘭各州居民。南北戰爭時，聯邦軍隊多來自北方。Yank 或 Yankee 在英漢辭典的中譯就是「北佬」或「北方佬」。佬字既無貶意，在廣東人口中於是大派用場。差佬是舊時的差人。小孩子不乖，媽媽出言恐嚇，你再不聽話，就叫差人來捉你。

今天時代變了。差人形侼佬，成了小朋友心目中的警察叔叔。警察是書面語。差佬是 living speech。Police Officer 是書面語，只出現於 Police Report 上。「我老爸是差佬」這種話，美國人不會規規矩矩的說 My father is a police officer。他們大概會說 My dad is a cop。

「佬」的稱謂實在管用，特別是我們對某些行業從業員的身份一時不能定位時。從前在香港，鞋子破了，就拿去給「補鞋佬」縫縫補補。廁所馬桶堵塞，快請「通渠佬」。Mason 的書面語是磚石工、泥瓦匠，唸起來多詰屈聱牙，不如叫他「泥水佬」。在地盤工作的，因利乘便，叫「地盤佬」。

美國的泥水佬和地盤佬都有工會撐腰，上班時頭戴 hard hat，身穿 blue collar 制服。這種人，是美國的「佬」。他們的「階級」觀念很濃，對自己的行業，引以為傲。因為言行都很 man，下班後聯群結隊到酒館去「輕鬆」一下的都是藍衣硬帽同類。這個時刻，他們是海明威小說中的「哥兒們」，men without women。

硬帽藍衣佬族有時予人印象剛愎自用，因為他們恃的是一技之長。日出而作、日入而息，賣的是體力和技能，管你入主白宮的是民主黨還是共和黨。因為他們作風務實，對書空咄咄的秀才議論向無好感。七十年代我在威斯康辛大學任教時，社會學系一位叫 E. E. LeMasters 的同事，為了做研究，特意到 Madison 市區內藍領族飲酒作樂的 tavern 去訪問他們。當他們弄清他的「學者」身份後，怪而望之。從他們那種「你是甚麼東西」的眼神可以看出來，這家藍領酒館不是蛋頭（eggheads）留連的地方。LeMasters 後來想通了，從談吐衣着開始，一洗藍領族聽不懂看不慣的「娘娘腔」，最後終於跟他們打成一片。他的研究成果於一九七五年由 The University of Wisconsin Press 出版，書名 *Blue-collar aristocrats: life styles at a working class tavern*。譯成中文，應該是：《藍領貴族：一家工人階級酒館內所見的生活方式》。

這些勞動人民喝湯會不會出聲？書中沒有說。LeMasters，把藍領列為貴族，只因他們愛自成天地，階級意識分明。這不是 aristocrat 原義。英國的貴族，喝湯是不出聲的。董橋在〈「喝湯出聲辯」小註〉有一段有關英國人吃相的精彩描述：

> 小時候，我的英文家教老師教過我他們英國人的各式禮貌，從餐桌風度、穿衣品味到句字分寸都教，整套規矩可以歸納為莊因〈野趣〉裏形容的英國電影裏的饗宴鏡頭：腰板挺直，頸顎收斂，目光不學彩蝶繞花叢那樣亂轉，談吐不忘留半截聲音在喉嚨深處，就算瓷盤上只剩兩粒豆子一朵蘑菇也要細細切削，一手推刀把豆粒菇丁慢慢推向另一手拿着的叉子送進口中，抿嘴細嚼，優緩下嚥，流露津津可喜的一絲神情，

再用餐巾輕輕沾一沾唇角……。

兩粒豆子一朵蘑菇竟要刀叉推動，這種吃相，在藍領「佬」看來，簡直不可思議。「娘」極了。「娘」是feminine，本性溫柔，斯文雅爾，雖然你看不慣，卻相當「貴族」。但出於別有用心的人口中，「娘」再不是feminine。而是effete。上世紀七十年代初，美國總統尼克遜的副手是Spiro T. Agnew。這位希臘人後裔的副總統，形象粗豪，說話不管「句字分寸」，任內充當尼克遜說客，左右開弓，一邊矮化總統政敵，一邊收買藍領階層民心。尼克遜的「天敵」是「泛左」的liberals。Agnew副總統怎樣看待他們呢？There are those effete intellectuals，他總愛這麼奚落那些他認為陰陽怪氣、一天到晚to be or not to be、惶惶然如喪家之犬、與LeMasters同病相憐的知識分子。

美國的「佬」跟我們的「佬」，因文化差異太大，實難在思想和生活習慣上找到甚麼共同點。美國「佬」沒有懷才不遇的情意結，除了力求改善自己生活外，一般而言相當安於社會現狀。他們大多數是政治上的保守主義者。最少在這方面他們的佬跟我們的佬有點相似：基本上是個敬業樂群、謹守本份的人。如此說來，在新加坡賣肉骨茶的黃亞細，應該是個「佬」，是個星洲貴族。

「佬」的前世今生，實難細說。「佬」當然不是個個都安分守己。變了種的佬，可能就是「衰佬」。怎麼「衰」法，不合本文討論範圍，因為本文所說的佬，既從「侼佬」形象衍生，正氣得很，都是好佬。衰佬不提也罷。

千古艱難是報恩

我這一代人是背誦着成語和格言這類「民間智慧」長大的。街頭的野孩子，即使不讀詩書，也會從長輩口中知道「得人恩義千年記」這種老調。玩遊戲時被小朋友欺負了，離場時叉手插腰狠狠的罵一句：「有仇不報非君子，走着瞧吧。」聽來頗有二次大戰太平洋盟軍統帥麥克阿瑟撤退菲律賓時宣稱 I shall return 那麼豪氣干雲。「有仇不報非君子」的下聯是「有恩不報枉為人」，江湖的確恩怨分明。

史籍中報恩報仇的故事，實不勝枚舉。有些故事中人說過的話，隔了千年萬代仍回音不絕，像《史記》中的豫讓。他的恩公智伯被趙襄子滅後，處心積慮為他報仇，先自殘其軀化作「刑人」，在廁所中俟機行刺襄子。計劃失敗後，又「漆身為厲，吞炭為啞，使形狀不可知，行乞於市，其妻不識也」，為的就是再找機會下手。

豫讓兩次行刺的計劃終告失敗。自裁前，襄子問他：「子不嘗事范、中行氏乎？智伯盡滅之，而子不為報仇，而反委質臣於智伯。智伯亦已死矣，而子獨何以為之報仇之深也？」豫讓答曰：「臣事范、中行氏，范、中行氏皆眾人遇我，我故眾人報之。至於智伯，國士遇我，我故國士報之。」

豫讓看來是個自視頗高的人。他一生侍奉過三個「老闆」。在范、中行氏眼中，他可能只是一個門下食客。相對而言，智伯在飲宴場合中曾對豫讓「虛位以待」。在當事人看來，可能這已是「國士之禮」了。「士為知己者死，女為悅己者容」。智伯有別於范、中行氏之流，因為他不但是「老闆」，而且還是個知己。「有恩不報枉為人」，在我們的傳統文化中，這是一種「絕對道德」。

為酬知己，豫讓賠上自己性命，因此「死之日，趙國志士聞之，皆為涕泣」。但我們今天看來，這位刺客心目中的「絕對道德」，看來轟轟烈烈，實際上絕對是一種「道德乖謬」。他不分善惡，不辨是非。究竟智伯和趙襄子哪個是「好人」？哪個是「壞人」？在他而言，這都不必「斤斤計較」的事。他是一個 solipsist。

楊聯陞在〈報——中國社會關係的一個基礎〉引用了德國社會學家韋伯（Max Weber）的理論來分析中國社會制度和人際關係。豫讓的行為，可以作為體現「道德分殊主義」（ethical particularism）一個例子看，因為他的道德層面，只是人情上的私相授受，與天理國法無關。

「報」的觀念，在舊時中國社會中，上達天子，下及庶民。如果我們從文學作品去追尋「報」的因果，更不難發現這種「來而不往亦非禮也」的禮教，居然「恩」及禽獸。唐人小說〈任氏傳〉的任氏，艷絕人寰之「狐仙」也。登徒子鄭六迷其色，明知她是「妖」也不避忌。為了報答「知遇之恩」，任氏奉巾櫛之餘，也為鄭六守節。鄭六的親戚韋崟向她施暴時，任氏曉以「大義」，幸保清白。

可憐的女妖，一身既不能事二夫，怎麼去報答韋崟不辱之恩呢？她告訴「恩公」說，自己本優伶世家，城中艷姝，你看得上眼的儘管吩咐好了。「城人易致，不足以展效。或者幽絕之難謀者，試言之」。你要的女人，愈難弄到手的，愈能顯我的本領。任氏為報恩採取的手段同樣是一種「道德乖謬」。在韋崟面前，她奮力護身，為鄭六保存貞節。可是為了討韋崟歡心，她不惜扮演「淫媒」，幫助「恩公」去污辱自己姊妹的貞操。

拿人權的觀念看，唐傳奇中還有一個乖謬得近乎野蠻的故事。〈無雙傳〉中的古押衙，一天突有報稱王仙客者到訪，留下了重禮。以後一年內，押衙要甚麼，都如所願。「繒綵寶玉之贈，不可勝紀。」但自始至終，仙客從來未跟押衙說過，自己以「國士之禮」遇之，為的是甚麼。一天，古押衙終於忍不住向仙客問因由。原來仙客的小情人無雙，因宮廷政變，父母雙亡，自己也被收押在後宮當妃嬪。押衙的 mission impossible，就是設法營救無雙出宮。押衙聽後，以手拍腦曰：「此舉不大易。然以郎君試求，不可朝夕便望。」

看來他武功不及聶隱娘或崑崙奴，只能智取。他先從茅山使者取得一藥丸，「其藥服之者立死，三日卻活。」藥丸到手後，密令無雙舊家婢女採蘋潛入後宮，假扮皇帝使者，以無雙逆黨罪，賜此藥自盡。無雙「死」後，押衙偽稱是她親戚，重金贖其屍。

押衙使人抬無雙「屍體」到仙客家，微灌湯藥後，次日果然復甦。為了確保無雙「復生」的事不外洩，古押衙先殺了送藥來的茅山使者，再取扛無雙「屍體」到仙客家的轎夫性命。當日替仙客無雙傳話的家僕塞鴻，因知內情，不能留活口，也出其不意的給古押衙一刀解決了。血泊中，古押衙對着驚惶失措的仙客說：「郎君莫怕。今日報郎君恩足矣。」跟着就舉刀自刎。押衙報恩，傷及無辜。「冤死者十餘人」，看來作者並不認為是甚麼大不了的事。教他另眼相看的，倒是故事的曲折離奇的成份。因嘆曰：「噫！人生之契闊會合多矣，罕有若斯之比。」人死倒尋常得像家常便飯。

帶着人道思想「有色眼鏡」去讀古人書，有些當日奉為忠孝節義典範的篇章，今天看來確匪夷所思。《唐書·忠義傳》記載，《太平廣記》引述的吳保安，即為顯例。話說遂州方義尉吳保安官職快任滿時，想到河北同鄉郭仲翔。仲翔是當朝宰相郭元振侄兒。保安跟仲翔並不相識，但覺得兩人份屬鄉里，不妨寫信請他幫忙謀事。信內有言：「側聞吾子急人之憂，不遺鄉曲之情，忽垂特達之眷，便保安得執鞭弭，以奉周旋。」

仲翔接信後，覺得「此人與我素昧平生，而驟以緩急相委，乃深知我者。大丈夫遇知己而不能與之出力，寧不負愧乎？」隨即向李蒙將軍推薦了保安，錄用為書記。不幸還未來得及上任，李將軍已戰死沙場，而「恩公」仲翔亦為蠻人擄去。普通俘虜贖金索絹三十疋，仲翔因是國相之侄，蠻人乘機索絹千疋。偏在這要緊關頭時，郭元振已經去世。仲翔只得向保安求助。

保安覺得責無旁貸，回家把家當悉數變賣，得絹二百疋，撇下了妻兒，出外經商，十年沒有回家。以下是《太平廣記》所載：「保安素貧窶。妻子猶在遂州。貪贖仲翔，遂與家絕。每於人有得，雖尺布升粟，皆漸而積之。後妻子飢寒，不能自立。其妻乃率弱子，駕一驢自往瀘南，求保安所在。於途中糧盡，猶去姚州數百。其妻無所出，因哭於路左，哀感路人。」

吳保安不經旁人引薦，逕自寫信給一位非親非故的人，可說相當孟浪。難得的是仲翔接信後，不但不以為忤，反而覺得保安看得起他，賞識到他「急人之急」的俠義精神。一如亞里斯多德在《倫理》一書所說，「朋友是第二個自己」。因為保安自己有急人之急的古風，所以兩人雖未見面，也能因性格相近而惺惺相惜。以舊日中國社會君臣、父子、兄弟、夫婦、朋友的五倫關係來看，保安為了一個從不相識的朋友拋妻棄子十年，實在有點「亂倫」。不過我們想到豫讓、任氏和古押衙種種報恩的「異行」時，對吳保安的作為，也許會多見少怪了。

傳統小說有關報恩的記載，煞是多彩多姿。唐傳奇〈柳毅傳〉那位被夫婿欺凌的小龍女，自恩公搭救後，餘生就忙着「設計」怎樣去報答恩公。龍猶如此，蛇怎敢落後？話本〈白娘子永鎮雷峰塔〉中那位「如花似玉的美婦人」，如果前生不是欠了許宣一個恩情，這輩子也不會下嫁這樣一個杭州小男人。

〈趙太祖千里送京娘〉也是一個知名的話本故事。京娘給賊人擄去，差點做了押寨夫人，幸得趙公子及時趕至。英雄單騎送美人返家時，京娘自然想到要以身相報。只見她在路上「口推腹痛難忍，幾遍要解。要公子扶她上馬，又解她下馬。一上一下，將身偎貼公子，挽頸勾肩，萬般旖旎」。可惜小女子縱有千種溫柔，趙公子就是不能領情，因為施恩望報有損義行。為了報恩，京娘在向公子投懷送抱那些時分，竟不知不覺的幹出我們今天所說的「性滋擾」好事來。千古艱難是報恩，用在京娘身上，一點也不為過。

楊聯陞說根據韋伯與帕深思的理論，西方社會秩序的一個基礎是道德的「普遍主義」(universalism)。茲引用段昌國的譯文。這種主義的特色是西方「最高的道德責任，在理論上或實際上，絕大部份是『非個人地』應用於所有人身上，或者大部份其範圍均無關乎涉及任何特定的個人關係」。

豫讓、任氏和古押衙為報恩所作所為，都可看作「道德分殊主義」的體現。在本文點提過的人物中，僅有小說中的趙太祖是個「道德普遍主義者」。路見不平，拔刀相助，是遊俠的本份。因為相助的對象是「非個人地」，小女子有難，就應扶她一把。小女子貌若天仙也好、母夜叉也好，對道德普遍主義者說來，不應該有甚麼分別。

紅拂新識

最近在「人間」版看到方瑜先生論虬髯客的文章，觸動了筆者的老興，也湊個熱鬧。（方瑜先生前還有羅龍治君一文，惜那天報紙大概寄丟了，因此沒有過目。）

上面提到「老興」，並無強說愁之意。原來任何好學深思的讀者，看一篇文學作品，因年齡經驗之不同，層次有別。五十讀易始無大過，就是這種意思。血氣方剛時看的是《紅樓夢》，老來重溫，變了《石頭記》了。

方瑜先生在〈我看虬髯〉附記中說「當時年少」，偶讀「虬髯」，又聆羅子高論，劇談之後，深有所感，少年好事，曾試作絕句詠之二三，今日思之，不免有「僧廬聽雨」之慨了。這就是我上面說的「層次有別」的問題。

杜光庭寫〈虬髯客〉，力捧唐太宗，開歌德文學之先河，不足為法。虬髯從「望氣者」言，棄逐鹿中原之念，雖得方瑜先生青睞，頌之為「一身俠骨護柔腸」，歸根到柢，仍洗擦不了揹宿命思想黑鍋的罪名。以歷史小說眼光看，則杜光庭實在是大賣野狐禪。扶餘國屬子虛不說了，且說衛公李靖，堂堂開國功臣，屢立戰功，在杜某筆下，卻顯得最為膿包。紅拂夜投奔，「公不自意獲之，愈喜愈懼，瞬息萬慮不安」。若不是小女子再三安慰他「計之詳矣，幸無疑焉」，說不定他會坦白招來：「我怕怕，你還是回去吧！」

但如果我們卸下道德與歷史的包袱，單以小說言小說，那麼〈虬髯客〉實在是一篇傑出的俠義傳奇。

聽雨歌樓的少年讀者，初閱〈虬髯客〉，最神往的形象，想非赤髯如虬的中形大漢，亦非布衣李靖，而是「紫衣戴帽人，杖揭一囊、素面畫衣」的紅拂女也。少年青衫薄，面皮厚，總有過一個時期把自己幻成懷才不遇輩，缺少的就是這麼一個有慧眼而兼具膽色的女子，離家出走，深夜拍門告訴自己說：「妾閱天下之人多矣，無如公者！」聽來多舒服。

可是同樣一個讀者，把書擱下二三十年復重唸，對此篇文字的敏感，想非「脫衣去帽」向衛公拜揖的「十八九佳人」，而是「閱天下之人多矣」的下文：「絲蘿非獨生，願託喬木，故來奔耳。」

換句話說，紅拂奔李靖，不如吳志達所說的那麼簡單：「紅拂的行動，既說明在激烈的社會變革時期，受壓迫的奴隸思想上的解放，敢於突破封建意識的束縛，視榮華富貴如糞土，自己選擇落魄處士為夫；……。」（見《唐人小說》，上海，一九八一年）

紅拂身為「風塵三俠」之一，思想上的解放是毋庸置疑的，問題是她是否如吳志達所言那麼「視榮華富貴如糞土」？

虬髯客說得好：「非一妹不能識李郎，非李郎不能榮一妹。」

再說，虬髯客把「巾箱妝奩冠鏡首飾之盛，非人間之物」悉數充贈一妹李郎時，兩人沒有婆婆媽媽的「婉拒」一番，端的是英雄本色。

如果李靖確屬膿包，落魄一生，紅拂不見得會自動獻身。如果她不是個「望氣者」，最少是個善察言色的女相師。李靖怕「楊司空權重京師」，她卻判斷他「屍居餘氣」。話說得多有信心，多有魄力！

她自比絲蘿，譬李靖為喬木。這頂高帽子不好戴。以古時中國女子在社會的地位言，紅拂即有喬木之姿，囿於封建規矩，只好委屈做蔓絲女蘿。形勢確實比人強，虬髯的一妹，縱「蘊不去之我」，要享富貴榮華，不能不從夫之貴了。

李靖好福氣，配上像紅拂這個處處替他採主動的政治搭檔，而且真正是「送上門來的」。在歷史上他是蓋了棺的成功人物了，杜光庭的小說家言，無損其清譽。但若以小說人物論小說人物，他若無紅拂助之以「梳頭戰略」（羅龍治語），他日後是否做得了衛國公，實屬疑問。

看正文，虬髯這個「老粗」，「乘蹇驢而來，投革囊於爐前，看張梳頭」。姑不論這是否虬髯唯大英雄真好色的本性，或者是別有用心，要看李靖的應變，總之，這是個挑釁性的場面就是。身為大丈夫的李靖，看到太太為「登徒子」所辱，當然氣憤。若是他為一介莽夫，說不定就動粗了，他僅「怒甚，未決，猶親刷馬」，足見他亦知小不忍則亂大謀的道理。

他太太呢，比他高明多了。上面提到她是個不尋常的女相師，這裏也找到證據。如果她不看出虬髯異乎凡品，不見得會「一手映身搖示公，令勿怒」，虬髯在她眼中若是凡夫俗子，讓丈夫修理修理他，也是活該。

〈虬髯客〉既是俠義小說，許多地方，不合以常理度之。大鬍子騎的雖是蹇驢，卻「其行若飛」，即一例。俠義中人若發覺對方與自己志氣相投，言談間不到半個時辰就大家稱兄道弟，這種例子，《水滸傳》多的是。

再說紅拂梳頭畢，與虬髯互通姓名，發覺大家巧合姓張，乃馬上拉關係說：「妾亦姓張，合是妹。」此時魯男人亦欣然曰：「今夕多幸逢一妹。」虬髯原是個要問鼎中原的人，在江湖上自然想多結交些豪傑之士，因此紅拂招呼李靖「李靖且來見三兄」，他亦樂得受拜，以便日後相濡以沫。

紅拂在這傳奇扮演的角色，也到此為止。以後的發展，可說全是虬髯一人導演的。不說紅拂插不上嘴，就連李靖也只得唯唯諾諾的份兒。可是紅拂佔文字篇幅雖少，其精神與心態在中國封建社會中，卻有非常代表性的一面。

傳統中國婦女的悲苦命運，不必看《列女傳》或《孝女經》、《女論語》這類典籍，單憑「在家從父、出嫁從夫、夫死從子」這十二字真言，就可猜出她們被人擺佈的歷史。中國古時大男人的斑斑罪惡，罄竹難書，誰也做不出來翻案文章。在儒家「吃人的禮教」約束下，女人要表演突出，選擇也要突出。捨禮佛慕道外，還有一條路子可走：作俠客行。（在儒家的規範內，女子也有機會作突出表現的。簡單說來，是表現得比儒家所要求的更儒家。此點我在〈中國文學裏的自我表現〉中討論過。不說別的，裴鉶筆下的聶隱娘，就突出得可怕。）

紅拂是否懂武功？我們不知道。虬髯客即使武功絕世，在小說裏也沒有表現出來。作者感興趣的，只限於英雄肝膽，不是他們的拳腳功夫。紅拂也因此與紅線或聶隱娘這類「俠女」大異其趣。紅拂在本篇最突出的地方，在她盡在不言中的政治野心。幸好她託的李公，是真正的喬木，不然苦了男人，誤了卿卿。

傳統小說裏的奇女子，唐傳奇後，宋明話本中，也歷歷可數。正因話本不像傳奇那麼以奇制勝，所載的奇女子也較近人間煙火。如果我們可以把充滿政治野心的紅拂目為傳奇中的「女強人」，那麼我們在三言小說中，一樣可以找到她的姊妹，雖然她們在「強」的方面，與政治野心無關。三言愛情小說的女子，強於生命力，勇於追求自己幸福、壯於承擔膽色。這一點，我也在舊文〈崔寧——三言小說裏的凡軀俗體〉討論過了。實在說來，杜十娘、秀秀、朱多福、白娘子和在〈況太守斷死孩兒〉中使性子的邵氏，都屬女強人，雖然在承擔勇氣上說，遠不如唐小說中的魚玄機與步飛煙。

此文真乃有感而發。方瑜先生聽了虬髯對李靖說如要與李世民爭天下，「當龍戰二三十載」，因聯想到項羽對劉邦說的話：「天下洶洶者數發，徒以吾兩人耳，願與漢王挑戰決雌雄，毋徒苦天下之民父子為也。」

筆者看到紅拂自比絲蘿，把李靖比喬木，乃替天下徒有李靖之名而無李靖之實的男子發急。美人投懷送抱，固是大男人一樂事，但在緊要關頭，當認清對方是否有紅拂心腸。本人心境，亦近僧廬聽雨境界，自無紅拂降格相擾。即使夢中見紫衣戴帽人，諒也會清心直說：「僕生性疏懶，早斷功名之念，卿另找高明吧。」

另外一個令我有感而發的原因是：單憑歷史的檔案去看中國婦女的命運似嫌不夠。前年

Philo公司出了一本名叫*Women in China*（《中國婦女》）的專集，由Richard W. Guisso和Stanley Johannesen合編。裏面有一篇研究「女強人」鄭一嫂（海盜張保之妻）的文章，讀來饒有趣味，因想到這一集子如果多增篇幅從文學作品中廣收例子，好好的研究一下受壓迫中國女性的明暗複雜面，將會更有參考價值。（此集所收的論文，與文學有關的，僅《鶯鶯傳》及其流變一篇。）

我最後一點感想是：婦女一天不解放，男人一天得不到真正的自由。今天紅拂若在尊前出現作絲蘿狀，可揮之曰：「罷，罷，卿既懷不世之才，你何不自立門戶，效法大不列顛的鐵娘娘，自領風騷一番？請了！」

原載《人間》，一九八三年四月十一日

燕京·哈佛·洪業

一

文人學者的一生，除非日後從政，幹出一番事業；或像徐志摩和郁達夫一樣有一段羅曼史點綴一下，否則有關他們身世的傳記，都是行家寫給行家看的文字。

陳毓賢女士（Susan Chan Egan）寫的《現代儒者洪煨蓮》（*A Latterday Confucian: Reminiscences of William Hung 1893-1980*）也不例外。此書由哈佛東亞研究所出版，二六二頁，訂價美金二十元。

洪煨蓮即洪業先生。陳女士給他寫這本傳記的經過，她自己已在〈洪業憶故友：胡適、顧頡剛、傅斯年、趙元任〉一文交代過了（見一九八七年《明報月刊》十二月號）。陳女士在此文說：「洪先生回憶的往事，有不少有趣的資料未能納入傳記之內……」我比對了一下，確實如是。在英文傳記中，傅斯年只點了一次名就沒下文了。可是在〈洪業憶故友〉一文卻有這些「趣事」：「傅斯年一九四七年來美國養病時，有一次來哈佛聽洪先生講春秋經傳，站起來激烈地批評洪先生這裏不對，那裏不對……」

洪業還對陳女士說過：「顧頡剛告訴我傅斯年的書房裏掛着一副對聯，說『六親不認，四海無家』。你看他好大的氣魄！有點像曹操『月明星稀，烏鵲南飛，繞樹三匝，何枝可依』的意味。這些人都有點霸氣，可是後來大多參加了國民政府。」

換了另一角度看，許多收在英文傳記內的人物和事件，卻沒有在〈洪業憶故友〉出現。這當然是由於作者不願意重複自己的緣故。對舊日燕京校友來說，洪業自然不必介紹。跟哈佛東亞研究所有淵源的學者，不必看他的傳記，想也略知一些他在那兒的生活片段。即使與這兩間學校毫無轇轕的人，只要是英美學界的「漢學生」，也知道洪業即 William Hung，是 *Tu Fu: China's Greatest Poet*（《杜甫：中國最偉大的詩人》）的作者。

但在陳毓賢的書出現以前，我相信沒有幾個人知道洪業做過一些只有血性書生才做得出來的「傻事」。

原來抗戰勝利後，李宗仁先到了北平。有一天李突然帶了隨從到燕大來找洪業，以「官拜少將」的官階請他入幕。洪業料想到李宗仁這麼看得起自己，無非是他的「美國關係」。他婉拒了，但答應以平民身份盡一己所知給李宗仁提意見。

為了這一點關係，李宗仁在懷仁堂招待魏德邁將軍晚宴時，洪業也應邀在座（另一位「平民」是陸志韋）。魏德邁答謝詞重點如下：中國之所以未能成為對世界和平與繁榮有貢獻的強國，乃由於兩大敵人的阻礙。第一個敵人是鄰國日本。半個世紀以來，日本一直操縱中國政治，給中國帶來各種問題，以致民不聊生，國家危在旦夕。現在美國人——中國人的朋友——幫中國擊敗了日本。日本大概要等好一段日子才能給中國找麻煩了。

「可是，」他繼續說：「如果我不把你們的第二號敵人指出來，我就沒有盡朋友的責任了。不幸的是，這第二號是你們的內奸，我們美國人愛莫能助。這內奸的名字是貪婪。你們若要享受真正的自由，要為全人類福祉盡一份力量，非先得把這內奸除去不可。」

替魏德邁翻譯的是 Bliss 將軍，他中文好極了。但有關「內奸」這一節，他刪掉了，因為座上都是中國將軍，其中還有不少是腐敗的。

洪業聽後站起來要求以「平民」資格發言。舉座驚訝，都望着他。他還是說了。

他把 Bliss 將軍未譯出的部份全部翻譯了出來。

二

一九四六年春，洪業離開北京赴美，原打算在哈佛講學一個學期就返回燕京大學復課。但跟許多這個時期出來的中國學者或留學生一樣，抵美不久後就聽到國內時勢逆轉的消息。儘管局勢惡化，在韓戰爆發前，洪業回國服務的念頭卻一直沒有斷過。最具體的例子是一九四八年福建基督教大學要他回去當校長的聘書。洪業是福州人，這是服務桑梓的大好機會。但深諳時局大勢的朋友及時勸告他：共產黨在中國的勢力猛如洪水，非任何人力可以阻擋得了的。

他接納了他們的勸告，寫信婉拒聘約說：「……我跟共產主義格格不入的地方基本上是意識形態的分歧。幾年前我講過，如果共產黨人可以修正三種立場，那麼我也可以接受共產主義。

第一，我一直覺得共產黨對宗教的敵意是違反人類道德與精神的本質。第二，他們徹頭徹尾唯物辯證法的史觀過於偏激，因此就不正確。第三，宣揚暴力作為爭取進步的手段，不但不必要，而且背悖中國倫理。遺憾的是，共產黨人，不論中外，都不見得會修正這些觀點。」

洪業因為與共產主義的意識形態格格不入而拒絕返回祖國，在美國的出路，除非他願意改行，否則只有一條：在學術界「掛單」。洪業在二十年代初就貴為燕大文理科科長，學貫中西，又通幾國語言，如果不是為了戰亂和做行政工作，他對中國史學的貢獻，實無可限量。現在翻閱陳毓賢書後所列洪業著作年表，知道他自一九一八年開始就有文章發表。不錯，以謀差事的標準來講，他五十年代以前的著作可能不夠專門。但自一九五一年開始，除了專書《杜甫》兩冊由哈佛大學出版外，還有六七篇論文在一流學報發表。

但洪業在哈佛終其一生，始終拿不到教授資格。自四十年代後期起，他在幕後幫忙，指導了不少哈佛學生的博士論文。但到學生正式考試時，他就得退位讓賢了。

這算不算是歧視？當然是，但要知究竟，得明白當時的歷史背景。陳毓賢書第十三章記述了洪業一九二八至一九三零年在哈佛那段日子。茲錄其中段落：

> 洪業在哈佛的名義是講師，講授幾門中國歷史。那年他三十五歲，要在這兒傳授西方學派傳統的漢學，為時已晚。美國的漢學為兩類人所盤踞：要不是傳教士，就是歐洲貴族中任誕式的人物⋯⋯中國學者只能在兩個範圍內派得上用場，一是教語言，

二是做學術上的「情報販子」。理由是人家認為中國學者一般「缺乏批評與辨識的能力」。

當然，洪業熟讀的中國經典史籍比西方漢學家多。他在中國社會長大，本身就是中國學術傳統的一部份。但他一來沒有博士學位，二來沒有西方學報式的學術著作，人家就無從知道你是否熟悉西方學者所重視的理論模式與治學方法。洪業旅遊歐洲時試過跟歐洲知名漢學家建立交情，卻未受到禮遇。他會見牛津大學 W. E. Scoothill 教授時，先得通過各種「質疑問難」後才獲得「平等待遇」。難怪洪業到了哈佛後，覺得氣氛融洽，鬆了口氣。

洪業一九四六年後在哈佛當難民，已是坐五望六之年，還是一介布衣，非進士（博士）出身。在當時環境來說，能夠以講師或研究員終其身，可說是哈佛同仁念舊的結果。

筆者這一代在美國教中文謀生的人，看了洪業回憶錄，深為自己慶幸。若不是韓戰引起了美國政府對「域外」語文的注意，撥款設獎金和在東西部、中西部各大學成立亞洲研究中心，今天的「漢學」絕難有這種氣象。各大學廣設中文系後，當務之急是要訓練人才去應付要把「美帝鬥臭鬥垮」的形勢。傳教士和歐洲「任誕」，因此大權旁落。

洪業要是在五十年代尾或六十年代初到美國做難民，只要年紀不過五十和有一兩本英文著作，說不定會為哈佛、耶魯以外的學校量珠聘去。

美國漢學界的兩大功臣，陳世驤和劉若愚都不是「進士」出身的。

三

洪業回憶錄應有中文版，而最理想的人選是陳毓賢女士自己。從她在《明報月刊》一文可知，她積存了近兩年的錄音帶資料，有許多沒有用在英文本內。如果將來她有意出中文版，這些資料加上去後，一定更為生色。

單就目前英文版資料來說，許多洪業提過的人物，都與民國史息息相關。美國人除魏德邁將軍外，當然還有司徒雷登。民國的政要，李宗仁外還有孔祥熙。但以我個人的看法，洪業回憶錄的價值不在其「中外名人索引」的部份。陳毓賢稱他為「現代儒者」，信非虛言。他壯歲即以有為、有守、有趣三條作為做人的座右銘。以個人興趣言，他最感興趣的是「治國平天下」，但深知官場險惡，要自己成功就得犧牲別人。他又是虔誠基督教徒，但認識到教會與宗教又是兩回事。「教會如面孔，宗教若笑容。如要笑容可愛，面孔得保持乾淨。」他既不能洗擦所有面孔上的污點，因此決定不做牧師。

他還有甚麼職業上的興趣?教書和寫作。但早就決定不做大學校長，因為校長階級的行政工作，類似官場政要。不妥協，就辦不了事。

「有為、有守」這兩項做人宗旨是否能夠遵守，得視乎個人所處環境。假如一九四六年洪業不是來了美國而留在燕京的話，為了求自保，他會不會向中共妥協，我們無法臆測。我們只知道，五十年代初，當一些舊日燕大同事如陸志韋捱批受鬥的消息傳到哈佛後，洪業的反應是：「知識分子因迫於形勢而說假話，猶如婦女被強姦一樣。謝天謝地，天下還有像美國這樣一個國家，否則像我這類人往哪裏躲？」

他發過誓言，只要共產政權存在一天，永不回中國。

洪業歿於一九八零年十二月二十二日，享年八十七歲。「去世之前，親友紛紛來看他，他談笑風生，彷彿往日。」

洪業戚友，籍貫中西，交談的語言，想也如是。但據陳毓賢所記，他死前五天，一度神志昏迷，向身旁的孫兒說起福州話來。

中國知識分子心懷魏闕的本性可見一斑。

中國人「吃」的文化

前些天看台灣來的報紙，花邊新聞有香港國賓酒樓「排演」給十二位日本客人吃喝的滿漢全席節目。十萬港元吃兩天，國賓酒樓董事長說還要虧本，其鐘鳴鼎食的盛況，可想而知。杜工部所說的朱門酒肉臭，也「臭」不到這種排場吧？

這十二位日本「藝人」所吃的菜單，所用的名詞，大概上溯到漢賦。如「鳳池波暖」、「夢筆生花」、「力拔千鈞」、「袖掩金簪」、「龍鳳交輝」，諸如此類，不一而足。（這十二位貴賓，帶了菜牌回東京後，大概要求助於諸橋轍次，才知道究竟吃了些甚麼東西。）

菜名雖看不懂，「配料」是甚麼倒不難人。計有鹿胎、象鼻和熊掌。說這些東西是「配料」，稍為有點吃的文化的中國人大概都會同意。原來象鼻、熊掌這些東西雖因物以稀為貴，據說本身並不好吃，要靠雞湯火腿之類輔助才有味道。

這個不提。且說我看了這些台北某報稱為「極慾窮奢」的中國料理有關新聞後，想起了今年春天張光直先生編的一本書，《中國吃的文化》（*Food in Chinese Culture: Anthropological and Historical Perspectives*。耶魯大學出版），乃從圖書館借了出來翻閱，希望增加一些對滿漢全席的學術常識。不料看了目錄和索引後，在這一方面大失所望。

原來張先生編成這本書，重點不在口腹之慾，而是用考古人類學、歷史、社會學和漢學等觀點，以中國人的飲食習慣和食物的種類，來研究中國文化自商至清的各種演變。譬如說，中國人在上古時期盛五穀和酒，用的是銅器，盛肉類則用木器和陶器。這種分別，在我們外行人看來，除了猜想用木陶盤子盛肉比較「好吃」外，大概不會再想到別的理由吧？可是張先生以考古人類學的眼光來看，認為銅陶之別，是為了祭禮的儀式需要。

但張先生有此發現，是跟我們非常切身的。譬如說，陰陽之說，在中國吃的學問上，也有一席位。原來食物本身和烹調之法，也有分「上火」（陽）和「敗火」（陰）兩種，也就是一般人所謂的「寒熱」之分。油膩煎炸的東西，紅辣椒和花生等，都可歸入「上火」類。而甲殼綱的動物（如螃蟹）或水產植物，都入「敗火」類。

在本集中的撰稿人，筆者有緣認識的，僅得余英時先生一位。看文章先看朋友的，人之常情也。英時兄的著作，只要不是太專門的，我一向愛讀，這篇論漢朝「吃」的文章，實在無法捧場。「此文主旨在找出漢人有甚麼東西吃喝，怎樣吃喝」，他開宗明義的說。跟着他就用了一九七二年在長沙出土的馬王堆資料，列出女屍腹中所藏的那張「菜單」。不幸的是，也可說是有幸的是，有關馬王堆的圖片與幻燈資料，我幾個月前看過。因此不管怎樣打起精神想把英時兄這篇文字看完，也逃不了先入為主的「形象障礙」。列出的食物中雖有野兔、狗肉、豬肉和鹿肉。調味品雖放了肉桂和良薑，但我眼前浮動的，不是香肉，而是那具女屍和她腹中所藏的腐肉。

看到那裏，為了不想「倒胃口」，只好掩卷嘆息一番。

據張光直先生的序言說，此書緣起於一九七二年秋天，他和耶魯大學一同事合開了一門研究中國飲食文明的研究院的課（Anthropology of food eating）。一九七三年春末，他邀了本書九位撰稿人分別各抒己見，憑自己的專長來探討這一人生二大問題之一（食色性也）。筆者覺得，如果當時他多邀一位唸「純文學」的人來紙上談吃，說不定本書會有一章談滿漢全席的文章。在香港的賴恬昌先生，想是最佳人選。普通文人，即使有研究滿漢全席的興趣，也未必有緣一睹這種菜式的真面目。賴先生出身百粵名人望族，想必知道「夢筆生花」是怎回事。寫來不至光憑想像力。

當然，不一定要唸文科的人才能運用到文學的資料。事實上，本書各作者引用的中國文學作品，已包括了《楚辭》的「招魂」，小說中的《金瓶梅》、《紅樓夢》和《儒林外史》等。但這些都是較為熟習的資料。我相信，這一章如果用一個專研中國俗文學的專家來寫，所能夠提供的見解，必會更廣泛、更深入。試看《拍案驚奇》卷三十七以下的一段文字：

> 兩人（屈突仲任和家僮莫賀咄）又去舞弄擺佈，思量巧様吃法。……假如取得生鱉，便將繩縛其四足，繃住在烈日中曬着。鱉口中渴望，即將鹽酒放在牠頭邊，鱉只得吃了。然後將他烹起來。鱉是裏邊醉出來的，份外好吃。取驢縛於堂中，面前放下一缸灰水，驢四圍多用火逼着。驢口乾即飲灰水，須臾屎溺齊來，把牠腸胃中污穢多蕩盡了。然後取酒調了椒鹽各味，再復與牠。牠火逼不過，見了只是吃。性命未絕，外邊皮肉已

熟，裏頭調和也有了。一日，拿得一刺蝟。牠渾身是硬刺，不便烹宰。……想起一法來，把泥着些鹽在內，跌成熟團，把刺蝟用團泥裏起來，火裏煨着。燒得熟透了，除去外邊的泥，只見蝟皮與刺皆隨泥脱了下來，剩下一團熟肉。加了鹽醬，且是好吃。（以上引文從友聯李田意輯校本。）

這裏的「且是好吃」，敍事觀點，當然不是淩濛初而是無賴子仲任，因為這是個頑石點頭式的因果報應故事。中國歷史上究竟有沒有屈突仲任這個人，無法稽考（話本中指明他是唐開元年間溫縣人），但他這種殘忍的吃法，與鄉間父老相傳的「吃猴腦」故事，同屬一個類型：人性的墮落。

仲任的人性墮落，有淩濛初的史筆譴責。十二個人拿十萬塊港幣去吃兩天的飯，也應算是墮落的一種。玩物可以喪志，吃鹿要吃到鹿胎的人，對人生的正常興趣，大概已到山窮水盡了。張光直先生如果有此一章考古譴責文字，想可代表中國人吃的良心。

《中國時報》，一九七七年十二月四日

李小龍之死

李小龍死後，中文報紙、電影畫報和「特輯」之類的刊物，爭相報道。他的死因，更是聚訟紛紜。縱慾、吸毒和被仇家陷害等可能性，都一一推論、求證。真可說是「各執一是」。

本來，談論李小龍的文章，理應刊於影藝版，而談論這「一代巨星」的人，也不會輪到我這個教文學的人。我不過是一個影迷而已。可是，離開電影院以後，我對李小龍的形象、看法再不屬於觀眾之欣賞明星。李小龍是一種「文化現象」。

既作如是觀，就減少一分班門弄斧的歉意。不久前過世的法國一學界通人羅蘭．巴塞（Roland Barthes），在其《神話集》（*Mythologies*，一九五七）中，也是以看文化現象的心情去談電影明星碧姬．芭鐸、脫衣舞和洗潔精的。

有關李小龍的身世和死因，中文寫的，雖不算灰飛煙滅，但真也闌珊多時。意想不到的是，英文刊物對他卻大加青睞。元月和二月份的《閣樓》，連載了名家高德曼（Albert Goldman）的長文，由李小龍在香港問題兒童日子開始，一直追溯到他在丁珮家暴斃為止。作者為了寫這篇文章，出差到香港，訪問了李氏家人、中小學時的朋友、中美電影界與李小龍合作過的人士。也許被訪的人覺得這洋人寫的報道，既用英文，一般在香港台灣的讀者不會看到，因此心裏壓力減少了，說話也相對的比較直言無諱。

譬如說，李小龍三十剛出頭，享盡了成功的滋味，得意忘形之餘，常在公共場合教訓鄒文懷道：「你算甚麼東西？你有今天，還不是拜我之賜？」難怪鄒文懷太太在李小龍死後對人家說過，殞了天皇巨星，自然可惜，但卻保存了自己丈夫最後的一點自尊心。

《閣樓》是繼《花花公子》後的「後起之秀」，靠裸女起家，銷路達五百萬份。跟《花花公子》主持人的心態一樣，有了錢就想到要面子。因此近幾年來這本「男人讀物」的特稿中，出現不少大家手筆。訪問更常有神職界、教育界和政界赫赫有名之士出現。在西方資本主義社會中，有錢確可使鬼推磨。

高德曼這篇特寫，既是《閣樓》量珠買來，也真見深入報道的特色。作者訪問了平常給李小龍診治的醫生、昏迷後給他急診的專家和在片中當他配角捱他拳腳之苦的美國「打仔明星」，證明他是服用了過量的 hashish 刺激「藥物」致死的。Hashish 是極強烈的一種大麻，據字典的解釋，可抽（煙）、可飲、可嚼。李小龍平生不抽煙，因用此物混合成一種「餅乾」服用。

李小龍為甚麼要服毒？據高德曼的報道，不是像時下一般美國青年那樣，為了好奇，或單為了求官感的刺激。《唐山大兄》和《精武門》後，李小龍由一個寂寂無名的好萊塢功夫教頭，一躍成為千萬巨星。怎樣才能保持票房不敗紀錄，已是一般明星的莫大壓力。以李小龍而言，他的壓力還要大。高德曼透露說，李小龍的片子哄動了香港、台灣、東南亞和歐美各地的華埠後，他在美國一位舊識要推薦他任電視《功夫》節目的主角，但為高層人士否決。理由簡單，以美國觀眾為主的電視節目，主角一定得由白人主演，不然就沒有廣告客戶。換句話說，在這種偏見心態上，美國草根人士，三四十年來還是抱殘守缺。當年賽珍珠小說《大地》和《龍種》搬上銀幕，主角是白人。今天要重拍，想來也是白人。

高德曼（如果不是筆名，料是美籍猶太人）的特寫，資料豐富、文筆漂亮，是一篇傑出的報道文章。猶太人比起一般「五月花」族美國人在感情上比較親近中國人，也較了解中國人。一般中文報道都有提到李小龍的美國太太，但少見心理分析。高德曼在這方面獨具慧眼。他特別提到李太太是個孤女，要找個「強人」丈夫來彌補早年失怙的痛苦。而李小龍呢？婚後常對朋友說：「我這妮子比中國娃娃還要乖，還要聽話！」

高德曼雖然觀察力強，也略懂一點中國人百年來所受的國恥，但他畢竟是外國人。外國的漢學家自然懂得「鞠躬盡瘁、死而後已」的意思。但這兩句話後面的文化背景和歷史擔子，單憑學問是了解不來的。單是感情認同也還不夠。要真真正正了解這兩句話的創痛，我們還得向這歷史文化所宣示的價值系統投降。李小龍對人言，他服用 hashish，因為只有這玩意可以使他忘記片場的檔期。更重要的是，忘記自己是李小龍。「忘記自己是李小龍」這句話是個關鍵。普通武打明星擔心自己的票房前途，人之常情。李小龍為自己着想而感到重大壓力，也是人之常情。但李小龍異於一般武打明星的，不單只是他有真功夫、真本事。

除了《唐山大兄》的對手是華人外，後來片子，據我所知，不是日本人就是洋人。這些「劇情」是否徇李小龍要求而安插，我不知道。李小龍後來的片子，也不是善惡分明到凡是洋人都是壞蛋，凡我同胞都屬善類那麼幼稚。反之，「惡勢力」後面的主腦人物倒有不少是華人。

這不要緊。只要在搏殺場面的對手是洋壞蛋或東洋鬼子（中國演員扮也成），李小龍就越打越見心狠手辣。李小龍死後，有不少「李小龍第二」出現。功夫比老大如何不必計較，但一般觀眾大概也會發覺到，李小龍拳腳上的招式可以模仿，但他踢下「華人與狗不得入內」時眼睛所露的兇光，不是演技，是民族心頭的積怨。

這種關鍵，高德曼不能單憑觀察看出來。正如我們中國人不能「觀察」出猶太人為甚麼一聽到「納粹」二字，就會做惡夢一樣。

李小龍身在香港，心懷好萊塢。他要通過美國而進軍世界影壇。這種野心，當然是名成利就後要更上一層樓的壯志。但正因李小龍的形象早已確立，他以千萬演員的身份到好萊塢，別人不能不刮目相看。在香港演過挫日本人銳氣片子的主角，到了美國，不能演漢奸角色。在《死亡遊戲》把洋人打得落花流水的，現在要替美國公司拍片，雖然失去了這個方便，但也不能成為洋人的手下敗將。頂多打個平手，或者兩敗俱傷。

這些關鍵，也許李小龍沒有理性的考慮過，但心理學很注重潛意識的推動力。李小龍自小是頑童，不好詩書，但身為在香港長大的中國人，民族意識與生俱來。早年也許沒有發覺，在美國落戶後，不可能沒有感慨。除了膚色不合標準外，他實是《功夫》電視集的最理想演員。被拒諸門外這個打擊，正如李小龍同鄉廣東人愛說的話一樣：「寒天飲冷水，點滴在心頭。」

高德曼這篇訪問，讀者多為英語世界的。李小龍得意忘形時的行為，可能令某些讀者失望。譬如說，未成名前的李小龍，態度謙恭，從善如流。登龍門後，對人疾言厲色，對寫影評的人尤不客氣。高德曼舉了一個有關王姓編輯的例子。這位先生在他的雜誌內說了一句話：「李小龍的導演技術尚未成熟。」（指李小龍自編自導的一部片子 Return of the Dragon。）這條「龍」看了以後，立刻召王編輯到鄒文懷辦公室來。命他坐下後，即解下腰帶，露出「暗器」（大概是藏於皮帶的「竹葉刀」），點着王某的脖子說：「你手上的筆，就像我手中的刀。稍不小心，就致人於死地。曉得麼？」

像這類的「插曲」，自然有損李小龍早期片子那種傻兮兮、「行俠仗義」的形象。但除了知識分子看文章看得細心，一般《閣樓》讀者，翻翻圖片就算了。再說，李小龍的戲迷，對李小龍的內心世界不會有甚麼興趣。他們對他的拳腳和眼睛的「兇光」，才會特別欣賞。幾年前他的電影在筆者任教的地方上映，搏殺時，「壞人」倒下，掌聲連場。心中覺得奇怪，這兒又非台灣香港，擊倒的不是日本人就是洋人，難道這兒的洋人真的吃裏扒外？散場後，謎題揭開了：原來觀眾中有半數以上若不是「老黑」，就是所謂第三世界的民族，都是天涯淪落的人。

筆者學校的學生，有生意頭腦的，每週向校方租用場地，向片商租用或買來舊片的拷貝，然後公開售票放映。而每一個學期教室外貼的海報，都是李小龍的片子。有時甚至舉辦李小龍週。

「老白」一看再看，可能為了觀賞功夫。「老黑」呢，尋求刺激外，可能是要看東風怎麼壓倒西風。

「老黑」沒看過《阿Q正傳》，不知道阿Q心理的表現。我們當然知道，武功絕世的李小龍雖然一腳踢下「華人與狗」的牌子，但血肉之軀，最後還是喪於槍彈。犬儒者因此大可振振有詞地說：「有屁用，看完了《精武門》的觀眾，還不是坐着豐田轎車回家？」

話是不錯的。但我個人相信，要不是李小龍拍了這部片子，二三十歲左右的中國人大概不知自己的父親輩，一度曾與狗同起同坐。作為一個演員，李小龍能做的，也限於此耳。這等於書生報國，也只有盡心而已。美國電視節目，幾乎每隔一兩年就有記錄二次大戰時納粹迫害猶太人的故事上演。希特勒已死，而納粹最後一個「屠夫」已就擒，但美國的大眾傳播還是不斷的舊話重提，無非是希望警惕下一輩：勿讓歷史重演。

李小龍在銀幕上擊倒的對手，均是「影子」，不過由中國觀眾對他的反應如此熱烈看，今天的中國人，的確比魯迅在日本學醫時在幻燈上看到的同胞進步多了。

李小龍求名求利之餘，想不到自己的《吶喊》引起這麼強烈的共鳴吧？

原載美洲版《中國時報》．一九八二年

正襟危坐說鹹濕

看來「鹹濕」一詞，像「埋單」、「沖涼」和「生猛」這些廣東口語一樣，已跨境邁入大陸好些「正兒八經」的出版物上。最近的例子是小白的《好色的哈姆萊特》（人民文學出版社）。小白不慌不忙的把 Paulin Kiernan 的新書《*Filthy Shakespeare*》名為《鹹濕莎士比亞》。

哈姆萊特就是 Hamlet，莎翁名劇中的丹麥王子，一腔愁緒，滿面悲情，橫看豎看也看不出他竟然「好色」！Shakespeare 雖然寫過《仲夏夜之夢》等喜劇，但名垂千古的著作還是一再搬上舞台和拍成電影的「六大悲劇」。莎氏因何而得「鹹濕」惡名，下文有分教。

Filthy 就是 dirty，怎麼中譯，得看語境而定，但怎樣也洗不了「下流」的罪名。廣東人眼中的「鹹濕伯父」或 dirty old man 是對女人出言輕薄、毛手毛腳的男子。因此「鹹濕」與「好色」同義。鹹濕的「鹹」繁體字以「鹵」為部首，帶有鹽味。鹹濕混在一起，就是不乾不淨。

哈姆萊特「好色」，因為他是鹹濕作者的產品。那麼，順理成章的話題應是：《*Hamlet*》的文本，算不算「色情讀物」？小白〈色情到底是甚麼東西〉一文，是評論劍橋女教授 Alyce Mahon 的《牛津藝術史：色情藝術》的一篇特寫。Erotica 和 pornography 都離不開性的挑撥，但二者究竟有甚麼分別？女教授的話直截了當：pornography 是「以性交和手淫為唯一指向的東西」。

小白認為這說法並不新鮮。勞倫斯小說《查泰萊夫人的情人》成書於一九二八年，事關風月，一直不能上市。一九六零年 Lady Chatterley 鬧上法庭，「公訴人」Mervyn Griffith Jones 要求陪審團把《夫人》裁定為「淫書」。人家問他拿甚麼標準，他說，「標準就是他伸開雙腿靠在椅背上，隨意翻閱那本書，如果突然之間他的身體發生某種異動（erection），那這本書無疑就屬於淫穢。」

陪審團沒聽他的，因為書中的風月事非為鹹濕而鹹濕。此事說來話長，只好略過不表。大概陪審團也明白如果在堂上作證的人是柳下惠，夫人縱有千種風情，也白費心機。但如果他是看到女人小腿也會有「異動」的登徒子，那《*Lady Chatterley's Lover*》就難見天日了。取決一本文學作品是否「淫書」的標準繫於生理反應，這制度未免太兒嬉了。

同是「色情」作品，erotica 跟 pornography 有顯著的分別。小白引了女性主義論者 Gloria Steinem 的話說，erotica 是「關上門的房間」，而 pornography 是「打開門的房間」。這種說法，只能意會。我們不妨看看《色情讀物書寫手冊》（*How to write Erotica*）的作者 Valerie Kelly 女士怎麼說。她認為 erotica 歌頌性愛、關心對方、視性愛為戀人之間表達愛意和溝通感情的渠道，既可排遣寂寞，又可紓解疏離感。

Erotic 的讀物或藝術作品，因此多是逗人想入非非的，空白處得由觀者填上，英文說的 titillating 正是這境界。看小白引用《鹹濕莎士比亞》資料鋪陳出來的《哈姆雷特》文本，不管我們的想像力多強，也看不出甚麼「鹹濕」的地方。

HAMLET: Lady, shall I lie in your lap?（王子這時坐在癡情女子腳邊，說這話時，半側過臉

朝觀眾擠眼，觀眾再一次大笑起來。）

OPHELIA: No, my lord.

HAMLET: I mean, my head upon your lap?（王子再次朝觀眾席擠眼睛，包廂座裏有人大聲喝采。在劇場中間拿着「站票」的引車賣漿者更興奮得跺腳怪叫。）

上面短短的引文出現兩個「雙關語」：lap 和 head。Lap 的原義是「大腿」，但依專家所說，在莎翁時代的市井口語中，lap 也指女性「私處」。傻呼呼的 Ophelia 似乎不明就裏，王子只好更「形象化」的說要把他的「頭」枕在她的腿上。觀眾哄堂大笑，因為他們比 Ophelia「世故」，知道王子說的頭是「龜」頭的「頭」。

小白寫〈好色〉一文，做了不少 research，限於篇幅我只能在這裏摘要引述。據《鹹濕》作者 Pauline Kiernan 女士研究所得，莎翁作品中涉及女性身體私處的雙關語有一百八十多種。男人「那話兒」的隱語更多達二百餘條。此外還有七百多種涉及「鹹濕」的雙關語。因此丹麥王子的「好色」，並非獨立例子。

到環球戲院看戲的觀眾，的確品流複雜，票價也分六便士、二便士和一便士三種。莎劇中的「葷言葷語」，老粗固然受用，但坐包廂的紳士淑女呢？小白說，「上層人士也同樣喜歡。他們本身就是色情業的後台和主顧」。更一新我們耳目的是，「據說伊麗莎白時代的婦女們被『鼓勵』說髒口，女士如果說出一句絕妙的葷笑話，往往得到格外喝采。」

小白告訴我們，把莎劇分為「悲」與「喜」的二分法，原是文學史家的主意。但在戲劇混沌初開的時代，劇作者是沒有這種觀念的。他落筆時只想到「觀眾」。他們到劇場來，是為了取得暫短的歡愉，因此「劇情越是令人恐懼叫人傷心，場面就越該瘋狂放肆。」

《亨利六世》提到的「紅衣主教的帽子」（Cardinal's hat），原是泰晤士南岸一家妓院的名字。連主教大人的帽子也可以拿來作「那話兒」的象徵，當時鹹濕風氣之盛可想而知。《鹹濕》面世後，今後莎翁讀者再難「思無邪」，得在正文外去找尋「草蛇灰線」。眼見不實，拿鹹濕眼光讀莎劇，底層下的光景，常出人意表。Ophelia 對王子說，"You are merry, my lord"。枱面上的意思是：「你真開心，殿下。」但暗裏可能另有所指：「你真鹹濕，殿下。」那年頭，"merry" 一詞的言外之意是 "horny"。你這麼開心，因為你腦子滿是「鹹濕」的鬼主意。

《好色的哈姆萊特》收了十三篇事關風月的文章。集中採用文學作品資料作論述的也只有用作書名的這一篇。〈黃段子和小手冊〉也引用文學名著，但份量不多。其他文章的內容，都牽連歐洲藝術史，風流畫家和他們的作品，當然還有艷名四播的「模特兒」，都一一躍然紙上。文內相關的段落，都附有插圖，但線條抽象，其中春意，亦只能靠想像加工始見顏色。書內不見活靈活現的「妖精打架」。因此這些畫頂多只能說是 erotic（色情）。

小白行文，習慣繞着一個「點子」旁徵博引，節外生枝。〈吊起身子提起腿〉一文，說盡「好此道者」的風流韻事。小白用的第一個例子就是西門大人幹的好事。他認為《金瓶梅》二十七回「醉鬧葡萄架」是在文字上對「吊起身子提起腿」這種「奇技淫巧」最有「創意」的描述。但小白點到為止，既沒有附相關引文，也沒有插圖。跟着小白筆鋒一轉，帶我們到 Billy Wilder

電影《*Double Indemnity*》一個鏡頭前面。我們看到「面孔嫵媚手段冷酷的 Phyllis 左腳踝上穿着金腳鐲，當她提起左腳擱坐在保險推銷員 Neff 面前時，情慾和陰謀雙重地開始了。」

跟着小白給我們說了一連串與「吊起身子提起腳」有關的故事，鞦韆架上春衫薄的少女啦、瑪麗蓮．夢露風吹裙裙展露的玉腿啦、巴黎踢高腿跳 Cancan 舞的女郎啦。這一切都可視為情色色情的標幟。最後當然要「有圖為證」。巴爾蒂斯的《美好的時光》中的少女，攬鏡自照，一臉懷春模樣，「無意間提起腿來，展露裙底風光，勾惹畫內畫外觀眾無名的色慾。」

這就是小白的「敍事策略」。他愛「虛張聲勢」，少作「重點出擊」。他用拼圖的方式講故事，東一塊，西一塊，初看不像是有機零件，完場時再把這些游離分子拼湊起來，就會領悟到作者「顧左右而言他」的用心了。最顯明的例子是他為〈好色的哈姆萊特〉正文前所佈的疑陣。我們先看到那位可在時空旅行的當代戲劇觀眾，一霎眼就回到莎士比亞時代的倫敦，在街上看到一對男女在對罵。男的罵女人：你是“Winchester geese”。這明明是英語，但他卻聽不懂。小白也不讓你馬上聽懂。四、五千字的空間過後，他才慢條斯理的告訴你，“Winchester geese”來自莎劇《Troilus and Cressida》，意指「妓女」，特別是那些患有梅毒的妓女，「因為據說梅毒患者嘶嘶喘息，聲同“geese”。」小白文體，別具一格，糅八卦與史料於一身，欲擒先縱，這種章法，其實也非常 erotic。

四、一簑煙雨

香港文學無愛紀

最近兩年我在嶺南大學中文系開的課中，有一門是一九一九—一九四九的中國現代文學。除本科生外，也有外系同學和「兼讀生」選修，上學期兩班學生人數合加起來近二百人。這是一年級同學的必修科，因此課文選了好些方銘教授認為中國現代文學「必讀的」作品。（《中國現代文學作品教學必讀》，天津人民出版社，一九八六）。小說方面，除魯迅、巴金、茅盾、老舍的經典外，我還加了許地山、張愛玲和錢鍾書三個「異數」。

「市場調查」是商業行為，但作為一種老師與學生溝通的渠道，卻極有實用價值。基於這種信念，我在學期結束前一週給同學發不記名問卷，列出二十一位堂上討論過的作家，請他們就個人喜愛次序，排出特別欣賞的幾位。

問卷的答案，果然極見教育意義。張愛玲以五十五票榮登榜首。「祖師奶奶」近十年暢銷兩岸三地，在課堂獨領風騷，也不足為奇。緊接風頭之後該是誰呢？按理說，魯迅吧？你猜錯了。第二位是錢鍾書（《圍城》），他拿了四十七票。中國現代文學之父周樹人，以三十九票屈居第三。有一位同學把自己選上魯迅的理由說得合情合理：「魯迅先生是老朋友了。中學時期就讀過他的作品。」

我拿同學問卷作開場白，目的是引出今天文章的話題：「香港文學無愛紀」。問卷所列的二十一位作家中，有朱自清（〈背影〉）。他拿了五票。散文家得票最高的是梁實秋，二十八票。其次是豐子愷，十五票。

為甚麼朱自清這麼受冷落？且聽一位同學的心聲：「過份煽情。讀起來一點感覺也沒有，別說眼淚了。」

我們當然不能拿一個人的意見以偏概全，但在近二百位同學中，他只有五位知音，這也是事實。歌頌親情，或推而廣之，愛情和友情的作品，以今天香港人的口味說來，是不是有點不合潮流？同樣的問卷，在七八十年代提出來，會不會得到類似的反應？換句話說，那時代的年輕人讀〈背影〉，會不會「一點感覺也沒有」？

這類問題，是不會有答案的。我們不妨撇開問卷，找其他資料作補充。馮偉才在天地圖書版的《七十年代香港短篇小說選》序言說：「對我自己來說，如果這本小說選集真的有意義的話，那就是令我們重溫七十年代關心社會的理想主義和現實主義情懷。」因此他挑選作品時，特別着意找尋那些記載往日激情的篇章，像「人道主義的情懷，悲天憫人的氣魄，知識分子的情操，國運的興衰等等」。

梅子在同是天地版的《八十年代香港短篇小說選》的序文中，點出了這時期作品的一些特色，包括「遙接關懷人與社稷的前風」和「苦營永恆的愛情題材」。

如果拿許子東為三聯書店編的香港短篇小說選作為香港文學心態的一種指引，跟馮偉才和梅子編的選集參照來看，你當會體會到「恍如隔世」是甚麼一種滋味。

拿「無愛紀」的角度看，許子東一九九六—一九九七的選集中，以韓麗珠的〈輸水管森林〉和董啟章的〈安卓珍尼〉最有代表性。

我看見對面大廈的水管像一堆腸子，彎彎曲曲地纏在一起，盤結在一樓的檐篷上。那之前，它筆直地爬上樓頂，然後走進每所房子裏，如無意外，它會從廚房的窗子進入。

韓麗珠的小說是這麼開始的，非常先聲奪人。在內文來復出現的輸水管，如果不是跟「一堆腸子」的意象鈎連在一起，只不過是一種實物的代名詞。但在韓麗珠刻意經營下，卻森森然成為一個獨特的疏離象徵。故事中的外婆是個垂死的病人，「毛病在腸子」。她每天吃的食物，是女兒用豬腸煮成的湯。許子東說對了，在小說不斷出沒的，是一連串殘雪式的細節：「洗腸、偷窺、病房等」。

但最殘雪式的表徵應該是女兒對母親死亡的反應。老人家在醫院逝世後，醫生問她女兒要不要解剖驗屍。她搖搖頭。

「如果不解剖屍體，那你喜歡在死亡證上寫上甚麼死因？心臟梗塞還是肝硬化？這兩種都是常見的病症。」

母親說：「隨便。」

「那麼心臟梗塞吧。」

董啟章的〈安卓珍尼〉，是英語 androgyny 的音譯，在小說中用作一種傳說中的斑尾毛蜥的稱呼：「單性，全雌性品種。春季繁殖，雌性間進行假性交配。」

第一身敍事者的「我」，為了不讓丈夫再有「把他的精子射進我的陰道內」的機會，一個人隱居大帽山荒野，名義是追尋安卓珍尼的蹤跡，實在是要看看自己有沒有斑尾蜥的能耐，可以自給自足地一個人過活。

大概由於「我」把與丈夫的性行為描述為精子射進陰道，小說在台灣獲獎時男女平權論者（feminist）大聲叫好，認為這是「以女性視角而反思男性沙文主義的精闢處」。

其實〈安卓珍尼〉這篇小說，層次非常複雜。作者的「女性視角」，觀照的不一定是男性「沙文主義」的世界。「我」面對的問題，連她自己也說不清。她跟丈夫在一起時，拿她自己的話說，「我可以說是一無所缺。但是，不知為甚麼，我也好像是一無所有。」

安卓珍尼究竟是個甚麼女子，我們也許永遠搞不清楚，因為她「逸遁於聲音與言辭之外」。理性上，她可能是「雌性已經夠了」論者的信徒，可惜在感情的認知上卻處處表現得力不從心。我們可以肯定的是，這個跑到荒山野嶺去追尋雌雄同體的女子，確是香港文學「無愛紀」中一個里程碑。

愛情（love）可依西方學者的分類法分為三個層次：eros，philia 和 agape。eros 是性愛。

philia 是友愛。agape 在中文很難找到恰當的翻譯。陸谷孫的《英漢大辭典》第二義解作上帝或基督對人類的愛。第三義：兄弟情誼、無私之愛。

馮偉才編選七十年代作品時找尋的「人道主義情懷，悲天憫人的氣魄」，境界就接近agape。當然，毛主席當年廣披工農兵階級的愛，也是俗世中 agape 的一種顯現。

梅子刻意在八十年代作品搜索的「永恆的愛情」，可歸入 eros 範圍內，是男歡女愛、海誓山盟的紀錄。「永恆的愛情」的涵蓋面當然不限於男女關係。philia 是友情，但這種 friendly feeling 可推而廣之，兼及父母子女兄弟的親情。

我打開許子東編的《香港短篇小説選 2000-2001》，飢渴地找尋 eros，philia 和 agape 的蹤跡。在諸多年輕人獲獎佳作中，編者特別推薦研究生謝曉虹的〈理髮〉。

〈理髮〉敍事手法遊離飄忽，故事稀薄得難以複述。「我」的母親是位髮型師。父親「頭髮油亮亮的，一副遊手好閒的敗家相」。

有一次母親給「我」理髮，「我」在一排鏡子最左面看到，「父親對着我笑，笑得很詭異。」這個父親不但對女兒笑得「詭異」，更為「詭異」的是對女兒的性侵犯。但事實上這位「敗家相」的男子有沒有把手「滑到」女兒的胸前？摸過她的大腿？我們拿不得準。看樣子，這位父親已不在人間了，因為「我」的母親要她為父親上香時，看到香爐旁邊一個小瓷瓶。小瓷瓶裏面盛着的是父親一隻耳朵。

跟〈輸水管森林〉一樣，〈理髮〉的構想很殘雪。我們讀殘雪體的書寫，故事的虛虛實實掌握不到不打緊，要緊的是我們有沒有捉摸到整篇文字傳遞的「感覺」。父親看女兒目光「詭異」，神枱小瓷瓶盛着割下來的耳朵、母親無緣無故拿着雞毛掃「忘形地」抽打女兒的腿。我們的感覺錯不了：這是香港文學「無愛紀」的又一章。

拿「無愛紀」的角度看，〈理髮〉中扭曲了的人倫關係，比起王良和的〈魚咒〉來，的確是小巫見大巫。〈魚咒〉以鬥魚自相殘殺細節作寓言架構，用魔幻手法拱托出母與子、夫與妻、妻與母、強者與弱者的對立關係，情節驚心動魄。這篇魔幻文字把親情、愛情和友情本應「相濡以沫」的假定來個乾坤大轉移，顛覆得血肉模糊。

「相濡以沫」的意象在小說開始時已露反諷兇光。晚上「我」跟妻子做愛時，吻她，然後要她用魚作比喻，說說自己的感覺。妻子說好像有一群小魚輕輕啄着她，很癢很癢。「我」於是猛力挺進，再問她。她說：「像給食人鯧咬了一口。」

「我」的童年舊識中有金鋒、金輝和神經失常的三哥「懵鬼」。懵鬼在家中常餓飯，到廚房偷麵包吃時，給兄弟遇上了，就「砰砰砰砰的對他拳打腳踢」，反正他們認為「這懵鬼銅皮鐵骨，打不怕的」。

出現在〈魚咒〉中的 eros，顯得有性無愛。philia 界限中的兄弟關係，淪落成為強者欺負弱者的行為。那麼，親情的表現又如何呢？曹惠民和陳小明在〈面對都市叢林〉一文說，〈魚咒〉中的母親「擔當了一個魔妖化兒時記憶的中心人物」。此說有理，這位母親愛打兒子，一直到他唸大學時才住手。大概在「我」還年輕的時候吧，「我躺在母親身邊，她輕輕的拍着我的屁股，然後把手伸進我的褲子。我聽到她說，我的肉。」

光從兩本選集分別挑出兩個故事來看香港文學的「無愛紀」，所得的當然只是「管錐之見」。不過，引用的例子雖然不多，所反映出來的愛情虛脱狀態，真的教人感嘆人間何世。

〈無愛紀〉是黃碧雲二零零一年一個中篇小說的名字。故事篇幅太長，不是三言兩語説得了。借用王德威的話，〈無愛紀〉「寫生命的畸戀遺恨，陰鷙犀利」。小説是這樣開頭的：

> 如果我流了眼淚，
> 你知道我並不傷心。
> 我只是不曾忘懷，也無法記起。
> 我們的生存何其輕薄。
> 「我在漸暗下來的房子想着你。但你已經不在了。我還愛你麼？」
> 「在這難以安身的年代，豈敢奢言愛。」

站在「軟心腸」讀者的立場，我們希望黃碧雲、董啟章、王良和、韓麗珠和謝曉虹所寫的「無愛紀」，只是小説家言。或者，用董啟章的話，希望他們只在「模擬小説」，不是重組個人心底的感受。我們只好希望如此，否則現代中國文學作品，年輕人讀來覺得「濫情」的，恐怕不只朱自清的〈背影〉。他們也許會覺得，連范柳原和白流蘇在〈傾城之戀〉傾城後的結合，也是一種「媚俗」的表現。可不是麼，「在這難以安身的年代，豈敢輕言愛？」

此文將有下篇，以「香港文學有情篇」為題，找出一些「軟心腸」作者寫的軟心腸故事來調劑一下香港人的情愛觀，平衡一下絕情絕義的「殘雪現象」。

＊本文乃應香港藝術發展局之邀，為第五屆香港文學節而寫。「文學藝術與生活」研討會已於二零零四年七月四日舉行。蒙藝術組別經理梁詠詩女士授權在《信報》發表，特此致謝。

香港文學有情篇

〈香港文學無愛紀〉一文寫不到一半，驟覺寒意侵人。我文內引用作品的作者，無一例外，都是年輕人。其中兩位還是舊識。他們面貌祥和，談吐溫文，絕對是好人好事的樣板。可是他們的小說，陰森冰冷。人物性格，刻薄寡恩。怎麼搞的？這會不會是鄭樹森在〈只關心自己的肚臍眼〉一文所說的文化現象？依鄭樹森的看法，這種現象或可拿近年崛起德國小說界的三十歲上下的新生代參照來看。這些作家「對德國的歷史問題，東西德磨合、社會論爭都無興趣，作品關心的都是個人情緒或一些偏執，……。」

鄭樹森這篇文章，是由陳映真的問題而寫的。他去年和陳映真一起擔任台灣《聯合報》文學獎評委。進入決審的小說有十二篇，大多數讀來都像「喃喃自語的獨白」，陳映真覺得不是味道，因此請教鄭樹森。

香港小說近年出現的「孤絕」現象，是不是也反映了作家面對香港政治、社會和價值的劇變產生出來的無力感和冷感？這問題不易有周全的答案。不過我們總可以了解香港作家所處的是甚麼樣的環境。他每天打開報紙，收留眼底的多是父子爭產、夫妻反目、兄弟鬩牆的新聞。男人交女友，已由「溝」到「刡」，突顯了色字從刀的風險。大氣候如此，香港作家要在愛情故事落墨，真的要拿出傳福音的懷抱和信念。難怪許子東在《香港短篇小說選：2000-2001》的序言感嘆道：「俊男美女有情人終成眷屬的曲折愛情白日夢也很難找到（需要者很容易移步暢銷小說書架或地鐵站報刊亭）。」

幸好我當時構思要寫的〈香港文學有情篇〉，所說的「情」，衍生自我對英文 love 三位一體的了解：agape（聖靈之愛），eros（情慾之愛），phila（親情、友情）。如果單着眼於男女之情，要找些抵死纏綿的故事來引證，恐怕要交白卷。近代文學刻骨銘心的愛情故事，倒是有的，無名氏的《塔裏的女人》（一九四四），從歌頌癡男怨女犧牲奉獻的角度來看，確是一個里程碑。至少就文字紀錄而言，那時代的男人沒有把女人看作「[界+刂]」的對象。不過，這是半個多世紀前的風月了。那個年頭，連書名都是情意綿綿，像侶倫的《無盡的愛》。

〈無愛紀〉和〈有情篇〉取材多出自許子東編的三個選集：《香港短篇小說選：1996-1997》、《香港短篇小說選：2000-2001》和《後殖民食物與愛情》。我把三本選集看完後，發覺就選材歸類而言，「無愛」的篇幅與空間比「有情」廣闊多了。在許子東眼中，許多愛情潛質豐富的小說，歷經男女主角互相提防、猜疑、試探、防範、進攻、躲閃、計謀、策略、猶豫、迷惑的重重障礙後，竟由本有千種風情的文本一變而為心機算盡的戰略圖。他引了海靜的作品〈孔晴〉為例，很是恰當，因為作者把男女「溝通」時的廢話，一本正經地當作敘事語言來處理，讓故事在平淡中滲透張力，成功營造了「愛情即戰爭」的戲劇效果。

欲知在後殖民的香港愛情與食物的比重如何，可一讀也斯的小說《後殖民食物與愛情》。故事中的瑪利安，豪放女也，留學法國，對食物的要求虔誠得像宗教信仰。她早年談過幾次戀愛，但都不成功。「她記得早年跟一個對象鬧翻的原因，是他提議去吃麥當勞。站在路中央，她瞪大了眼：『吓，唔係吖嘛？』然後就掉頭而去了。」

你細讀這故事的文本，當知作者對愛情場面的處理，雲淡風輕，點到即止。日間開髮廊夜間兼營酒吧的敍事者跟瑪利安有過一夜情，但交代的筆墨自嘲成份濃得可以。「在昏暗的燈光中映照一枝枝酒暗紅的梨渦，她在鏡中回望我，彷彿突然發現了青蛙的我原來是一個王子，她回過頭時彷彿吻了我的臉。」

這原該是軟玉溫香的場面，但敍事者追述起來，口氣卻一再「彷彿」，好像自己真的是青蛙王子，甚麼事也拿不準似的。可是話題一繞到與吃有關的，文字馬上大筆淋漓。後殖民時期的香港，有「創意」的愛情文學書寫難得一見，卻原來是因為想像力都被食物吸收過去了。瑪利安和她一夥 Beautiful People 吃的諸多菜式中，有一道川菜叫「燈影牛肉」，噢，真美，美得教人聯想到燭影搖紅，青紗帳裏移動的人影。既然後殖民時期要顯得 cool 才算 in，有情人浪漫不起來，就任由食物浪漫去吧。

也斯這篇小說，旗幟鮮明的打着愛情的招牌，可惜愛情還是顯得有氣無力。姻緣更被雨打風吹去。有一次敍事者送瑪利安回家，兩人不知何故吵起來。在電車路一家名牌時裝店面目模糊的灰黑色模特兒面前，瑪利安開始攻擊他的衣着：「你以為這就很時髦了嗎？告訴你」，她拉了他外衣底下的T恤衣袖，接着說：「你在這兒露出了馬腳！」

看來要在近年香港文學收集愛情書寫的樣本，得從 Philia 入手。幾十年前的香港小說，不乏體現馮偉才所說的「人道主義的情懷、悲天憫人的氣魄」的作品。更通俗的說法是：很有人情味。就拿也斯替天地圖書編選的六十年代《香港短篇小說選》來說吧，「過去在國內成名的作者如李輝英和徐訏，來港後也有試寫本地生活的題材，他們與侶倫、黃思騁、秦西寧（舒巷城）、蕭銅、海辛這些作家的小說裏仍然流露出傳統的人情、樸素的親友關係，家庭的倫理。」

果然，在黃思騁的〈人情〉裏，我們看到一個學生模樣的青年跑到蒴雪如家裏，要租房子。他覺得房子雖小，日常生活所需卻一應俱全，因此決定租下來。房東要價一百四十元，而青年的房租預算只有一百十五元。眼看成交不成了，卻因蒴雪如問對方是不是學生一句話，引起「人情味」的結局來。

原來青年是馬來西亞的學生。蒴雪如三十年前在馬來西亞住過三年多，對那兒很有感情，兩人你一言我一語，竟帶出蒴雪如與學生老家一段段往事來。學生姓曹，父親曹承華在蒴雪如流落馬來西亞時幫過他大忙。他回家時的路費，還是這位馬來西亞友人代付的。

現在站在自己面前的，是故人之子。蒴雪如一把將他抓住，激動地說：「曹承華的孩子在香港讀書，我做世伯的那有不照顧的道理。你以後要住在我的家裏，在我家裏吃飯，衣服交給傭人洗，你有金錢上的需要，隨時對我說好了。」

〈人情〉是個友情伸展兩代的故事，有古人風範。六十年代的香港，經濟尚未「起飛」，福利制度百廢待舉。出現在這時期小說的 Philia 類型中，有可稱為 comradeship 的，亦即戰友或同志相濡以沫的情誼故事。海辛的〈跳橡筋繩的女孩〉是個典型的例子。女孩子父親是個人力車伕。媽媽患病，弟弟沒奶吃。做父親的急着要拿錢回家，不惜「搶生意」，被同行的車伕揍了一頓。後經女兒哭訴說明原委後，在場拉車的叔叔伯伯馬上改變態度，紛紛從口袋掏出血汗錢來給女孩拿回家應急。

到了九十年代，〈人情〉和〈跳橡筋繩的女孩〉這類型的溫情故事成了高危品種。我在許子東編的三本選集中，好不容易才找到顏純鈎的〈自由落體事件〉，一個好心的警察遇上壞女孩，害得差點身敗名裂的故事。

好心的警察一天值勤時，少女阿慧剛好站在天台上要跳樓自殺。警察叔叔費了一番唇舌後，阿慧終於答應下去跟他一起到麥當勞吃魚柳包。她為甚麼要跳樓自殺？他一直沒有問。事情過去後，阿慧開來就上門找他，要他陪她喝汽水，告訴他說：「你救我一命，我一輩子都不會放過你了！」

阿慧說的一點不假。她還在唸中學，學校功課應付不來，就找他「代勞」。她看不慣呆在家中弓着背走路的後父，覷準了母親進院割盲腸的機會，哭哭啼啼的告訴警察叔叔後父要強姦她，害得他最後丟了差事，離家出走。為了要這位「叔叔」乖乖的聽話供她驅使，阿慧不惜隱瞞歲數，趁他在毫無防備的情況下「誘姦」了他。自此以後「叔叔」果然做了阿慧各種壞事的幫兇。如果不是後來她大概對他厭倦了，不再糾纏他，這位警察先生真的會萬劫不復。

警察救人，是職責所在，拉不上甚麼「人情味」。故事的層次由因公救人提升到救沉拯溺的道德境界，應自他公餘時間對阿慧的照應開始。這種關係後來變了質，非他意料所及。他常對自己說，「救人一命也就夠了，不必包她一輩子快活。」他沒有在救人一命後就罷手，結果因一念之善幾乎毀了自己。〈自由落體事件〉也因此可以列為香港文學無愛紀中一個有情篇。

我在〈香港文學無愛紀〉一文報道了我在嶺南大學開的中國現代文學問卷調查的結果。五四時代的散文家中，同學比較愛讀的首推梁實秋（二十八票），其次是豐子愷（十五票）。得票最低的是朱自清（五票）。一位同學給他的〈背影〉作了這樣的評價：「過份煽情。讀起來一點感覺也沒有，別說眼淚了。」

一個同學的意見，當然不能以偏概全。但一篇一直以來我們認為是紀念親情的經典之作，卻落得如此看待，也是事實。看來我們的新生代，比他們的上一輩 hard-boiled 得多。所謂 hard-boiled，不是鐵石心腸，只是不易動情而已。私底下，他們可能認同〈人情〉和〈跳橡筋繩的女孩〉所記敍的人情，但在光天化日下，要公開承認自己的文學趣味如此「軟心腸」，實在不便啟齒。當然，這僅是我個人「軟心腸」式的推想。這推想一如我在〈無愛紀〉一文所表達的希望一樣浪漫：希望我們新生代的香港作家所寫的「無愛紀」，僅是小說家言，僅是演繹一套文學理論的習作，而不是個人心底感受的重組與再現。

不似舊時情

——才子佳人的背面

一

故事故事，指的是以前發生過的事。就小說家言，故事可包羅萬有，神話、傳說、掌故、野史，諸如此類，俯拾皆是。究竟史蹟是否可考，以文學眼光看，無關宏旨。

原型愈知名，流傳後世的版本愈多。正因每一代人各有不同價值觀和對人生的看法，故事新編的作為，也就層出不窮。古今如是，中外相同。浮士德的傳說，在馬洛（Christopher Marlowe, 1564-1593）和歌德（Johan Wolfgang von Goethe, 1749-1832）兩家的作品中，根據的雖然是同一出處，對這位出賣靈魂換取無限量知識與權力的「博士」的動機與心態的演繹，效果卻大異其趣。簡略言之，前者可視為中世紀神權結束後、文藝復興人物對新經驗之追求。歌德筆下的《浮士德》，論者多目為言志之作，明知生有涯而知無涯，一樣鍥而不捨，自我超拔，力求突破人生之極限。

中外文學故事新編的例子，多不勝舉。除非就此題目發議論，凡例一、二足矣。魯迅著作，有《故事新編》一輯，收八條，其中有〈采薇〉，說的自然是伯夷、叔齊拒食周粟的義行。

魯迅好出「惡聲」，因此在兩位義人得意忘形時，拖出一位阿金姐來，陰惻惻地說：「『普天之下，莫非王土』，你們在喫的薇，難道不是我們聖上的嗎？」

阿金姐口沒遮攔，跟着還說了兩人許多壞話，說他們快要餓死時，老天爺見憐，吩咐母鹿用鹿乳餵他們。「可是賤骨頭不識抬舉」，看見母鹿肥美，就想宰了納口福！

魯迅怎麼評解？「聽到這故事的人們，臨末都深深地嘆一口氣，不知怎的，連自己的肩膀也覺得輕鬆不少了。即使有時還會想起伯夷、叔齊來，但恍恍惚惚，好像看見他們蹲在石壁下，正在張開白鬍子的大口，拚命地喫鹿肉。」

這種「疑古」筆調，實在煞風景得很。

魯迅以後採取這種犬儒姿態看歷史或傳說人物的，最近例子有余華的〈鮮血梅花〉。話說一代宗師阮進武死於兩名黑道人物之手。他逝世時，兒子阮海闊才五歲，記憶裏「天空飄滿了血腥的樹葉」。

十五年後，兒子的軀體微微逸出父親的氣息，「然而阮進武生前的威武卻早已化為塵土，並未寄託到阮海闊的血液裏。……因此，當這位虛弱不堪的青年男子出現在他母親眼前時，她恍恍惚惚體會到了慘不忍睹。但是十五年的忍受已經不能繼續延長，她感到讓阮海闊上路的時候應該來到了。」

於是，做母親的把丈夫遺留下來的天下無敵梅花劍交給兒子後，決定讓他「義無反顧」，乃自焚而死。

兒子呢？浪得一代大俠後人的虛名，卻無半分武藝。再說，母親雖然給他提供了尋找仇家的線索，卻沒有指出明確的方向。於是，阮海闊只好揹着梅花劍漫無目標地浪遊，遇到「十字路口並不比單純往前的大道顯示出幾分猶豫」。

三年渾渾噩噩地過日子，胡裏胡塗地遇到一些江湖人物，最後總算清楚殺父仇人是誰。但不必他費心，因為惡人自有惡人磨：這兩位仇家也分別被他們的仇家殺了。

這麼一個徒具武俠小說架構，卻全無武俠小說神髓的故事，可說比《鹿鼎記》還離經叛道。韋小寶還懂些花拳繡腿，阮海闊卻是個不折不扣的窩囊廢。

余華弄甚麼玄虛？我想他「反」的，不是武俠小說這類型，而是着意解構〈干將莫邪〉所宣示「父仇不共戴天」這種絕對道德的內涵。虎父生了犬子，做母親的理應放過他了，但她做足了傳統女人三貞九烈的規矩，放火自焚，增加兒子的心理負擔。

兒子受命，卻隨遇而安。仇家命喪黃泉，出手的人雖然不是自己，但「仇」已報了，誰幹的有甚麼分別？余華在本篇的筆法，好些地方，近乎港人所謂的「搞笑」。你看，揚名天下的黑針大俠，獨門暗器是他自己的一頭黑髮。「黑髮一旦脫離頭顱就堅硬如一根黑針。在黑夜裏射出時沒有絲毫光亮。黑針大俠闖蕩江湖多年，因此頭上的黑髮開始顯出了荒涼的景致。」

這種暗器，端的荒謬絕倫到家。

二

〈鮮血梅花〉刊於一九八九年。繼余華之後，我看過的故事新編，還有伊凡（孔慧怡）以〈才子佳人的背面〉點題的系列小說。譬如說〈後花園贈金〉這一則。古時女子根本無社交，因緣巧合遇上男子。只消五官還算端正，出口也很湊合幾句之乎者也，便毫無選擇地列為上駟之才，直上青雲之輩。

小姐後花園贈金，為的是意中人雖才高八斗，若無佳人資助，無法上京。贈金就是託終身。幸好我們熟悉的才子佳人小說，都是大團圓作結局的。也就是說，佳人果具慧眼，才子上京不久就傳捷報。

才子落第呢？世間事，既然不如意者常八九，屢試不中的比數，不消說比金榜題名的不知高多少倍。但落第秀才的故事，太「寫實」了，不符合才子佳人小說勵志的本意。

伊凡描繪的佳人，「雖然說不上是天人之姿，可也絕對稱得上是世間美女，只是眼角眉梢，頗見聰明外露，而溫婉柔弱之氣，略嫌不足。」

作者為甚麼有此一說？原來小娘子機關算盡，把應約到後花園相會的才子，視為上京出賽的名駒。她不買獨贏，來者不拒，全下注，因此月來獲她贈金的書生，竟近百人。這百人中，總會有一個蟾宮折桂吧？

看似插科打諢，其實淡淡一筆，已勾出工商業社會講究「機會成本」效應的心態。故事新編，如果跟不上時代脈搏，那又何必多此一舉？

新編的〈雷峰塔〉，也是一則充滿時代氣息的故事。白娘子跟許仙這段孽緣，有多種版本，「永鎮雷峰塔」話本，應該較為流行。魯迅當年看不慣牛鼻子法海多管閒事，寫了〈論雷峰塔之倒掉〉，給和尚扮了蟹相。

其實，在我看來，和尚有點冤枉。法海既是高僧，捉妖是本份。不趁機顯顯法術，如衣錦夜行。最教我看不過眼的倒是許仙（話本作許宣）這副嘴臉。此公與〈碾玉觀音〉中的崔寧，是同類市井之徒：小便宜佔盡，一遇風險，恨爹娘不多給自己兩條腿。

此許某乃西湖人士，據說長得一臉水秀。但江南美男子多多，如果不是為了報恩，白娘子不一定會看上他。既是「宿緣」，夫復何言。

今人看這對所謂宿命冤家的因緣，卻另有分教。伊凡筆下的許仙，事事有娘子當家，因此飽食終日，無所事事。夫人看在眼裏，覺得不是味道，乃不時規勸他按自己興趣做些實務，好打發時光。

想不到苦苦相勸無效，俏郎君遊手好閒如昔。「但事已至此，尚有何話可說呢？許仙到底有何過錯呢？他既不酗酒，又不豪賭，更沒有拈花惹草，自己也不希冀他去贏取功名富貴——就人類的夫妻關係來說，他們兩人不是稱得上是模範嗎？」

雖然白素貞看穿了許仙原是窩囊廢後，一直懷疑自己，三年前為了報恩而下嫁的決定，是不是錯誤，若不是這位虛有其名的老公聽了老和尚一番話後苦苦涎着臉纏着她，白娘子大概也忍不下心腸去休夫。

原來口口聲聲說不稀罕功名富貴的許仙，經法海指點，說他一生富貴，全繫娘子身上後，判若兩人。枕邊人是白蛇轉世這回事，他也不計較，反而一下子用起官僚口吻，稱呼娘子為「上仙」，自己謙稱「小人」。

長話短說，只道白素貞發覺眼前人越來越噁心，決定一走了之。許仙計窮，搬出法海來，給白蛇「曉以大義」。白娘子覺得女人遇人不淑，為甚麼不可以休夫？相持不下，最後以法術比高下。素貞本有身孕，運功水淹金山時，動了胎氣，和尚瞧出破綻，「一揮衣袖，雷峰塔淩空飛出，把白娘娘困在裏面了。」

任誰看了，應知和尚勝之不武，正如白娘子所言：「大師，你勝了。但大師所勝者，不在技、不在理、只在時間而已。」

白素貞本領再高強，在封建社會中，始終是小女子。與大男人對抗，或與大男人所代表的國法人情爭長短，注定是要失敗的。和尚名法海，指的就是「法制」和道統。齊天大聖欲與天公共比高，執意作反，胡鬧一下可以，最後還不是給我佛如來、觀音大士收拾？

伊凡故事新編，不好把原型與輪廓改動得面目全非。父老相傳「永鎮」於雷峰塔的既然是白娘子，不合移花接木，把老和尚捉去坐天牢。作者把白素貞反勝為敗的原因說是動了胎氣，不但合情合理，更突出了男女較勁時好些無法「擺平」的因由。生理上的掣肘就是其中的一個——除非男人將來也可以懷胎。

新編〈雷峰塔〉是不是女性主義作品？如果說是，等於立了門戶，畫了圈圈，諒伊凡亦不取。男人欺負女人，應該感到義憤的，不應有男女之別。讀李昂的《殺夫》，看到小女子最後忍無可忍，手刃腰下懸着男人雞巴的禽獸時，應有「國人皆曰殺」的痛快。

古時男人出妻，理由多多。今之女子，若犯了白娘子為了報恩而下嫁的相同錯誤，大可「休夫」。許仙的窩囊事，前面說過，要補充的，還有一點。原文照錄吧，「……許仙獨自出門之後，白素貞竟立刻有如釋重負的感覺，從起初數天感到輕鬆，到數週後竟有未下山前那種衷心欣喜——白素貞終於領悟到自己為了報恩付出了甚麼代價。」

伊凡所見的「才子佳人的背面」，大快人心者還有〈怒沉百寶箱〉。新編改動話本情節最見峰迴路轉處，應是結局。十娘本為漁家女，深諳水性，因此投河非為自盡，而是要遠遠躲開兩個臭男人。洩一點「天機」吧，後來她作了柳遇春夫人，可見男人中也有可愛的。

〈梁祝無恨〉同樣有出人意表之處。三年同窗，英台不知給過山伯多少暗示，但「光看山伯的反應，誰都會以為他『其笨如牛，其鈍如鵝』：如此明顯的暗示，怎麼可能聽不明白？」

山伯果然是「其笨如牛麼」？才不是，他一開始就知英台是女扮男裝：「既知她是女兒身，山伯認定了自己不會生出男女之情」。

說「梁祝無恨」，那要看是誰的觀點。英台定親快作他人婦時，不解溫柔的美男子終於出現，吞吞吐吐招認早知對方是女兒身，「但是……但是……總免不了盼望英台果真是個男子。」

山伯之言，可有兩種方便的解釋。一是他嚮往的，是傳統男人社會那種「哥兒們」的情義天地，而非花前月下的脂粉世界。如果山伯是武夫，他的烏托邦可能就是梁山泊。

另一種可能是：他生下來就不好女色。

伊凡的「新話本」，人物情節俱不似舊時情。這也合該如此。我們所處的，是「後現代」社會。作者從鴛鴦蝴蝶的陳套中，提出了令人耳目一新的解說。以子之矛，攻子之盾，破除迷信，難能可貴。

原載《信報》，一九九六年九月二十一日

寫作以療傷的「小女子」
——讀黃碧雲小說《失城》

我要飛紐約。我的兄長要來送我，或許怕不能再見到我了。我還有一搭沒一搭的說着話。快要進入出境櫃枱了，便忽然說，「就像要去死似的。」他已經雙眼發紅了。我心一難過，忽然便流下淚來……

上文引自黃碧雲的雜文〈我與機場的忘年戀〉（一九九六）。黃碧雲在大學畢業後當過記者，到過越南和柬埔寨等地區跑新聞。戰事結束後，她重臨金邊，在機場看到幾年前還流亡北京的施漢諾親王像。她還「把玩着一把捷克黑星點三八曲尺手槍，上膛，還打開保險掣，我很希望可以殺一個人。和平了，午夜我在金邊，還聽到偶爾槍聲，對我說來，跟夜鶯沒有分別。」

機場跑多了，深知人生聚散本無常。「這樣我變成最遲鈍的一個人了，可以改一個名字，叫做無憂。這是我對於殘缺不全的人生，能作出最美麗溫柔的姿勢……」

〈我與機場的忘年戀〉一文，值得摘錄的段落，着實不少。但作為對黃碧雲作品與文字的一種指標，以上所引，已足見其特色。顯而易見，黃碧雲的想像力常為以下幾種認識所左右。

如生命之脆弱、死亡的誘惑、暴力之瘋狂。把玩手槍時想到要殺人已經「事不尋常」，但更值得我們注意的，是她哥哥給她送行時，突然冒出來的那句話：「就像要去死似的」。

西方文學批評有一個至今尚未「折舊」的金科玉律：看小說時，作者與作品不可混為一談。〈我與機場的忘年戀〉不是小說。因此這個「我」，應是作者黃碧雲。送別時對親人說這些「不吉利」的話，對方傷心，自己也不好受。傷害人，也傷害自己。這種近乎任性、情難自己的作風，常在黃碧雲的小說中流露出來。

試舉《失城》為例。

故事中的陳路遠是個香港建築師。未婚妻趙眉，是個護士。中、英就香港前途談判期間，暗流湧現，股市與港元飽受衝擊。超級市場出現搶購情形的時候，趙眉從醫院跑出來，投入陳路遠懷抱說：「住不下去了。讓我們結婚，離開香港。」

婚後，他們在加拿大的加特利城定居，靠積蓄過活。風雪交加的日子，趙眉愛把現金換來的硬幣拿出來，一個一個的數，喃喃唸道：「足夠我們過兩年四個月零五天」。

陳路遠面對着電視，聽着硬幣碰硬幣的清脆金屬聲。這些日子幾時才過得完呢？一念及此，竟動殺機，但也「一閃即過，用力劈碎她的腦子，肚裏流出紫黑的胎兒，再殺死熟睡中的（長女）明明……。」

這些念頭令他震驚不已。他轉過頭去，看到趙眉正也面對着他，像看穿了一切似的說：「陳路遠，我知道你恨我，你恨我迫你離開香港。但誰知道呢？我們從油鑊跳進火堆，最後不過又由火堆跳回油鑊，誰知道呢？」

第二個孩子出生後他們便移居多倫多，然後又轉到三藩市。為了應付生活，陳路遠不問身份酬勞的打散工。趙眉卻給焦慮與失眠不斷折磨，已臨精神崩潰的邊緣了。

一天晚上陳路遠突然驚醒，在廚房找到趙眉，長女明明「卻坐在地上，靠着煤氣爐，滿臉紫藍，嘴裏塞着一條香蕉」。

「她不會再哭了，」趙眉說。

趙眉的精神狀態每況愈下。為了給孩子「驅邪」，她竟拿血淋淋的雞心、牛脾和豬肝迫着餵他們。

陳路遠覺得再無氣力「揹負愛情的十字架」了。他獨自到了歐洲，最後回到香港，找到舊日的拍檔，重過他的單身生活。

但趙眉終於找到了他。當夜他們還做愛，「頂着奇怪而邪惡的隆腹」。

可能在當天晚上，他覺得「受夠了」。

在一個「必然是個月色明藍的艷麗晚上」，陳路遠用刀和鐵枝，把趙眉和四個孩子殺了。

事後陳路遠到鄰居詹克明的住所，請他代報案。

詹克明走到陳路遠的客廳，「鐳射唱機轉動，傳出巴赫大提琴無伴奏一號組曲。陳路遠側身聽着，現着光輝寧靜的、基督徒一樣的神情。」

陳路遠言談舉止，是個十足君子。他再三向詹克明道歉，說不該這樣麻煩他。

他怎麼下得了手？依他說來，倒也簡單：「我愛我的家人，所以為他們做決定」。他還覺得自己的決定，「再光明坦直不過」。

以上是《失城》故事的簡介。既然是簡介，暴力場面也因此略過。但讀《失城》不能不正視暴力在文學作品引起的問題。試「抽樣」看看兇殺現場：「督察推開了門，大女孩伏在桌上，正在畫畫。腦後被硬物劈成星狀。小女孩正在床上玩玩具熊，手還抱着血熊，頸部被斬至幾乎脫落。」

陳路遠是建築師、受過高等教育、欣賞巴赫的音樂。這種學識和修養應對他的性情起潛移默化的作用。不幸他所作所為，正好給史泰納（George Steiner）教授的悲觀論調提供了實例。史泰納認為，就時空範圍而言，殺害猶太人的屠場與貝多芬的獨奏會、施酷刑的地窖與藏書千萬卷的世界級圖書館，互相並不抵觸。

這也是說，「一個人白天殺人放火、幹盡傷天害理的事後，晚上回家讀里爾克（Rilke）詩作或演奏舒伯特樂章，一樣會感動得流下淚來。」

現代中國文學出現暴力的場面，當然非自黃碧雲始。正如英譯余華小說的美國學者瓊斯（Andrew F. Jones）教授所說：「現代中國小說一開始就與暴亂、殺人和暴力結下不解緣。在五四時代的寫實作家如魯迅的作品中，刑場、戰場、因暴亂而淪為鬼域的街道、因暴力而破碎的家產——這一切都是常見的現場。作家透過這些現場向當時的政治、社會、和文化提出控訴或發出吶喊的聲音。」

這看法相當恰當。我們應該認識的是，暴力在五四作品中雖然普遍得像「家常便飯」，但卻統攝於更高層次的命題之下。那就是，暴力有其內在邏輯和喻意作用。因此，暴力的出現，不是為了「駭人聽聞」，或為暴力而暴力。

就拿魯迅的《藥》為例。這本來是個血淋淋的故事，但在作者低調的處理下，暴力場面，只留給讀者去想像和補充。魯迅要攻擊的，是國人愚昧和殘忍的「劣根性」。殺頭是暴力，是魯迅用以突出這些國民「劣根性」的一種藝術手段。

魯迅以後的作家，對暴力在文學的功能各有詮釋。譬如說，吳組緗對暴力處理，就不像魯迅那麼含蓄。他筆下的暴力場面，腥風血雨撲面而來。但手段儘管各有不同，這個大原則是不變的。那就是，五四作家對暴力在文學上的功能，各自有不同的道德要求。

黃碧雲小說出現的暴力，鮮見道德層次。她的暴力表現，自成一「美學」體系。為了進一步了解黃碧雲「暴力美學」的特色，我們先看看吳組緗的《官官的補品》。

賣血為生的陳小禿子因「與匪勾結」被捕，鄉紳父老為了「殺一儆百」，決定不槍斃他。乾脆用大刀砍。小地方沒有職業劊子手，就挑了個殺豬的來充數。他「砍柴似地亂砍了三四刀，把馬刀口砍成狗牙齒。……小禿子被亂砍了幾刀，鮮血濺滿在亂石上，已經僵臥不動，劊子手也被其他團勇扶着走了；忽然那屍首又掙扎起來，舉着雙手，像個惡鬼兇神似的放着尖嗓子叫嚷。」

被亂刀砍死的屍體，是否還會「掙扎起來」叫嚷？這一點，我們不必計較。但是吳組緗如此「工筆」描繪暴力場面，動機不難了解。因為在地主的眼中，像小禿子這麼一個「蟻民」，性命豬狗不如。也因此，他合該在笨手笨腳的殺豬戶手中「凌遲」而死。

根據劉易士（Mark Edward Lewis）的觀察，「在任何社會中，只要知道那種暴力形式可以執行，誰有權力執行，我們就可知權力怎樣集散和運作。」加諸小禿子身上的暴力，是權力的運作與執行的結果。在《官官的補品》中，暴力的使用，是對「權力」的控訴。小禿子的死狀越慘越見地主階級的殘忍。

一個作家如果為了這一個既定的目標而不得不以暴力渲染，那麼，這種暴力，依劉易士的說法，是sanctioned violence（被認可的暴力）。

吳組緗的意識形態明確。他筆下的小禿子，是國民黨時代備受「土豪劣紳」魚肉的農民。作者因有道德信仰支持，難怪敘事時用暴力烙過的痕跡，教人如此驚心動魄。

我們因此不禁要問：黃碧雲在《失城》用的暴力，落墨如此之深，受的是哪一種「信仰」所推動？

如果她的作品，僅有《失城》一篇，那倒容易交代。我們大概可以這麼解說：《失城》不是意識形態的顯現，而是「藝術反映人生」的寫照。根據黃念欣的訪問記錄，這篇小說「就是黃碧雲採訪英國一個犯罪學研討會時得到的個案：一個神智健全的男人把妻子和四個兒女殺死，然後向鄰居自首。原因只得一個：I just don't need them anymore（我只是不再需要他們了）。」《失城》的陳路遠，也是個「神智健全」的男子。他殺死的兒女，也剛好是四個。人生與藝術構成的是甚麼一種因果關係，以此例言之，再也明白不過。

黃碧雲的小說，我只看了《其後》（一九九一）和《溫柔與暴烈》（一九九四）所收的十七篇。以暴力的震撼度而言，其他篇章或不能與《失城》比擬。但一樣教人「側目」。

岳武穆在《滿江紅》「笑談渴飲匈奴血」，是cannibalism。《水滸傳》中的「好漢」，「生劏」仇家的肝臟，並在命若游絲的仇家面前barbecue，這也是cannibalism。我們做讀者的看了，想到這是咱們從前報仇雪恨的一種儀式，也見怪不怪。

在《雙城月》有這麼一段：曹七巧「探一下自己的海裳花袂下，黏黏的一圈，掏出來，晶瑩淡紅的，指頭大小的血胎，在月色裏泛着美麗的血光。……『涓生，你到底有沒有愛過我？』涓生轉了一個身，又輕輕的打着鼻鼾，月色卻漸漸的暗了，七巧將眼前那一點，粉紅可愛的死胎，一把送進嘴裏……。」

這也是cannibalism。《水滸傳》好漢啖的，是仇家的血肉。七巧吞進肚子的，是自己的骨肉。對象雖不同，但說來一樣野蠻。

黃碧雲小說人物中的cannibal，還有《豐盛與悲哀》的趙眉。吃的也是自己的骨肉：「孩子死了，我太肚餓，吃了它。」

天地版的《溫柔與暴烈》，書背上的文字介紹黃碧雲作品特色，有這幾句話：「她的小說都爽朗決絕，人物情感淋漓，坦然生死，快意恩仇。」黃碧雲在香港常是傳媒的訪問對象，對她作品的零星報道，亦續有出現。「學院派」的評論，寫得比較周全的，有顏純鈎的〈怎生一個「生」字了得〉。

顏純鈞對她的才華稱道之餘，更有不少保留。令他驚奇的是，「這個香港的小女子黃碧雲，年紀輕輕，又生長在資本主義的繁華都市，卻對醜陋和邪惡如此興趣盎然……。本來在她這個年紀，應該是不至於如此的，然而她畢竟是這樣了，自然也不存在甚麼對與不對的問題。」

根據《揚眉女子》（一九八七）所載資料，黃碧雲一九六一年生。顏純鈞以「小女子」相稱，心態不難了解。他心中一定納悶：「卿本佳人，奈何一點不溫柔敦厚！」

看來，女作家應是「柔情似水」這種先入為主之見，中外皆然。加拿大小說家艾特活（Margaret Atwood）女士說得一針見血：「一篇文字辛辣的作品，如果出自男人手筆，得來的評語不外乎是『忠於事實』。如果女人寫的，那評價很可能變為『殘忍』或『狠毒』了。……批評家欣賞的作品，如果是男作家的，會說『真有膽色，真有睪丸』（having balls）。你可聽過人家用『奶子真不賴』（tits）來讚美一個女作家作品麼？」

黃碧雲其實是個「橫眉女子」。她獨來獨往，風格特異，寧讓「軟心腸」的讀者對她「十死九傷」的小說結局傷心，也不肯改變她對世情的個別看法。

在她的小說世界中，暴烈總蹂躪溫柔。如《捕蝶者》中的丁玉生。這位「吃素，上課時身體散發花草香」、慘被自己學生姦殺的溫柔女子，承擔着黃碧雲小說創作一個無比深沉的命題。那就是，寄於暴力的醜惡，絕非一個譬喻，而是實質的存在。在波德萊爾（Baudelaire）的詩篇中，醜惡可能是通往美和救贖的一種象徵。但在黃碧雲地老天荒的小說世界中，不易找到這些靈光閃動的「象徵」。《捕蝶者》的弒師兇手陳路遠，行事後逍遙法外。

作者迫視邪惡、拒賣溫情、我行我素，果然是個橫眉女子。

《失城》故事，血跡斑斑，迫使我們的注意力集中在陳路遠和四個孩子身上。其實以「警世通言」的眼光看，黃碧雲對詹克明夫婦角色的勾劃，更見匠心。她以難得一見的喜劇筆調拱托出濃得不可開交的悲劇意識。

我們記得陳路遠殺了人後，跑到鄰居詹克明家，請他報案。詹克明的職業是救護車司機。他的太太愛玉，是跟着救護車後面跑找死人生意的殯儀館經紀。

愛玉懷孕時，詹氏夫婦愛玩一種叫「血塘」的遊戲：「淺淺的放一缸暖水，開支紅酒，玩紙牌，輸的罰倒酒，讓一缸水變成血，在其中做愛。愛玉肚子大，像血蜘蛛。」

他們生下來的，是個癡呆孩子，不大哭，但父母寶貝得不得了。以下想是《失城》最沉重的一段：「生命真是好。午夜我還是閃着藍燈通街跑，將傷者送上生命或死亡的道路。吾妻愛玉，聽見有死人還是興高采烈，又為死人設計了綴羊皮或人造皮草的西裝大衣。……城市有火災有甚麼政制爭論，有人移民又有人惶惑。然而我和愛玉還會好好的生活的。……我們總不得不生活下去，而且充滿希望、關懷、溫柔、愛。……」

以上文字沉重，因為最滑稽、最反諷。在注入紅酒的浴缸內居然可以「玩」得津津有味的人，竟要由他們肩負希望、關懷、溫柔和愛的重任。這些高貴品質，文明社會不可或缺，可惜在末世宣揚這種「福音」的，不是陳路遠、不是丁玉生，而是跳樑小丑詹克明。

難怪董啟章〈筆記黃碧雲〉時，看到這一節，「險些驚慄擲書，不忍卒讀。不敢。如此『光明』畫面，在滿佈血、殘軀、排洩和癌細胞的書中，竟是最恐怖」。

閱讀黃碧雲，是一種「革命性」的經驗。我初讀大陸「先鋒派」小說家余華，也有類似的感受。上文提到的瓊斯教授，曾這麼檢討過自己翻譯的動機：「把這種殘忍與充滿暴力的作品，介紹給毫無心理準備的讀者，究竟對不對？……我們讀余華小說，如果覺得過癮，這表不表示在美化暴力方面，我們也是余華的共犯？」

跟董啟章和瓊斯教授一樣，我讀黃碧雲，也有過多次「驚慄擲書，不忍卒讀」的經驗。《其後》中的哥哥，送末期癌症的弟弟上火車時，囑咐道：「平崗，要戒煙、早睡、好好的死！」

這種異樣的溫柔、異樣的暴烈，組合起來塑造了黃碧雲異樣的文體。以「事情原來不得不如此」的宿命觀去處理暴力、墮落、頹廢、和倫常慘變的題材，泰山崩於前，紋風不動，拒絕說教或道德批判，盡顯「冷對千夫指」的橫眉女子本色。

《其後》和《溫柔與暴烈》所呈現的，是個喪心病狂的世界。黃碧雲為甚麼樂此不疲？直截了當說，是為了療傷。她接受《明報》張薇訪問時說過，「寫作是一種藥」（一九九七年十一月七日）。

在季紅真看來，余華的小說，也是一種自我療傷的靈藥，因為「敘事就是一種策略，一種渲洩恐怖、逃避殺戮的策略」。

如果不把作品與作家的個人感受混為一談，那麼黃碧雲的筆觸冷漠如斯，也有理論根據。

Alain Hobbe-Grillet 論「新小說」的宇宙觀，看得通透：「世界本來沒有甚麼特別意義，但也不荒謬。簡單得很：世界本來就是這樣。這也是最可圈可點的地方。」

套用話本說書人一句老話：世間事，「合該如此」。

黃碧雲的小說世界，很可怕，但她如果認為「事情原來不得不如此」，那也拿她沒辦法。

原載《信報》，一九九八年七月三－四日

偷窺黃碧雲

我初讀黃碧雲的小説，應是一九九七年春天的事。其時香港回歸在望。説來湊巧，翻閱的第一篇作品，竟是〈失城〉。

中西名著小説，一開頭就引人入勝的，例子不少。我們想到卡繆的《異鄉人》。也想到白先勇的〈永遠的尹雪艷〉。

我看〈失城〉，兩頁未完，就暗暗叫好：「如今想來，事情原來不得不如此。我不得不駛着救護車通街跑，藍燈不得不閃亮，人也不得不流血死亡。……」

黃碧雲的文字，極具個性。我被她特有的文字風格吸引着，一頁一頁的追着看，到陳路遠「不得不如此」的去殺人，暴力場面再三出現時，才不得不暫時掩卷深呼吸，然後再繼續看下去。

> 督察推開了門，大女孩伏在桌上，正在畫畫，腦後被硬物劈成星狀。小女孩正在床上玩玩具熊，手還抱着血熊，頸部被斬至幾乎脱落。

近讀王德威教授論黃碧雲〈暴烈的溫柔〉，知她「啟示錄式的暴力觀，有別於我們習知的『宣成』的制約暴力（performative violence），而近於班雅明（Benjamin）所謂『開成』的純粹暴力

（affirmative violence）。」

此說甚是。可惜一切有關暴力的理論，對我們面對黃碧雲暴力文字的感應，不會有甚麼舒緩作用。王德威引了〈雙城月〉向東在自動相機拍下自己上吊前最後的一刹那：

> 都是死前的自拍照。微笑。咬牙。脱衣。叉子刺入胸前肌肉。吃毛髮。剪開褲子。剃陰毛。流血。自瀆。射精的一刻。月亮。圓圓的，高高的，明明亮亮的，血一樣的月亮。繩子勒在頭上。墊上手帕。笑着。試一試力量。死了。再來一幅，張眼的。月亮。

像這些樣的自虐文字，層次不論是屬於「宣成暴力」、還是「開成暴力」，總之，看到這類剃刀邊緣的描寫，心裏就發毛，不敢正視。

「不敢正視」，就是「偷窺」。這正是本文命題之由來。

看書看得驚心動魄，不看就是，何必自討苦吃？這道理，看來明白不過，但絕非如此簡單。希治閣的電影，有些場面想你是「瞇」着眼睛去看的，是不是？但你還是樂此不倦，一部一部的看下去。為甚麼？因為他的電影，恐怖之餘，總有回饋。譬如説，一些教人回味、盡顯淒迷之美的鏡頭。

黃碧雲的讀者想來都不是為了聽她説故事而買她的書的。王德威説得也對，「她每每執着一二母題，成篇累贅，已嫌繁瑣」。如果你看小説是為了「聽古仔」，她大部份的作品，你不一定有耐心看下去。

有耐心看下去的，一定對她小說某方面的成就，特別欣賞。借用楊照的話，「讀黃碧雲的小說，要先懂得甚麼是耽溺。」

黃碧雲令我「耽溺」的是她演繹如幻如真世界的文字功力。

「我突然記起她的臉，這樣我就老了。」

這已見神來之筆。〈突然我記起你的臉〉接着這樣開頭：「倫敦冬日的黃昏，總發生在一剎那之間：還沒有認清日的隱約，夜就盛大的來臨，其間一刻，明與暗，愛與不愛，希望與絕望，一念之間，就是黃昏。」

這段文字，毫不講理，但確也淒迷，正是〈突然我記起你的臉〉這個怪誕荒涼故事的序曲。黃碧雲落墨，非常用心。香港作家在文字上值得精讀細讀（explication）者不多。黃碧雲是其中一個。「還沒有認清日的隱約，夜就盛大的來臨」。這些句子，非經心推敲，是寫不出來的。

九七年的秋天，我人在美國，斷斷續續的把《其後》和《溫柔與暴烈》兩本選集「偷窺」完畢，回港後寫了〈寫作以療傷的「小女子」：讀黃碧雲小說《失城》〉。

我當時這麼下了結論：「《其後》和《溫柔與暴烈》所呈現的，是個喪心病狂的世界。黃碧雲為甚麼樂此不疲？直截了當的說，是為了療傷。……如果不把作品與作家的個人感受混為一談，那麼黃碧雲冷漠如斯，也有理論根據。Alain Robbe-Grillet 論『新小說』的宇宙觀，看得通透：『世界本來沒有甚麼特別意義，但也不荒謬。簡單得很：世界本來就這樣。這也是最可圈可點的地方。』」

在黃念欣的〈《花憶前身》：黃碧雲VS張愛玲的書寫焦慮初探〉刊出前，我一直以為黃碧雲僅是個我自揚眉我自得，不問人間是與非的「小女子」。換句話說，她對世情的觀察，不採取立場，不牽涉個人情感。任何令人匪夷所思的事發生了，她也會看作「事情原來不得不如此」。

黃念欣卻有不同的看法。她認為黃碧雲的寫作，「更有極大部份是來自社會使命之驅使，以至對整個人類文明的關懷。」

我閉目細思，想不起我讀過的兩本選集中有哪些段落，可作此說的證言。幸好黃碧雲自己在小說以外的文字表了態。黃念欣引的一段，值得重抄：

> 我以為好的文學作品，有一種人文情懷：那是對人類命運的拷問與同情：既是理性亦是動人的。……張愛玲的小說是俗世的，下沉的，小眉小貌的。……張愛玲好勢利，人文素質，好差。

黃碧雲寫小說，也寫專欄。前者的空間是個人的。後者的空間是「共有」的。黃念欣的論點，顯然是以黃碧雲的「公共空間」定位的。

不過，我這種看法，也拿不準，因為《七種靜默》、《烈女圖》和《媚行者》這三本黃碧雲近作，我尚未看完。說不定她的風格起了大轉變，私人空間出現了不用我們「偷窺」也能欣賞的「美麗的新世界」。

我希望如此。不然老是椎心泣血的寫下去，實在太辛苦了。

原載《文學世紀》，二零零零年七月號

黃碧雲：費蘭明高之歌

黃碧雲把近年發表過的散文收輯成《後殖民誌》。後殖民主義是一種權力轉移的論述，有關文獻，卷帙浩繁。黃碧雲為文，不愛受框框限制，深知說的不論是後殖民主義也好，女性語言也好，「過後不過是一堆電腦蟲垃圾」。

《後殖民誌》的文字，既無關權力轉移宏旨，那麼作者在「後殖民」這論點上又作了甚麼詮釋呢？且看〈費蘭明高女子〉怎麼說：「『後』是一種異變；她承接但她暗胎怪生。『後』不那麼赤裸裸的去對抗、控訴，不那麼容易去定義。『後』是猶猶疑疑的，這樣不情願，那樣不情願，反覆思慮的。而我理解的『後』甚至帶點邪氣、不恭，廣東話就說好『陰濕』，所以我的『後』是愉快的。」

「愉快」是自我感覺良好。後殖民的黃碧雲，是否已擺脫了〈失城〉和〈其後〉的陰影？也許是吧，但面對這樣一位在文字上不斷自我顛覆的作家，怎能拿得準？因為這位作者說自邁入不惑與理智之年後，書寫的語言有時借用第三身，客觀得好像世間一切與她無關。她在「她」以外。她說在她所理解的理智中，有慈悲的成份。可不可以用這種慈悲之心重新去演繹知識與歷史呢？讓極為殘酷的存在狀況變得溫柔可親一些？「她在摸索之中，每一步都是緩慢而艱難的！」黃碧雲在〈我的第三立場〉一文說：「只有一件事情她是清清楚楚的，如果可以，她會以最清亮決絕的姿勢摒棄過去。如果她可以。但過去總像老流浪狗一樣跟着她的影子。」

過去與現在互相消長。新生與滅亡同一空間。把寫過的故事重寫一次。因此「葉細細沒有自殺。她和其他過了三十歲的人一樣，若無其事的生活，並且過得還可以，甚至可以說是，從生命之中有所得。」

黃碧雲的自述，究竟哪些可信？你問她，想她也難說清楚。她不是說過麼，「後」是猶猶疑疑的。也是曖昧的。給我們一個實例吧，你說。我說，好！我們就拿在〈烈女圖〉出現過的姬雅（Germaine Greer）做例子吧。這位三十年前以《女太監》一書名噪一時的澳洲「後女性主義」者，在巡迴演講時大力向姊妹呼籲，要她們奮力抗拒大男人給她們設立的各種陷阱，別受他們擺佈。

甚麼陷阱呢？化妝品、流行衣飾、整容手術和一切聲稱可以「美化」女人的產品。在姬雅看來，這些都是男人用以奴役女人的幫兇。

可惜她說的一套做的又是一套。在紐約遊行示威時，她穿的不但漂漂亮亮，而且從圖片也可看到，顯然也化過妝。

在原教旨女性主義的觀點看來，這種表裏不一致的行為，已屬離經叛道。但更出人意表的，恐怕還是她不但自辦一份女性色情刊物，還不惜親自上鏡，以清白之身示人。叛逆？這是你的看法。但身體是我的。我拍裸照，因為我要主宰我自己的身體。你管得着？

邁入〈理智之年〉的黃碧雲，自言不再憤怒。姬雅力數專打女人主意的資本主義社會謀財的手段不是後，自己卻沒忘用脂粉添顏色，態度的確有點曖昧。也有點滑稽。只是站在第三立場說話的作者不再憤怒了。大概她明白「生活的考驗，極為嚴酷。還未打倒甚麼，我們首先已經被打倒了」。

因應而起的後殖民論述，用的是一種混雜語言，不「西」不「中」，重寫，對比、抄襲，「在世紀初以pidgin不中不西的形式出現，……希望開始能夠溫婉但又會嘲弄。……不那麼熱血賁張，如果能夠引人一笑是我的榮譽。」〈烈女圖〉所記有關「烈女」姬雅那一節，筆調就時見溫婉、時見嘲弄。

散文的書寫，作者若隱身於第三人稱時，求的是疏離效果。但就黃碧雲而言，疏離後的文字，還是掩蓋不了斑斑的自我煎熬痕跡。《後殖民誌》內，能教人發噱的篇章不多。散發着邪氣、不恭與「陰濕」的〈屎尿屁〉，是個難得的例外。這個「後」，應是「愉快」的。虧她想到由成龍來扮演耶穌。「試想如果成龍扮耶穌，原來耶穌好矇，時常蝦碌，講道忘記講詞，行神跡在水上行走給鯊魚咬腳？」

黃碧雲的小說，傷生之哀痛、人之墮落。她的散文，雖然為了呼應各類不同的題材而出現變調，但字裏行間流露出來的音質，依舊淒迷。「一切書寫都是生命的補白。在〈總在同一位置，我愛〉一詩中，她發覺：

忘懷總在同一位置
同一空白
同一淡漠
同一茫茫灰塵
同一思念思念忘懷
忘懷忘懷思念
如一

我們這樣自以為是的解讀黃碧雲，會不會是着了「預設心魔」後的失誤？〈烈女圖〉紀錄姬雅那一節，是這樣結尾的：「她的新書《完全女子》剛出版便上了十大流行榜。那些批評她的人，沒有一個像她這樣奇怪有趣。她看了那些批評，搖搖頭，説，他們那樣容易總結我。然後微笑。」

我們彷佛看到遠在馬德里一角的香港女子，掩映着費蘭明高舞姿，面對我們這些一點也不奇怪有趣的人給她作的批評，搖搖頭，淡淡一笑，然後揚聲重複她在〈總在同一位置，我愛〉説的那句話：「議員劉慧卿，沒有甚麼議題了，一樣慷慨激昂。蝦，我想問：點解你成日都咁 high？」

人生本沒甚麼看頭。黃碧雲有幸戀上費蘭明高，所以才會 high，才會「喜歡做一件事時就搏晒命」。寫作。費蘭明高。總在同一位置，我愛。生命也由此支撐下去。

笑論毛尖

我讀毛尖收在《慢慢微笑》的文稿，隨手做「眉批」，把零星印象記下來。我看到從文字組合出來的毛尖小姐，俏皮、乖巧、風趣、幽默。經營意象，時見匠心。諷喻世情，軟硬兼施。話說〈和你在一起〉文中有一隻蜜蜂，上了年紀，還是碰不到瞧得上眼的男朋友，把心一橫嫁了「老外」。婚禮上，姊妹淘怪而問之曰：「上國衣冠，何忍淪為蜘蛛婦？」新娘嘆口氣說：「醜是醜了點，好歹是個搞網絡的。」

蜘蛛那邊的兄弟輩，也為新郎不值。怎麼搞的，你？是不是想女人想瘋了？新郎背過身，掩嘴說：「是有點不習慣，不過好歹是個空姐。」

毛尖這則「喻世明言」，是衝着今天上海趕時髦的風氣而來的。「上海是頗有點蜘蛛蜜蜂精神的，時刻瞅着國際行情，幹甚麼都圖個『我也有』。……在這個愛面子的城市，任何東西都是講究來頭。」

其實毛尖側寫人物，比描繪昆蟲族類更見功夫。可舉〈五十年不動搖〉為例。被描的是出版界大老沈昌文。好毛尖，劈頭就語驚四座：「第一次見到沈昌文先生，是吃了一驚的，他看上去太不像知識分子，不儒雅不清高，整個人暖乎乎的興沖沖，散發着我們寧波湯糰的熱氣。」

淡淡幾筆，已見「軟硬兼施」的看家本領。把一個傾了半生心血編《讀書》雜誌的讀書人說成「不儒雅不清高」，端的是出言不遜呵。幸好她馬上補過，施展軟功。「暖乎乎興沖沖」對沈先生說來實是一種妥貼的恭維。

這位有「不良老年」之稱的沈先生，自小失學，「十三歲進銀樓學藝，美國兵帶着中國妓女來買首飾，他用不三不四的英文招呼，Hi, Mr Truman! Hi, Mr Roosevelt! 洋大兵聽了一激動，生意就做成了。」

沈老為甚麼跟後輩說這些與「學術」無關的往事？因為他不想被人看成「精神貴族」或「知識分子」的模樣。看來毛尖軟硬兼施的招數，也不是亂來的。沈先生既以「老混混」形象現身，葷話說說，素樂融融，毛小姐也順他心意成全了他。她說對了：「武俠小說中的那些不世高手，一出場，常常讓人誤以為是少林寺的燒火僧。」

毛尖還有一種獨門武功。她可以把一些風馬牛的題目搭在一起，有一搭沒一搭的跟你說着，呃，卻有本領教你聽得出神。董橋與世界盃，原是兩碼子事，但在球賽上演的那天，她決定借董橋的《從前》來助興，打算看一場球賽讀一篇故事。結果呢？「自始每天節奏控制得很好。法國隊第一場輸球的時候，我讀了〈舊日紅〉，綠茵場上的悵惘正應了董先生文中的『情何以堪』！」

法國隊輸給丹麥那天，她看完了〈榆上景〉，最後一句「我要你回來」，正好「呼喚出了億萬疼愛齊達內球迷的悲痛心願。」第二天，瑞典荼毒阿根廷，應了〈雪憶〉的結尾：「暮色沉沉，滿臉是淚。」

董橋書中的記敍，配合着球賽的發展，讀來竟有《推背圖》的況味。作者晚上輾轉反側，電光一閃間，有點後悔選了《從前》當世界盃讀物，因此書「悽婉入了骨髓，通了靈異，表面上暗香浮動，內裏卻一片招魂聲。」

毛尖情深款款的筆墨，以紀念張國榮一篇最為淋漓，文字也最淒艷。「四月一日晚上，我打開電視等着他笑嘻嘻的又活過來，黑夜裏有無數的人和我一樣等着，還有人試圖講笑話，說從前從前從前從前愚人節……結結巴巴，終於哭了出來：『哥哥，你不許走！』」

哥哥，你不許走！悼念張國榮期間，坊間出現了多少追思文字，卻少見像毛尖那樣捉摸到「哥哥」的演藝和情色：「……也許是他拔槍的姿態不像周潤發那樣氣勢磅礴，他的動作總帶着點脆弱而憂傷的質地，宛如佳人斷弦，好比美人裂帛。不過，他又絕對不是不性感，《春光乍洩》裏他有多少萎靡不振，就有多少纏綿低迴，他的眼神和嘴唇帶着鴻蒙初闢時的柔嫩和恍惚，說不清是男是女，但同時征服男人和女人。」

《慢慢微笑》還有一篇情深款款的好文章：〈姐姐〉。說的是姐姐伍拉和弟弟亞歷山大在安哲羅洛斯（Theo Angelopoulos）電影《霧中風景》（*Landscape in the Mist*）的故事。姐弟二人手拉着手，跳上從雅典開往德國的火車，去找尋從未謀面的父親。

剛長得像桌子那麼高的亞歷山大走進一家小飯店，跟老闆說：「我沒有錢，可是我很餓。」他想要一個三文治。老闆不肯讓他白吃。他踮起腳收拾了一張狼藉的餐桌，掙到了一個三文治，出來時遇上了四處找他的姐姐，把手上的三文治一半給她，說：「我掙錢買的。」

這對私生子尋父記只是〈姐姐〉的序幕。毛尖這篇文章，文本交涉，把電影、文學、和民歌交錯引述，渾然成為感人心肺的姐姐頌。搖滾詩人張楚唱道：「姐姐我看到你眼裏的淚水／你想忘掉那污辱你的男人到底是誰。」這兩句話，也是替亞歷山大說的。他姐弟倆，到了火車站，沒錢買票，姐姐毅然走到蹲在月台上抽煙的一個年輕士兵身旁，說：「能給我三百八十五德拉克馬嗎？」

哦！姐姐，我想回家／牽着我的手，我有些困了／哦！姐姐！帶我回家／牽着我的手，你不用害怕。

姐姐不用害怕，因為弟弟長大了。毛尖說十多年來，每次在校園聽到張楚這首歌，總覺一陣心酸。因為姐姐「代表着塵世裏百折不撓的柔情，和所有最悱惻動人的生命細節相關；還因為『姐姐』總比我們更早和生活短兵相接，流更多眼淚受更多委屈。」

毛尖多次聽了張楚的歌後，領悟到姐姐原來是「對生活的一種命名」，象徵善良、勇敢、純真、和對弟弟不離不棄的柔情。

《慢慢微笑》涵蓋的題材，粗約言之，可分文學和電影。毛尖對電影的愛好，到了情癡的地步。在〈光影歲月匆匆過〉中，她作了交代：「回想起來，少時看了那麼多電影，真還一次也沒遲到過，連正片前加映的科教片也從來不捨得錯過。好像是，人人都迷戀燈光驟然熄滅的那一刻，那一刻就是夢的形狀，靈魂出竅，不知今夕何年。」

除了文學和電影外，《慢慢微笑》還以一半的篇幅收錄作者雜記人間世的文字。她上海出生，在香港唸過書。兩地紅塵，奔流眼底，經歷久了，觀人論世，自然比鄉原輩通情達理。撒起野來，更是萬夫莫敵。你看她在〈親愛的盜版〉中怎樣為盜版錄影帶的功能說項。

> 當然我們知道盜版是違法的，知道我們這麼熱愛盜版也是違法的，但是生活中總有些甚麼是需要偷偷去做的，總有些甚麼是需要黑夜掩護的，總有些甚麼吧？不然，全世界都是齊刷刷的陽光，全是牧師全是黨員全是同志怎麼玩呀？

本文一開始就點出了毛尖文體的特色：俏皮、乖巧、風趣、幽默。〈親愛的盜版〉有現成的例子。「WTO（世貿組織）像教導主任的臉，書包裏的課外書一律上交，不許竊竊私語不許違法亂紀不許不許不許不許。」

不許。不許？不許！因此，「哥哥，你不許走！」毛尖文字，亂石崩雲，出人意表如斯，煞是可觀。

他們仨

一九七二年初春，錢鍾書夫婦從幹校回到北京。那時首善之區的住戶，已開始用煤氣爐取代煤炭煮食了。錢家慣例，早餐都是鍾書先生做的。其中一款點心是豬油年糕。楊絳吃着吃着，覺得有點詫異，因問道：「誰給你點的火呀？」

錢先生好像一直就等着此一怪問，得意的回答説：「我會劃火柴了！」原來這是錢先生生平第一次劃火柴，為的是要點亮煤氣爐做早餐。

楊絳新作《我們仨》（牛津大學出版社）收錄了不少這類有關錢先生的「逸事」。「仨」是北方口語的「三個」，因此書中記的「逸事」，筆觸所及，除錢鍾書外，還有作者自己和他們的女兒圓圓。

一家三口的起居生活，本不足為外人道。公開出來，除非關乎別人的「宏旨」，否則讀者也不一定有興趣看下去。就拿「我會劃火柴了！」這句話來説吧！如非出諸錢鍾書之口，我們一定會猜想，此公如非白癡，就是三歲小孩。癡人説夢，還有甚麼看頭？

正因錢鍾書非等閒輩，我們讀來才覺得津津有味。楊絳真會挑選細節來突顯書生丈夫在日常生活中百無一用的憨態。記得《幹校六記》一令人噴飯的插曲。話説錢先生一天拿着漱口盅排隊到飯堂領取稀飯回來，吃了兩三口，才發覺盅內食物，氣味極不尋常。翻了翻看，原來是用後忘了拿出來的一塊肥皂作怪。

《圍城》出版後，錢鍾書名震士林。但一下子把他提升到「名人」行列的，應是小說改編為電視劇之後。楊絳說，「許多人慕名從遠地來，要求一睹錢鍾書的風采。他不願做動物園的稀奇怪獸，我只好守住門為他擋客。」

夏志清在《中國現代小說史》（一九六一）中以顯著的篇幅推許錢鍾書在學術和小說藝術上的成就。「《圍城》問世前，錢鍾書的博學與才氣，早已為其學生與朋友所稱道。這本小說出版，更令人認識到他才華嶄新的一面。他在《天下月刊》及《書林季刊》（*Philobiblon*）用英文發表的文章可能早已使西方漢學家留下印象。……在清華大學外文系畢業後數年，他取得庚子賠款的獎學金，攜同妻子楊絳女士，……到牛津大學攻讀文學學士學位（B. Litt.）。一九三七年學成歸國時，他不但精通了英國文學，而且對拉丁、法、德、意四種文學都甚有研究。」

歐美學者在六十年代能看到的錢鍾書學術著作，雖然只有《談藝錄》（一九四八）和《宋詩選註》（一九五八），但亦可藉此看出其「博學與才氣」的一些層面。

一九七九年錢鍾書隨同社會科學院代表團訪美。消息一經證實，漢學界中人，立即奔走相告。文革風浪剛過，北京來客，即使是尋常百姓家，也會被人當作「動物園裏的稀奇怪獸」看待，何況是因歷年傳聞的積聚，身份越來越有 legend 況味的錢鍾書。

錢鍾書在美講學期間，流傳出來的「傳聞」，總吻合夏志清對他博學多才的評價。夏志清說他的記憶力「過目不忘」，看來沒有誇大。據說一位畢生研究《金瓶梅》的美國漢學家，曾在一座談會內向他請教此說部的版本與「讀法」的相關問題。錢鍾書不是《金瓶梅》專家，難得的是他回答問題時能引經據典，把版本、出處、年份等細節一一交代。據說他這種「過目不忘」的天賦，教我們那位美國漢學家聽後佩服得「目瞪口呆」（stunned）。

這些傳聞，道聽塗說，即使真有其事，我們也只能半信半疑。一九七九年四月二十三日，社會科學院代表團訪問哥倫比亞大學。招待錢鍾書這位貴賓的「重點人物」，當然是地主夏志清教授。夏教授事後追憶錢鍾書與研究生、教授在座談會中的一些片段：

> 這個座談會，事前並無準備，錢有問必答，憑其講英語的口才，即令四座吃驚。事後一位專治中國史的洋同事對我說，生平從未聽過這樣漂亮的英文。……
>
> 座談會剛開始，我的學生不免怯場，不敢多向他請教。碰到這樣的場面，我就自己發問，或者說些幽默話。有一次，……我的一位學生剛走進「研究室」，我說此人在寫《平妖傳》的論文，要向錢先生請教。他即提名討論兩三位主角，並謂該部優秀小說最後幾章寫得極差。錢讀這部小說可能已是四五十年的事了，但任何讀過的書，他是忘不了的。後來在招待會上，我有一位華籍同事，抄了一首絕句問他。此詩通常認為是朱熹的作品，卻不見《朱子全書》，我的同事為此困惑已久。錢一看即知道此詩初刊於那一部書，並非朱熹的作品。

說錢鍾書和陳寅恪這類學者是「國寶」級人物，諒不為過。正因為是國寶，我們除了關心他們治學心得外，也連帶對他們的日常生活感到興趣。楊絳在《我們仨》以「未亡人」身份記錄了錢鍾書在世「夜半無人私語」時的言行，糾正了若干因他「恃才傲物」性格惹起的偏見。的確，《圍城》足可傳世，靠的不是故事的本身，而是作者別開生面的敍事語言。「魚像海軍陸戰隊，已登陸了好幾天，肉像潛水艇士兵，會長時間伏在水裏」、「我發現拍馬屁跟談戀愛一樣，不容許第三者冷眼旁觀」、「有人叫她『真理』，因為據說『真理是赤裸裸的』，鮑小姐並未一絲不掛，所以他們修正為『局部的真理』」。

這種譬喻，幽默機智得教人絕倒，但也刻薄得可以。看來沈復在《浮生六記》說的話確有幾分道理：「唯其才子筆墨方能尖薄」。

如果「文如其人」可信，那麼錢鍾書這個 icy intellect，我們只敢遠觀，卻不敢親近。但看完《我們仨》，覺得事實並非如此。在楊絳筆下，錢鍾書是孝子、慈父、體貼的丈夫。如果大家投緣，還可以做朋友。「人家口蜜腹劍，你卻是口劍腹蜜。」這是錢鍾書在牛津唸書時一位叫向達的朋友對他為人的評價。《我們仨》有一部份是楊絳的「坎坷記愁」，說的是兩個老人相濡以沫的故事。楊絳一貫筆法，好取淡墨，一反唐傳奇作者好把小小情事，經營得「淒惋欲絕」的托大手法。夫婦二人歷經半個世紀滄桑，許多說來應是一把眼淚、一把鼻涕的遭遇，作者也用了「忍情」，輕輕掠過。「鍾書下放時，『三年饑荒』已經開始。他的工作是搗糞，吃的是黴白薯粉摻玉米麵的窩窩頭。」

《我們仨》除了讓我們看到錢家三口互相扶持的溫馨片段外，也讓我們認識到錢鍾書先生做人有為有守的一面。為了維護古人文字的本來面目，有時他不惜「犯上」。例子之一是他翻譯毛澤東詩詞時發覺有個地方出錯：孫猴兒從來沒有鑽入牛魔王腹中這回事。主持英譯毛選工作的胡喬木接報告後，「調了全國不同版本的《西遊記》查看。鍾書沒有錯。孫猴兒是變作小蟲，給鐵扇公主吞入肚裏的；鐵扇公主也不能說是『龐然大物』。毛主席得把原文修改兩句。」

《管錐編》出版後，行家爭相叫好，雖然叫好的人，自己也不一定看得懂。要對此書略知皮毛，首先文言文得有底子。第二是對西洋文學史最少有粗淺的認識。楊絳對作者不用白話文、不用顯淺文言文寫作的原因作了交代。

原來《管錐編》是文革產品。「當時，不同年齡的各式紅衛兵，正逞威橫行。《管錐編》這類著作，他們容許嗎？鍾書乾脆叫他們看不懂。他不過是爭取說話的自由而已，他不用炫耀學問。」

幸好楊絳道出緣由，否則我們以為他孤芳自賞、拒人千里的脾氣沒改。楊絳說得好：「嚶其鳴兮，求其友聲」。錢鍾書坐着冷板櫈治冷門學門，深信「友聲可遠在千里之外，可遠在數十百年之後」。

果然如是。錢先生作古不到十年，哈佛大學的亞州研究中心（Asia Center）在一九九八年就出版《管錐編》的節譯本：*Limited Views: Essays on Ideas and Letters*。譯者是 Ronald Egan，美國加州大學 Santa Barbara 校區教授。看了他的序言才知道，原來英譯這個題目，是錢鍾書自訂的。

Egan 在文中開頭就毫無保留的推許錢鍾書是當代中國「文壇祭酒」（foremost man of letters）。他說這樣稱呼，錢鍾書本人看了，說不定會覺得有點滑稽，因為他在《圍城》和其他創作中，刻意要挖苦的，正是那些裝模作樣的「泰山北斗」。Egan 的序文，嚶鳴之聲情真意實，錢鍾書的願望不用等「在數十百年之後」，已「遠在千里之外」實現了。

錢家「他們仨」，夫妻趣味相投，唱和之樂，教人艷羨。學俄文和英文出身的女兒跟爸爸又最「哥們」。他們「三人同住一房，阿瑗（圓圓）不用擔心爸爸媽媽受欺負，我們也不用心疼女兒每天擠車往返了。屋子雖然寒冷，我們感到的是溫暖。」In a world that has hath "really neither joy, nor love, nor light,/ Nor certitude, nor peace, nor help for pain,"，他們一家共處時能夠互相信賴，互相扶持，可說是上天的恩典了。

一條漢子

一九五三年或一九五四年初毛澤東在中南海接見二十位作家、藝術家和科學家，楊憲益是其中一位。他們站成一排等着，毛澤東出現，面露笑容，卻顯得有點羞澀。他由周恩來在旁招呼着，慢慢走過來跟他們依次握手。輪到楊憲益時，周恩來介紹說他是位翻譯家，已經把《離騷》譯成英文。毛澤東「伸出汗津津的手掌和我熱烈地握了握說：你覺得《離騷》能夠翻譯嗎，嗯？」楊憲益聽了不假思索就回答：「主席，諒必所有的文學作品都是可以翻譯的吧？」

多年前我曾以「以一人『譯』一國」這句話來稱譽美國漢學家 Burton Watson 的貢獻和成就，因為他翻譯中國文史哲作品的範圍之廣，同輩無出其右。《詩經》、《史記》、《漢書》、《莊子》、漢賦和唐宋詩詞，他都一手包辦了。

楊憲益跟毛澤東說「諒必所有的文學作品都是可以翻譯的」，應是身體力行之言。他跟英籍夫人戴乃迭（Gladys Taylor）結成夫婦檔，在上世紀五、六、七、八十年代這四十年間所從事的「翻譯工程」，範圍比 Watson 的還要浩大。Watson 沒有在戲曲和小說這兩種文類顯身手，也沒有翻譯過現代作家的作品。楊氏夫婦除經史外，還兼顧小說與傳奇。他們翻譯了《牡丹亭》、《儒林外史》和《紅樓夢》。現代部份他們譯了魯迅的小說和雜文。

楊憲益幼承父蔭，家底豐厚，功課自小有塾師指導，很早就打好了中文基礎。中學時大量翻閱西洋文學名著後，想到要學習古希臘文，可惜在天津找不到老師，因此決定到牛津大學去唸書。就他的學養和個人興趣來說，能一生從事翻譯工作，適才量性，最理想不過了。他應該快樂的。

看了他的自傳《漏船載酒憶當年》，才知道實情並非如此。原來他們夫婦要翻譯甚麼作品，自己不能作主，「而負責選定的往往是對中國文學所知不多的幾位年輕的中國編輯，中選的作品又必須適應當時的政治氣候和一時的口味」。

楊氏夫婦的才具既廣為人識，當然不會受冷落。一九五一年他在南京工作，接到通知，邀請他和戴乃迭到北京參加錢鍾書主持的毛澤東著作翻譯的工作。他記下了當年的感受說：「對於中國知識分子來說，從事翻譯毛主席著作的工作是一種殊榮，我們還可以得到中國大學教授中最高一級的薪金。」

可是楊憲益還是決定留在南京，沒有接受這項「殊榮」。原因再也簡單不過：「我不想翻譯毛主席的政治、哲學著作，倒是想翻譯中國古典文學作品。於是這件事就擱下了。」事實證明他太天真了。這件事並沒有「擱下」，俟機待發而已。在當時的共產中國，你拒絕翻譯李白、杜甫可以，但跟毛澤東的著作說「不」，是大逆不道。果然，政治風暴一起，這筆賬得有交代。用他自己的話說吧：「過了若干年，在中國一場接一場的政治運動中，我拒絕去做把毛主席著作翻譯成英文的工作這件事又被提了出來，作為我對毛主席不夠崇敬的證據。我不得不為這件不可饒恕的罪行對自己進行大批判。」

一九六八年楊憲益和戴乃迭雙雙入獄。拒譯毛選會不會構成罪名之一種？真是天知道。但拿楊憲益的身世和教育背景來看，在「仇洋恐外」（xenophobia）氣氛瀰漫的當天，他不被「鬥爭」才怪呢。他爸爸是民國初年天津中國銀行行長，跟北洋軍閥有過密切關係。他娶的是洋女，拿的是外國學位。平日交遊，亦多為異族。這種身世，在四人幫黨人的眼中，已足夠「通敵」嫌疑。

依《漏船載酒憶當年》所記，中共在五六十年代就懷疑他是一名英國間諜了。他夫婦跟英國駐華使館武官阿德里安．康威．伊文斯（Adrian Conway Evans）過從甚密。因為工作關係，伊文斯常接觸到國共內戰的機密情報。「有一次」，楊憲益回憶說：「他甚至向我出示了一張在北方的共產黨軍隊的部署圖，還向我敍述和國民黨將領們接觸的情形。我把這些情報傳遞給與我聯繫的共產黨人。」

楊憲益的「案子」，調查了四年才水落石出，還他清白。一九七二年他跟太太一同獲釋。牢中歲月，當然不好過，因為你永遠不會知道守衛叫名提出去審問或行刑的會不會是自己。不過，長日無聊時，他和其他難友居然找到「樂子」。話說一天牢裏來了個鄉下老農，跟他們相處了一段日子。這傢伙的棉襖的虱子真多，瞬間入侵每個人的衣服。

管理人傷透了腦筋，只得叫他們脱光，把衣服和被褥拿去用蒸氣消毒。不料這些來自鄉間的臭蟲生命力特強，真是蒸不死、煮不爛，不時還在他們的衣服上爬來爬去。於是他們決定拿這些寶貝玩遊戲。「一名犯人説他知道，北方的虱子總喜歡瞧着北方爬。於是我們把幾隻虱子排排與一列，讓它們的頭都瞧着南方。千真萬確，僅過了幾秒鐘，它們都轉過身子瞧着北方爬了起來，我們大家都覺得十分新奇。」

《漏船載酒憶當年》分別以意大利文、中文和英文三個版本與讀者見面。一九九零年二月，亦即「六四」事件發生後半年多，楊憲益的一位意大利朋友邀請他寫自傳發表。他用英文書寫，再由友人翻譯為意大利文出版。

事隔十年，北京十月文藝出版社出版了中文版，譯者薛鴻時。全文分四十章。

英文本 *White Tiger*（《白虎》）在二零零二年由中文大學出版，比中文本多了三章。先説自傳取名「白虎」由來。楊憲益生於一九一五年一月十日，是陰曆的甲寅年。他母親日後告訴他，在他出生前曾夢白虎入懷。據算命先生説，這既是吉兆也是凶兆。凶，因為他不會有同胞兄弟。他的出生也會危及他父親的健康。吉，虎年出生的孩子在經過重重磨難後「將會成就輝煌的事業」。

相士之言有沒有兑現？楊憲益説不知自己一生的事業算不算得上「輝煌」，但確實是母親的獨子，而父親在他五歲時就病逝了。中文版沒有收入的四十一至四十三章，分別以 Feudel China（封建中國）、Tiananmen（天安門）和 Running（逃亡）為標題。

楊憲益在「六四」民運期間對學生的支持，可説義無反顧。凡有外國電台要訪問他，他都滿口答應。他用英語發言，要全世界的聽眾都知道在中國首善之都的京城發生了「屠城」事件。他説：I spoke in English and spoke without inhibition，肆無忌憚譴責中央政府的殘暴行為。

「六四」後差不多一個星期，他的一位美國朋友差人傳紙條給他，告訴他據可靠消息，官方會在當晚或第二天逮捕他，要他趕快離開北京，最好是弄個假護照遠走高飛。但他對關心的朋友說，他不會離開中國，更不會拿假護照。結果他還是聽了他們的勸告，暫時離開北京，到長春去看女兒。他也沒有聽他們的話戴上黑眼鏡和便帽。路上倒無意外。

他在女兒女婿家耽了三天就回到北京。戴乃迭別來無恙。休息過後他馬上寫報告向服務單位的黨支書交代事件經過，並自請處分。黨最後的決定是要他悔過自新。他覺得自己所作所為，天經地義，沒有甚麼要悔改的。既然不肯聽從黨的話，只好退黨。楊憲益今天看來倒自由自在。幾個月前閔福德（John Minford）教授在北京探訪過他，拍了照回來。八十九歲的老人了，未知尚能飯否？

＊本文引 *White Tiger* 部份，概依薛鴻時先生的譯文，謹註。

黃永玉書畫人生

黃永玉善畫，亦能文，作為「言志」工具，黃永玉本人對這兩種書寫作何取捨？《沿着塞納河到翡冷翠》是黃永玉一本圖文並列的冊子，內收〈但丁和聖三一橋〉一文。但丁的《神曲》，是西方文學的經典，老一輩的西方人，若稍通文墨，即使沒讀過《神曲》，也會知道 Beatrice 這個女子在但丁心中的地位。

Beatrice 在陸谷孫的《英漢大詞典》有兩個音譯，分別是比阿特麗斯和貝雅特麗齊，後者是根據意大利文讀音譯出來的。詞典說貝雅特麗齊是但丁《神曲》中「理想化了的一位佛羅倫薩女子之名」。

佛羅倫薩即 Florence，我們通稱佛羅倫斯，亦即徐志摩的翡冷翠。

詩人但丁在聖三一橋偶遇 Beatrice 和兩位與她同行女子，其「驚鴻一瞥」的神貌，已入了 Henry Holiday（一八三九—一九二七）的名畫 The meeting of Dante with Beatrice。書中人眉目娟好，身段婀娜。

黃永玉說，「《神曲》可能在洋『詩』上有很偉大的文學成就和社會歷史成就。只是我不適應。不是不好；只是（不）適應」。

因為不適應，難怪 Beatrice 在《神曲》現身時，並沒有引起黃永玉「太大興趣」。

大概也是因為不「適應」吧，黃永玉決定放下「文」筆，拾起畫筆，給但丁和他的心上人開了一個天大的玩笑。

在他的〈聖三一橋即景〉中，Beatrice 和她兩位女伴，癡肥臃腫，體態巍然如日本相撲勇士力道山。

站在橋頭行注目禮的，是個身軀瘦削，比橋上女子矮半截、光着上身、赤足、頭髮半禿、滿面鬍鬚、肚皮凸出的糟老頭。他咬着煙斗，雙目平視，無動於衷的打量着眼前三「座」龐然大物。

畫右側有打油詩：「站酸腳趾又腳公，喝罷咖啡聽打鐘。吟了但丁三部曲，沙飛石走幾窩風」。

下款：「辛未四月，黃老大於香港」。

原來那個咬着煙斗的糟老頭不是別人，正是黃永玉自己。

他為甚麼把但丁心中玉潔冰清的少女典型「母大蟲化」？我們無法解釋，也不必解釋。如果黃永玉不在畫中現身，把自己也漫畫化，那他這種跡近煮鶴焚琴的佻皮筆觸，想難逃物議。

由此我們可以看到黃永玉畫作一大特色：謔人與自謔的童心。就以〈聖三一橋即景〉為例。他好像在據理力爭的對我們説：諾，你看，老子站在橋頭咬的雖然是名牌 Davidoff 煙斗，但形象比流浪街頭的三毛好不了多少。你還生我甚麼氣？甚麼？Beatrice 為甚麼變得如此臃腫不堪？意大利妞，一天到晚甜品乳酪口裏塞，不癡肥才怪呢！

黃永玉還有一張借放翁句題名的自謔圖：〈遠遊無處不銷魂〉。圖中的畫家，光着上身，背着帆布囊，左手拎着公事包，右手拈着畫卷。他背着我們，忙着趕路。對了，從後邊看去，他的頭髮也像〈聖三一橋即景〉那糟老頭一樣的「地中海」。

中國詩詞有詠物傳統。試引宋人吳文英（約一二一二—一二七二）〈過秦樓〉上闋：

藻國淒迷，麴瀾澄映，怨入粉煙藍霧。香籠麝水，膩漲紅波，一鏡萬妝爭妒。湘女歸魂，佩環玉冷無聲，凝情誰訴。又江空月墮，凌波塵起，彩鴛秋舞。

據王洪主編的《唐宋詞百科大辭典》的解釋，〈過秦樓〉是吳文英「詠荷之作。詞人予荷花人格化，在詠荷中寄寓了自己的情事，因此抒情色彩甚濃。此首在用詞方面頗能體現夢窗詞語言穠麗、富於雕飾的特色」。

如果沒有王洪辭典的提示，實難看出吳文英這首詞要詠的，原來是荷花。把「粉煙藍霧」、「膩漲紅波」這類着色鮮艷的字句堆砌起來，果如張炎在《詞源》所言，「如七寶樓台，眩人眼目，碎拆下來，不成片段」。

吳文英如善丹青，要詠荷，要突出荷花在「藻國淒迷」中「一鏡萬妝爭妒」的芳姿，當然可以畫筆求之。效果如何，因無實例，不必為此浪費筆墨。

我們知道的是，同樣一件「物」，分別以兩種不同的藝術形式去「吟詠」，得來的是兩種不同的生命與活力。

一個書畫皆精的藝術家，要詠人物時，若捨書而就畫，一定相信這個道理：人生某些境界、某些觀感，的確 one picture is worth a thousand words。萬語千言，那及淺淺兩筆的圖像兒了得。黃永玉不用文字「詠」他在聖三一橋所「看」到的 Beatrice，是極明智的選擇。我上面用了「臃腫」、「癡肥」、「體態巍然如日本相撲勇士力道山」的字眼去「描」Beatrice。你試閉上眼睛，盡量用我提供的「形容詞」在腦中組合黃永玉眼中 Beatrice 的形象吧。

你唸着唸着，把浮光掠影拼湊起來，形象是出現了，但面目模糊，沒有生命，更談不上特色，是不是？

〈聖三一橋即景〉中的 Beatrice，是黃永玉「老夫聊發少年狂」時信手得來的 parody。也許我們應該知道，parody 或 self-parody 其實也是一種獨立的藝術形式，可以脫離「原件」自領風騷。這也是說，你欣賞〈聖三一橋即景〉時，不一定要聯想到有關但丁和 Beatrice 的種種傳說。黃永玉畫中的糟老頭和胖婦人，本身就是一幅自成天地的藝術品，各具特色，生趣盎然，令人過目難忘。

我們翻閱黃永玉收在《沿着塞納河到翡冷翠》的速寫與油畫，也許會想到，既然他書畫皆精，許多他入了畫的題目，如果要他改用文字來吟詠，應該不成問題吧？當然，寫出來的效果如何，那又是另外一回事。

就拿〈每天的日子〉來說吧。畫家穿着紅毛線衣、牛仔褲，在意大利郊外寫生。後面圍着七個看來是好奇的本地人。男女老幼都有。那個手插口袋、穿淺藍短褲、戴着軟帽，臉蛋兒胖嘟嘟、一面正經的盯着黃永玉入畫的小男孩，特別可愛。還有站在孩子前面那頭看來似是 golden retriever 的狗，觀其流露的眼神，可見也是個藝術的愛好者。

我們不知道黃永玉有沒有就〈每天的日子〉這題材衡量過入書入畫何者為優的問題。現在既然入了畫，道理就顯淺不過了：他一定體驗到，要顯露孩子憨厚的本色，文字怎樣細膩也不如畫筆那麼眉目分明。

黃永玉以文字「言志」的作品，有不少是記懷舊日交遊的。在他筆下出現過的近代中國畫壇祭酒級的人物，計有齊白石、林風眠、李可染等，還有漫畫家張樂平。這些記述文字，有時淡淡幾筆，卻載動許多愁。

〈畫家的搖籃是蜜罐〉說到住在巴黎的畫家常玉。五十年代初，中國文化藝術團到巴黎訪問。他們訪問過畢卡索後，也看了常玉。「常玉很老了，一個人住在一間很高的樓房的頂樓。一年賣三兩張小畫，勉強地維持着生活。」

代表團中一位畫家有見及此，表示歡迎他回國，仍舊當杭州美專教授。

「……我……我早上起不來，我起床很晚，我……做不了早操……。」

「早操？不一定都要做早操嘛！你可以不做早操，年紀大，沒有人強迫你的……。」

「嘻！我收音機裏聽到，大家都要做的……。」

常玉沒有回去，六十年代死於巴黎自己的閣樓。一年賣兩三張畫去維持生活，日子當然不好過。但如果單為了求安定的生活而回去，那往後的日子要忍受的，何止大清早起床做早操。

黃永玉引《世說新語》勾劃常玉當時的心境，極其貼切：「我與我周旋久，寧作我。」

在懷人記事的系列中，以〈太陽下的風景〉和〈這些憂鬱的碎屑〉落墨最濃，用情也最深。兩篇都是記沈從文的。沈從文是黃永玉的表叔，也是他「少年時的神」。

文革後，記敍這位湘西「鄉土」小說家生平的傳記文字出現了不少。但像黃永玉那麼感性的去描述他表叔初到北京時的處境的，以前倒未見過。

且引〈太陽下的風景〉：「十八歲那年，他來到北京找他的舅父——我的祖父。那位老人家當時在幫熊希齡搞香山慈幼院的基本建設工作，住在香山，論照顧，恐怕也沒有多大的能力。從文表叔據說就住在城裏的湖南酉西會館的一間十分潮濕長年有霉味的小亭子間裏，到冬天，那當然是更加涼快透頂的了。」

下着大雪，沒有爐子，身上只兩件夾衣，正用舊棉絮裹住雙腿，雙手發腫，流着鼻血在寫他的小說。

敲門進來的是一位清瘦個子而穿着不十分講究的、下巴略尖而瞇縫着眼睛的中年人。

「找誰？」

「請問，沈從文先生住在哪裏？」

「我就是。」

「哎呀……你就是沈從文……你原來這麼小。……我是郁達夫，我看過你的文章，好好地寫下去……我還會再來看你。……」

聽到公寓大廚房炒菜打鍋邊，知道快開飯了。「你可吃飽飯？」

「不。」

邀去吃了頓飯，內有葱炒羊肉片，結賬時，一共約一元七角多，飯後兩人又回到那個小小住處談談。

郁達夫走了，留下他的一條淡灰色羊毛圍巾和吃飯後五元鈔票找回的三元二毛幾分錢。表叔俯在桌上哭了起來。

這段文壇往事，當然是沈從文告訴黃永玉的。郁達夫比沈從文大三十三歲。他在北京初會沈從文時，剛踏入知天命之年，難怪看到十八歲已有文章發表的鄉下小孩，忍不住說「你原來這麼小」。

郁達夫自己的經濟狀況，其實並不寬裕。但這節引文最可圈可點的地方，倒不是他的「濟貧」行動，而是他這個老前輩對後進的鼓勵與關懷。

沈從文哭了出來，相信不是因為郁達夫請他吃飯，送了他一條羊毛圍巾和三塊多錢，而是郁達夫跟他說「我還會再來看你」時所代表的那份情意。

黃永玉的文稿中，記述畫壇名宿逸事者不少，有些還是他親歷其境的。他初次見齊白石，是李可染引介的。老人親自開了櫃門的鎖，分別取出了一碟月餅和一碟帶殼的花生待客。

在路上，李可染已關照過，老人捧出來的這兩碟東西，碰不得。果然，寒暄過後，黃永玉遠遠注視這「久已聞名的點心，發覺剖開的月餅內有細微的東西在活動；剝開的花生也隱約見到閃動的蛛網。這是老人的規矩，禮數上的過程，倒並不希望冒失的客人真正動起手來」。

Kathleen Norris 為二零零一年《美國最佳散文選》（*The Best American Essays 2001*）作序，說到收入這集子的作家，有一特色，那就是：心有所感，發覺非筆之於紙公諸於世不可（this story must be told）。

你說對了，此說卑之無甚高論。可圈可點是下面這句話：I am the person who must tell it。要說此故事，普天之下，除了區區，還有誰可勝此重任？

像郁達夫夜訪沈從文這類故事，也只有黃永玉最適合講。他記聶紺弩、林風眠、李可染、和張樂平等人的文字，都顯露了 I am the person who must tell it 的承擔。

黃永玉的師友篇，就是這種「捨我其誰」的信念和「當仁不讓」的精神驅使出來的成果。文字粗獷，散發着一股「蒸不爛、煮不熟、捶不扁、炒不爆」的頑強生命力。這正是黃永玉文字別具一格的地方。

汪曾祺自得其樂

拿黃裳老先生的話來介紹汪曾祺（一九二零—一九九七），想是恰當。他們是同代人、好朋友、受的教育又兼顧舊學新知。文史家唐弢認為黃裳的文章「常舉史事，不離現實，筆鋒帶着情感，雖然落墨不多，而鞭策奇重，看文章也等於看戲，等於看世態，看人情」。

汪曾祺文字溫柔敦厚，少見「鞭策」，但唐弢說的話，對汪曾祺也合用。黃裳和汪曾祺惺惺相惜。〈受戒〉（一九八零）和〈大淖記事〉（一九八一）發表後，汪曾祺享大名，論者有譽他為「中國最後一個士大夫」，或是「能作文言文的最後一位作家」。

黃裳看了，好生奇怪，找出汪的《全集》來看，也找不到一篇文言作品。後來猜想這一定是汪「濃郁而飄浮特異」的文體給讀者做成的印象。他從汪的作品取了一節作論證：「羅漢堂外面，有兩棵很大的白果樹，有幾百年了。夏天，一地濃蔭。冬天，滿階黃葉。」

「一地濃蔭，滿階黃葉」這種文字出現在一個白話文作家的書寫中，難怪黃裳說偶然相遇，感覺既陌生而又熟悉。他說這八個字貌似六朝小賦對聯，「寫出環境、氣氛，既鮮明又經濟……，以少許勝許多，而且讀來有音節、韻律之美，真是非常有力的手法。平視當代作者，沒有誰如此寫景抒情。」

汪曾祺是沈從文西南聯大的學生。在〈自報家門〉一文他一反謙厚之道大剌剌的說：「我不但是他的入室弟子，可以說是得意高足。」沈從文除聯大外還在別的學校教過書，學生也不少，但論日後的成就與名氣，真的沒有幾個及得上汪曾祺。沈從文說話聲音小，湘西口音重，不易聽懂，上課也不發講義，事事「即興」。沈從文開的三門課，他都選了。

聽汪曾祺的憶述，沈從文教得最起勁而汪曾祺得益最大的一門課是「創作實習」。沈老師教得特別起勁，因為遇到難題時他可以現身說法。大概他知道自己口齒不清，所以同學交來的功課批改得份外用心。所寫的評語，字數有時比同學的習作還要長。汪曾祺說沈老師通常不給同學指定作文題目，你愛寫甚麼就寫甚麼。但偶然也有例外。有一次他給的題目是：「我們的小庭院有甚麼？」還有一個更別致的：「記一間屋子裏的空氣」。

光看這兩個題目，當知沈從文是個經驗老到的教頭。他要學生「先得學會車零件，然後才能學組裝」。描述庭院景物和細說屋子裏的空氣等於學車零件，這是學徒不可或缺的基本訓練。在小說寫作班上，沈從文還給了汪曾祺一個終生受用的教訓。汪曾祺在一篇習作上費盡心機經營人物對白，務求寫得「美一點，有詩意，有哲理」。老師看了，對他說：「你這不是對話，是兩個聰明腦殼打架！」

這樣看來，汪曾祺文體日後脫穎而出，沈「教頭」科班訓練幫了不少忙。一個能就「空氣」這麼抽象的題目煞有介事說三道四一番的學生，日後寫作時自會明白「細節」對小說敘事結構之重要。〈大淖記事〉開頭千把字的文化風景，全靠車出來的「零件」砌成，一沙一石的相貌，作者都不肯放過。這些零件，看來參差不齊，但正如包世臣論王羲之書法所言，卻實似「老翁攜帶幼孫，顧盼有情，痛癢相關」。慣看「故事」的讀者或嫌汪曾祺小說結構鬆散，應知這是他刻意求之的效果。用他自己的話說，這是「苦心經營的隨便」。

汪曾祺小時脖子後面長了「對口」，一個長在第二節頸椎骨的惡瘡，因為對着嘴，故名「對口」。另一個俗名是「砍頭瘡」，因為過去劊子手砍犯人，就是瞄準這地方下手的。這位「對口」患者日後在〈舊病雜憶〉以近乎「閒情記趣」的腔調追述這段往事：「『對口』很厲害，弄不好會把脖子爛通。」

小孩跟着父親來看相熟的外科醫生。醫生叫他趴着，拿出手術刀二話不說就把他的「對口」豁開了。醫生沒給他上麻藥，父親只在他嘴裏塞了一顆蜜棗。惡瘡挖開後，醫生拿着一卷繃帶，搓成條，用一個鑷子一節一節的塞進他的傷口。大概惡瘡已經爛透，他並不覺得手術有多大痛苦。

傷口復元後醫生對他父親說，「令郎真行，哼都不哼一聲。」他想：受得了，何必要哼呢！「以後，我這一輩子在遇到生理上或心理上的病痛時，我都很少哼哼。」面對苦難時無怨無尤、「不哼一聲」的韌力，正是 stoic 精神的寫照。哭哭啼啼有甚麼用，日子還是要過的。

看來汪曾祺忍受痛苦的能力是天生異稟。〈牙疼〉一文說到他在大學時牙齒一直不好，但人家說的「牙疼不是病，疼起來要人命」，他卻能「泰然處之，而且有點幸災樂禍地想：我倒看你疼出一朵甚麼花來！」

他有一隻「百疼之源」的槽牙，不時作怪，因此決心好好對付。他拿着借來的錢和一點點自己的積蓄按址去找一位頗負時譽的「修女牙醫」。臨門看到的只有告示：修女因事離開昆明，休診半月。他高興極了，想到《世說新語》的王子猷雪夜訪戴。自己乘興而來，興盡而歸，何必見修女！一轉眼他就拐到小西門馬家牛肉館，要了一盤冷拼，四両酒，把本來打算作診金的錢「美美地吃了一頓」。

「文革」十年，日子也不好過，但沒看他寫過甚麼「哼哼」文章自悲身世。夏志清在《中國現代小説史》論沈從文的一章引了〈夜〉這個短篇小説作話題。第一人稱的「我」跟四個大兵出差時迷了路，投宿到一個老頭子家裏。荒野寂寞無聊，幾個阿兵哥最後決定輪流講故事打發時間。近天亮時，大家正開始打盹，但「我」還毫無睡意。因為老人一夜沒説話，「我」就一直纏着他，要聽他的「故事」。

老人眼看再無法推搪，只好請「我」跟着他走。老人帶着「我」到一個小房間，裏面除了一些雜物外就是一張大床。床上躺着一個婦人的屍體，瘦小「乾癟如一個烤白薯在風中吹過一個月的樣子」。老人這時才對「我」説：

這是我的故事，這是我的一個妻，一個老同伴，我們因為一種願心一同搬到這個孤村中來，住了十六年，如今我這個人，恰恰在昨天將近晚飯的時候死去了。若不是你們來我就得伴她睡一夜。……我自己也快死了，我的故事是沒有，我就有這些事情，天亮了，你們自己燒火熱水去，我要到後面挖一個坑……。

老人喪妻，阿兵哥來了，自己悲痛之餘，卻不動聲息，盡心招待客人。他知道自己也快死了，但生命要連綿下去，人還得過日子，因此他叮囑阿兵哥自己燒火熱水去。夏志清認為這是沈從文小說較弱的一個，「可是在故事末段時，這老人留下給我們的印象，實在令人難忘。而且，這老人更代表了人類真理高貴的一面：他不動聲色，接受了人類的苦難，其所表現出來的端莊與尊嚴，實在叫人佩服。」

汪曾祺在沈從文班上聽課，不過兩三年，但老師作品對他的影響，卻是一輩子的。〈大淖記事〉裏的黃花閨女巧雲，給保安隊一個吹喇叭的強姦了。「巧雲破了身子，她沒有淌眼淚，更沒有想到跳到淖裏淹死。人生在世，總有這麼一遭！只是為甚麼是這個人？真不該是這個人！怎麼辦？拿把菜刀殺了他？放火燒了煉陽觀？不行！她還有個殘廢爹。……她想起該起來燒早飯了。」

沈從文中篇小說〈蕭蕭〉裏的童養媳，三歲嫁到夫家來。十四歲時，身體發育，給田裏一個幫工騙了身子。她用盡各種「土法」墮胎，但孩子還是生下來。伯父不忍心讓她去沉潭淹死，蕭蕭只好繼續留在「夫家」照料小丈夫。

汪曾祺飽讀沈從文作品。〈蕭蕭〉對他的影響至為明顯。巧雲堅毅、爽朗、純真的性格，看來是蕭蕭的同胞姊妹。她們的身子被壞人玷污了，可是道德人格絲毫無損。夏志清說「讀者看完〈蕭蕭〉後，精神為之一爽，覺得在自然之下，一切事物，就應該這麼自然的。」如果夏教授今天有機會讀到〈大淖記事〉，我相信他也會「精神為之一爽」的，因為巧雲跟蕭蕭，同樣是個堅韌、純真、充滿原始生命力的女子。受了傷，她也會幸災樂禍的想：「我倒看你疼出一朵甚麼的花來！」

〈自得其樂〉是汪曾祺一篇散文的題目，談到他的多種愛好，如畫畫、唱戲和做菜等等。但說來説去，他認定寫作的時候是最充實的時候，也是最快樂的時候。凝眸靜思時，兒女都覺得他在「翻白眼」。一有所得，「欣然命筆，人在一種甜美的興奮和平時沒有的敏鋭之中，這樣的時候，真是雖南面王不與易也。」

各種「嗜好」中，他始終不離不棄的是寫作。只有「苦中作樂」的人才能「自得其樂」。汪曾祺於此亦優為之，你看過他〈舊病雜憶〉一文就會相信，把本來準備給牙醫的診金拿去大吃大喝，是絕不尋常的化痛楚為「自療」的神力。真有他的。

施蟄存：遺忘與記憶

上世紀六十年代尾，夏志清教授計劃編選一本英譯現代中國小說選，交由哥倫比亞大學出版。我剛拿學位，在威斯康辛大學教書，尚未有著作。夏先生想到要扶我一把，乃邀請我當他的助理編輯。此選集《二十世紀中國小說》*Twentieth-Century Chinese Stories* 如期在一九七一年出版，收郁達夫、沈從文、張天翼、吳組緗、張愛玲、聶華苓、水晶和白先勇八家。

上世紀六十年代，中國現代小說的英譯尚未成風氣，西方讀者通過翻譯認識的現代中國作家，來來去去也不外是魯迅和巴金這幾個名字。那時候的張愛玲和白先勇，在英語世界尚未見經傳。志清先生選稿標準不隨流俗，由此可見。

《二十世紀中國小說》原來計劃收入的還有施蟄存（一九零五—二零零三）的《將軍底頭》（一九三零），後因篇幅的關係迫得臨時放棄，至今還覺得可惜。志清先生在《中國現代小說史》給施蟄存這時期的小說創作如此定位：「他在〈將軍底頭〉和〈石秀〉等小說裏，對著名歷史人物和傳奇性人物的性苦悶和性衝動，作弗洛伊德式的研究。」

魯迅發表〈狂人日記〉（一九一八）後的十多二十年，中國現代小說的基調，離不開「問題小說」、「人生派寫實」、「鄉土小說」和「私小說」這幾個範疇，當然還有揮之不去的鴛鴦蝴蝶餘緒。施蟄存通過情慾被壓抑後迸發出來的反常心理和魔幻手法，抽絲剝繭地把主角花驚定表裏不一致的行為演繹出來。

〈將軍底頭〉引了兩句杜甫詩開頭：「成都猛將有花卿，學語小兒知姓名」。這位出現在唐朝廣德年間的花將軍，「臉是白皙的、髭鬚是美麗的，眼睛很深，瞳子帶着一點棕色」。原來將軍是混血兒，祖父是吐蕃行商，在大唐境內做買賣時娶了漢族女子，從此定居下來。花驚定在成都長大，父親早就入了大唐的國籍，但從小聽慣祖父有關故鄉西藏溫馨的描述，教他不時「神馳塞外」。今天他奉朝廷之命領兵討伐屢次來犯的吐蕃党項諸國。將軍訓練出來的漢家子弟，驍勇善戰，打仗無往不利，但勝利後常犯上姦淫民女、搶掠財物這種罪行。

將軍在大宛馬背上想着想着，不禁長吁一聲：「貘羝之神啊，我豈肯帶領着這樣一群不成材的漢族的奴才來反叛我底祖國呢！」他要不要反叛，引「番兵」入成都？這問題不時困擾着他。一天，邊鎮上一個武士拖着一個將軍部下的騎兵走進來。據那武士說，騎兵闖進民居，意圖非禮一位姑娘。騎兵否認有任何不軌行動，他的刀鏽了，想找一塊砥石自己來磨一下，誰料一進屋子，姑娘就失聲大叫起來。

將軍最後請姑娘現身說法。姑娘說騎兵站在她屋子前面目不轉睛的看着她，還問「姑娘住在哪裏」、「可以讓我去玩玩嗎？」這些無聊話。她沒有理睬他，但他竟跟進屋子來，拔出腰間的刀，像要用強似的。於是她向哥哥呼救。她哥哥就是押騎兵進來的武士。

姑娘從人叢中出現在將軍眼前時，將軍「驟然感覺了一次細胞底震動」。蜀中是美人鄉，但像眼前人如此嬈媚，「彷佛是妖婦似的這樣地英鋭，這樣地美麗」的卻從未見過。將軍問騎兵能不能為自己作辯，騎兵默然。於是將軍下令：「把這廝砍了，首級掛在那樹上」。不久將軍看見樹枝上的首級「正發着嘲諷似的獰笑」。

事後，將軍問武士兄妹對自己的處置是否認為恰當。哥哥感謝將軍紀律嚴明，妹妹認為太嚴酷了點，因為那騎士畢竟沒有傷害過她。〈將軍底頭〉之所以是「弗洛伊德式」的現代作品，因為小說着意經營的是一個道德模糊、是非難辨的境界。花驚定是漢人，同時也是藏人。他「征西」期間若倒戈效忠吐蕃，也很難說是「漢奸」。

但小說最「現代」的部份是花驚定殺人「動機」的表象和連他自己也不敢相信和面對的「心理現實」。如果將軍不是初見姑娘時就迷上了她，他會聽一面之詞就下處決令麼？在往後出現將軍眼前的一連串幻影中，將軍看到騎兵抱着姑娘到一株大栗樹底下，強行脱去她衣服，將要施暴，將軍及時路過，正想喊出「把這廝綁去砍了」口令時，一晃眼竟看到壓在姑娘身上的人原來不是將軍部下，而是花驚定自己。

施蟄存一生似乎沒有怎麼風光過。他太前衛，因此處處不合時宜。二零零三年十一月十九日他在上海華東醫院寂寞逝世後，有人拿他的一生跟「百歲老人」巴金比較，寫下了「巴金的熱鬧與施蟄存的孤寂」的感嘆。巴金代表的，是五四啟蒙與救亡這個大傳統。上世紀三十年代，國難當前，敵我分明，文學作品怎容得下「道德模糊、是非難辨」的心理分析小説？

難怪對施蟄存「實驗」作品另眼相看的是在藝術感覺上跟他趣味相近的「域外人」，像在台灣大學唸外文系出身的李歐梵。李歐梵到上海訪問他時，發覺施先生對任何「冷門」的問題都熟悉得「如數家珍」。一九三二至一九三五年間，施蟄存主編文學月刊《現代》。李歐梵翻閱這本舊刊物時，發覺當時西方的「現代」經典如喬伊斯的《尤利西斯》和普魯斯特的《追憶逝水年華》的引述，早已隆重登場。此外還有兩位美國文壇新秀：海明威和福克納。施蟄存教會學校出身，在震旦大學唸過法文，英文、法文都有底子。二三十年代的上海，輕易接觸到歐美書報雜誌，《現代》雜誌之能跟得上世界文壇趨勢，與此有關。

一九八零年施蟄存發表了〈《現代》雜憶〉交代了創刊經過，是文學史一篇重要文獻。施老說當初上海書局老闆洪雪帆、張靜廬看上他、找他主持《現代》編務，是因為他既非左翼作家，亦跟國民黨沒有關係。依施老自己估計，這應該是辦一本中間路線文藝刊物的理想條件。因此他在〈創刊宣言〉中滿懷信心的說《現代》不是一本同人雜誌：「故本誌所刊載的文章，只依照編者個人的主觀為標準。至於這個標準，當然是屬於文學作品的本身價值方面的。」

在昇平的歲月、能容異己的社會中，這樣一個有利百花齊放的編輯宗旨，想當然耳。但雜誌面世才兩年，已見胡風化名谷非發難，在《文學月報》發表〈粉飾、歪曲、鐵一般的事實〉一文，引「第三種人」的觀點來評論在《現代》刊登過的小說。

施蟄存說，有關「第三種人」的論爭，十多年來每有人問起，「有些是善意的史料徵詢，有些是敵意的勒逼檢討」，他都無法有令人滿意的解說，因為他對那些左左右右，不左不右的問題，今天自己也搞不清楚。總之，在對《現代》方向不認同的人士心中，「在階級鬥爭尖銳的時候，不可能有中間派。理由是：不是偏左，即是偏右。……不接受馬克思主義的領導，就是接受法西斯國民黨的領導。」

在這種意識形態左右文學取向的氣候中，不食人間煙火的「現代派」藝術算老幾？魯迅的雜文，風靡一時。雜文在他眼中，也是小品文。他認為「生存的小品文，必須是匕首、是投槍，能和讀者一同殺出一條生存的血路的東西」。這種文學「功用論」，自然和「現代派」的宗旨大相徑庭。一九三五年四月，施蟄存在自己主編的《文飯小品》月刊中發表了〈服爾泰〉一文，認為魯迅的雜文「有宣傳作用而缺少文藝價值的東西」。（註：服爾泰，Voltaire，今譯伏爾泰，法國作家和哲學家，啟蒙運動領導人。）

施蟹存無疑在太歲頭上動了土。同年十二月三十日，魯迅在《且介亭雜文》的序言開頭就說：「近幾年來，所謂『雜文』的產生，比先前多，也比先前更受着攻擊。例如自稱『詩人』邵洵美，前『第三種人』施蟄存和杜衡即蘇汶，還不到一知半解程度的大學生林希雋之流，就都和雜文有切骨之仇，給了種種罪狀的。然而沒有效，作者多起來，讀者也多起來了。」

蘇東坡說自己一肚子不合時宜。施蟄存看來也如是。中共建國後，他思想拒絕受馬克思主義領導，讀書寫作，只好埋首古籍。一九五二年他任教上海華東師範大學中文系，陸續出版了《北山樓碑跋》、《北山樓詞話》和《唐詩百話》這些「不廢江河萬古流」的古籍著述。

施先生寫詩、散文、小説、編雜誌、搞翻譯。現已停刊的《文學世紀》編輯古劍（辜健筆名）是施先生華東師範大學的學生，年前把老師的散文整理出來交由天地圖書出版，按文字性質分為〈心靈留影〉和〈人事滄桑〉兩輯，可惜沒有給選集取個名字。我讀了施先生八十四歲時發表〈論老年〉後，覺得不妨給這集子稱為《遺忘與記憶》。

「老」的法定年齡是幾歲？「不管六十也好，七十也好，反正我已經毫無問題地老了」，他說：「中年、青年、少年人的一切思想、感情、觀念，都遺棄了我，我也遺棄了它們」。老人記遠不記近，是老年人「十拗」之一。這並不是說凡年代湮遠的人和事都有記憶，或近人近事不留印象。只是對老年人來說，過去的生活中，「印象深的事情多；老來的生活中，印象深的事情少」。其實記憶與「失憶」有時是一種感情上的選擇。我們從上面引過的〈《現代》雜憶〉記述知道，有關「第三種人」論爭的一些細節，他說「自己也記不清楚」。正如杜甫說的，「爾曹身與名俱滅，不廢江河萬古流」（〈戲為六絕句〉），文學路線的是是非非，到頭來總是過眼雲煙，「失憶」也沒有甚麼大不了。

但他「選擇地」記懷舊識，如馮雪峰、傅雷、沈從文、丁玲和戴望舒。在〈丁玲的「傲氣」〉一文他說到這位湘女一九二三年在上海大學唸書，住在女生宿舍。那年頭女生宿舍是男生的禁區，不能隨便出入。有一天戴望舒急着要找一位女同學，冒冒失失的闖進丁玲的宿舍，一屁股坐在一位女同學的床上。「他也看不出那位女同學的臉色。他走後，那位女同學把床上的被褥全部換掉」。這位女同學就是丁玲。看來莎菲女士跟《紅樓夢》中的妙玉一樣有潔癖。

施蟄存也「選擇地」想起了傅雷，記憶中這位朋友脾氣有點躁，聊天時一言不合就拂袖而去，故有「怒庵」別號。有一次，傅雷給施老看了許多黃賓虹的畫，極其讚賞，但這位前《現代》編者卻認為黃賓虹晚年的畫越看越像個「墨豬」。這還了得？「怒庵」現了本色，罵他不懂中國畫裏的水墨筆法。時維一九六一年，施老那時醉心的是碑版文物。

一九六六年八月下旬，施蟄存被革命小將「示眾」過後，想到傅雷，晚上踱到他家看看，只見門前貼滿大字報。過了不久，傅雷這位故人，便成了他的故友。「我知道傅雷的性情剛直」，施老說：「如一團乾柴烈火，他因不堪凌辱，一怒而死，這是可以理解的」。〈紀念傅雷〉發表於一九八六年，先生已八十一歲。這些事，他不想遺忘，因有記憶。

施先生當然是極有個性的讀書人。據「野草先鋒」網上資料所載，華東師範大學舊生李劼拜訪老師時，對他說：「我一直誤以為，你像其他的前輩一樣，被幾十年的思想改造弄得面目全非。再說，我所在的那個中文系，你是被人談論得最少、少到了幾乎要被人遺忘的老前輩。」看到施先生後，他後悔沒有早點去拜訪。

後來李劼跟系裏資料室做了幾十年的老資料員談起施先生，始知他「當年挨批鬥時被打翻在地，鎮定自若地站起來，整理衣衫，拾起被打飛的帽子，撣去塵土，戴在頭上，重新站直了繼續聽憑折騰」。

這位老資料員感慨說：「施先生當時的風度好極了」。

張恨水的散文

黃霑先生生前，偶然給我電傳短柬談文說藝。有一次，他問我看過張恨水（一八九八—一九六七）的散文沒有。我說沒有。我只讀過他新派鴛鴦蝴蝶的小說《啼笑因緣》，現在還約略記得俠女關秀姑、摩登女郎何麗娜和流落風塵的弱女沈鳳喜。當然也記得樊家樹少爺和惡形惡相的劉將軍。

張恨水的散文不壞，可以一讀，黃霑說。接着他給我寄來《張恨水小品文集》，一九七四年九龍長沙灣工業大廈第一座屋地出版社編印。依張靜廬寫的「跋」看，單行本在一九四五年出版，但散篇是一九四四年在《新民報》成都晚刊版連載的。張恨水在序文說：

……副刊出師表，既連載余之小說矣，同文復囑余多撰短文以充篇幅。在余拉雜補白，雖記者生活已習慣之，而苦佳題無出，即有佳題，亦恐言之而未能適當。無已，乃時就眼前小事物，隨感隨書，題之曰山窗小品。

我收到黃霑寄來的書後，匆匆翻閱，大感詫異。想不到白話文流行了二十多年後，張恨水還復古寫起文言文來。他那本「哀艷纏綿」的長篇小說，用他的話來說，「是以國語姿態出現的。」國語就是白話文。在一九八一年出版的《我的寫作生涯》中，他作過交代：「我一貫主張，寫章回小說，向通俗路上走，決不寫出人家看不懂的文字。」

可是為甚麼不吾道一以貫之？同樣一個作者，作品在同樣一個副刊出現，就有兩種不同的面貌和心態：一個是「士」，另一個是「民」，雖然這種一分為二的取向，就他那一代人的趣味來說，張恨水實非異數。破舊立新，魯迅身體力行，傳世作品中的小說和雜文，用的都是白話文。「為了我背負的鬼魂，」他在〈寫在《墳》的後面〉上解釋說：「我常感到極深的悲哀。我摔不掉他們。我常感到一股壓迫着我的沉重力量。」

這些「鬼魂」，就是他在白天清醒時要揚棄的舊傳統。最能表達舊日士大夫心境的，無疑是舊體詩。他的舊體詩也寫得實在到家：「萬家墨面沒蒿萊，敢有歌吟動地哀。心事浩茫連廣宇，於無聲處聽驚雷。」

張恨水為甚麼分別以兩種文體來寫小說和散文呢，他沒有交代，我們只好就事論事。《啼笑因緣》的單行本在一九三零年出版。據錢理群等人所著的《中國現代文學三十年》所引資料說，此書在「作者生前就印行了二十多版，達十幾萬冊。」這本「現代通俗性」小說的讀者，該是哪些階層的人呢？小說先在上海報紙副刊連載，因此可以推想讀者大多數是城市職員、店員和青年學生。

清末民初知名的艷情小說有《玉梨魂》（一九一二），作者徐枕亞（一八八六—一九三七），文言體書寫。《玉梨魂》和《啼笑因緣》相距十八年，讀者的年齡和教育背景也有兩代人的差異。就語言接受能力而言，徐枕亞的讀者閱讀文言，諒無障礙。但唸着胡適、魯迅、冰心作品長大的新一代，就不能作這種假定了。

因此張恨水寫章回小說，「決不寫出人家看不懂的文字」，是有客觀理由的。文章一經報紙副刊連載，就不能不考慮市場反應。那他為甚麼寫散文時要「復古」呢？他的心情會不會跟魯迅相似，覺得背後的鬼魂老是壓迫着他？他沒說。我們也不好瞎猜。但就常識而論，他那一代的中國文人，思想儘管進步，對舊制的衣冠文物，偶然也有依依不捨的時候。他技癢時，也寫舊體文。〈小月頌〉中有言：「扶竹枝搖影小立，頗發遐思。即歸戶伏案。草短文以頌月：

今夜月之華麗者，小紅樓畔，蕭鼓船邊，金谷園中，紫綃帳外。
今夜月之幽渺者，楊柳梢頭，芭蕉窗外，機杼聲邊，臨風笛裏。
今夜月之清幽者，梧桐院落，野藕池塘，荒寺疏鐘，小小叢桂。
今夜月之浩蕩者，洞庭水滿，揚子江空，翰海沙明，邊關風靜。

原文為八行，但讀者從以上四行已可看出張恨水在這種「小玩藝」上的功力如何。

《張恨水小品文集》收散文五十六篇。內容如〈斷橋〉、〈蟲聲〉、〈晚晴〉等，單從題目看已知是傳統感性。但夾雜其中亦有柴米油鹽的貼身話題，如〈豬肝價〉，說的是抗戰後期物價一日三漲的平民苦況。五年前肉價每斤二角，五年後上躍至每斤三十四元，張恨水因此呼籲：「今日一切物價，可作如是觀。而平抑物價，則須自整發國難財者始。」柴米油鹽醬醋茶這類題目，不堪入畫。試以〈斷橋殘雪〉一文探其文采。

斷橋殘雪，為西湖十景之一。……三十四年冬十二月十五日，谷中又飛雪花，淺淡真如柳絮，飛至面前即無。斷橋臥寒風濕霧中，與一叢凋零老竹，兩株小枯樹相對照，滿山冬草黃赭色，露柏秧如點墨，景極荒寒，遙見隔溪窮媼，正俯伏圃中撳青菜，吾人遂不復思斷橋上有雪。

張恨水既然有寫文言文的信心，我們自然會拿他的作品與前人相比。我們自自然然會記懷「白露橫江，水光接天，縱一葦之所知，凌萬頃之茫然」這種遺世獨立、羽化登仙的境界。拿今人作品與有宋一代宗師相比，看似不公平，但話說回來了，「隨感隨書」的眼前小事，若是用白話文寫成，我們再無聊，也不會拿張恨水跟蘇東坡相比的。

就上面所引的〈小月頌〉和〈斷橋殘雪〉的文字看，張恨水的「古文」，資質實在平平，遠不如魯迅。他捨通俗白話而就文言，我想多少與虛榮心有關。大概在當時讀書人心目中，文言文仍是一種身份的象徵，一種「士」的語言。讀完《張恨水小品文集》，我對已作古人的黃霑先生有點歉意，因為我認為收在這集子的散文，實在沒有甚麼看頭，讀不讀都沒關係。

五、愛玲閒話

兀自燃燒的句子

在中國近代作家中，錢鍾書和張愛玲均以意象豐盈、文字冷峭知名。看過《圍城》的讀者，不會忘記鮑小姐，雖然她在整個說部中現身的時間不長。只因「她只穿緋霞色抹胸，海藍色貼肉短膝襪，漏空白皮鞋顯落出深紅的指甲」，好事者就憑着她這種扮相，叫她「局部的真理」。

「局部的真理」當然是從英文 Partial truth 翻譯過來的，相對於赤裸裸的真理，nakedtruth。這位大才子譏諷愚夫愚婦時，筆墨也夠刻薄。《圍城》中出現的眾生，在錢鍾書的眼中，實在沒幾個不是愚夫愚婦的。他冷誚熱諷的看家本領，由是大派用場。張開天眼，他「發現拍馬屁跟談戀愛一樣，不容許第三者冷眼旁觀」。

錢鍾書有些譬喻，拿今天的風氣來講，非常政治不正確。罪證之一是：「已打開的藥瓶，好比嫁過的女人，減低了市場。」他天眼大開看紅塵，管你男女老幼、媸妍肥瘦，看不過眼的，都是他尋開心的對象。張愛玲筆下的人物，也難找到幾個可愛的。可憐的倒不少。在〈封鎖〉中那位大學講師吳翠遠，二十五歲，手臂白得「像擠出來的牙膏」，仍是小姑居處。在那個愛把二十五歲猶是雲英未嫁的姑娘譏為老處女的年代，翠遠的頭髮梳成千篇一律的式樣，「惟恐喚起公眾的注意」。她不難看，可是她那種美是一種「模稜兩可的，彷彿怕得罪了誰的美」。

張愛玲筆下處處留情，因為她不以天眼看紅塵。她在〈我看蘇青〉一文說：「我想到許多人的命運，連我在內的，有一種鬱鬱蒼蒼的身世之感。『身世之感』普通總是自傷、自憐的意思吧，但我想是可以有更大的解釋的。」她對人生的體驗跟錢鍾書如此不同，難怪出現在她小說的意象和譬喻，也顯然分為兩個世界。〈色，戒〉不是張愛玲得意之作，但偶然也有她vintage的句子：「她又看了看錶。一種失敗的預感，像絲襪上的一道裂痕，蔭涼的在腿肚子上悄悄往上爬。」

這種透人心肺的譬喻，不會出現在錢鍾書的作品中，不因他不穿絲襪，而是他缺少張愛玲所說的「哀矜」之心。甚麼是哀矜？在〈我看蘇青〉中，她這麼說：「我平常看人，很容易把人家看扁了。」但身為小說家，她覺得有責任「把人生的來龍去脈看得清楚。如果先有憎惡的心，看明白之後，也只有哀矜」。

張愛玲傳誦的句子，多出自她的小說。依常理看，要完全體味一個異於凡品的意象或譬喻，應該有個context。脈絡一通，感受更深。張愛玲身手不凡的地方，就是許多意象在她筆下卓然獨立，不依賴context也可以自發光芒。〈花凋〉中有這麼一句：「她爬在李媽背上像一個冷而白的大白蜘蛛。」

大白蜘蛛是川嫦，一個患了癆病的少女，自知開始一寸一寸地死去。她要李媽揹她到藥房買安眠藥自盡。這個context，我們知道，當然有幫助，但獨立來看，爬在人背上的大白蜘蛛，也教人悚然而慄，徹底顛覆了我們平日對母親揹負孩子的聯想習慣。

（一）整個世界像一個蛀空了的牙齒，麻木木的，倒也不覺得甚麼，只是風來的時候，隱隱的有些酸痛。

（二）在這動盪的世界裏，錢財、地產、天長地久的一切，全不可靠了。靠得住的只有她腔子裏的這口氣，還有睡在她身邊的這個人。她突然爬到柳原身邊，隔着他的棉被，擁抱着他。

這些零碎的片段，採自兩篇小說。不必說明出處，不必有Context，看來也能自成蹊徑。〈金鎖記〉文字，珠玉紛陳，只是意象交疊，血脈相連，不好拆開來看。「季澤把那交叉着的十指往下移了一移，兩隻拇指按在嘴唇上，兩隻食指緩緩撫摸着鼻樑，露出一雙水汪汪的眼睛來。那眼珠卻是水仙花缸底的黑石子，上面汪着水，下面冷冷的沒有表情。」

這是上好的意象描繪。季澤家財散盡後，跑來「情挑」嫂子。張愛玲巧奪天工，用了水仙花與Narcissus在希臘神話的聯想，不費吹灰之力，說明這位叔子的舉動自作多情，歪念白費心機。可惜這類意象，不像大白蜘蛛，不像絲襪上的裂痕，離開文本，不易自發光芒。

張愛玲別開生面的想像力，在散文中一樣發揮得淋漓盡致。「我母親給我兩年的時間學習適應環境。她教我煮飯，用肥皂粉洗衣，練習行路的姿勢。如果沒有幽默天才，千萬別說笑話。……可是我一天不能克服這種咬嚙性的小煩惱，生命是一襲華美的袍，爬滿了虱子。」

以上引自〈天才夢〉，作者時年十九歲。我們都知道，在小說中的敍事者，即使用第一身人稱，也不能跟作者混為一談。散文可不一樣。散文是抒發作者個人感受的文體。因此，如果要從文字找尋張愛玲的「血肉真身」，不妨往她散文的字裏行間尋。她的童年生活是個揮之不去的惡夢。抽鴉片打嗎啡針的父親，一不如意就對她拳腳交加。母親是民初的先進女性，忍受不了「屍居餘氣」的丈夫時，就一個人溜走到巴黎。

一次，母親在動身前到女兒寄宿的學校去看她。〈私語〉記載了這一段離情：「我沒有任何惜別的表示，她也像是很高興，……可是我知道她在那裏想：『下一代的人，心真狠呀！』一直等她出了校門，……，還是漠然，但漸漸地覺到這種情形下眼淚的需要，於是眼淚來了，在寒風中大聲抽噎着。哭給自己看。」

在散文篇幅裏現身的張愛玲，語言常出人意表。〈談音樂〉中她提到，「我是中國人，喜歡喧嚷吵鬧，中國的鑼鼓是不問情由，劈頭劈腦打下來的，再吵些我也能夠忍受。但是交響樂的攻勢是慢慢來的，需要不少的時間把大喇叭小喇叭鋼琴梵啞林一一安排佈置，四下裏埋伏起來，此起彼應，這樣有計劃的陰謀我害怕。」

香港大專院校開的中國現代文學課程，大都把張愛玲列為課程的一部份。為了兼顧其他作家，她的作品拿來作文本討論的，相信也只限於一兩篇小說了。從上引的例子可以看到，張愛玲的散文，既可跟她的小說互相發明，也可自成天地，成為一個她對人生、世情、和文化的認知系統。我想到的就有〈洋人看京戲及其他〉這一篇：

> 擁擠是中國戲劇與中國生活的要素之一。中國人是在一大群人之間呱呱墮地的，也在一大群人之間死去。……就因為缺少私生活，中國人的個性裏有一點粗俗……群居生活影響到中國人的心理。中國人之間很少有怪癖的。脫略的高人嗜竹嗜酒，愛發酒瘋，或是有潔癖，或是不洗澡，講究捫虱而談，然而這都是循規蹈矩的怪癖，不乏前例的。他們從人堆裏跳出來，又加入了另一個人堆。

〈洋人看京戲及其他〉成於一九四三，作者時年二十三歲。涉世未深，已明白作為一個職業作家，讀者的反應，直接影響自己榮枯。她在〈錢〉一文透露賣文為生的感受：「苦雖苦一點，我喜歡我的職業。『學成文武藝，賣與帝王家』。從前的文人是靠着統治階級吃飯的，現在情形略有不同，我很高興我的衣食父母不是『帝王家』而是買雜誌的大眾。」

為了教學的方便，這些年來我一直希望看到一本像《張愛玲卷》之類的單行本出現，作為「入門」讀物。名著如〈封鎖〉、〈金鎖記〉和〈傾城之戀〉全文照登外，其餘的小說，限於篇幅，不妨採取節錄的方式。編輯只消在入選的段落前後加些按語，說明來龍去脈，讀者就不會摸不着頭腦了。我在上面引的〈花凋〉段落，並不完整，但我相信爬在李媽背上的大白蜘蛛，是個完整的、兀自燃燒的句子，足以誘導對張愛玲文字着迷的讀者找出全文來看。採用節錄的方式，就可兼顧長篇小說了，如「備受爭議」的《秧歌》和《赤地之戀》。

張愛玲的散文，篇幅短的如〈天才夢〉與〈談音樂〉，入選當無問題。自傳性濃的如〈私語〉雖長達萬餘字，但因參考價值極高，理應全文照收。另一篇長文〈自己的文章〉情形也一樣。這既是一篇回應傅雷對她批評的文字，也是她對文學與人生的獨立宣言。她向世人宣稱「我不喜歡壯烈。我是喜歡悲壯，更喜歡蒼涼」。這些話，道盡了她的人生觀與藝術觀，因此不可不收。

希望這個構想得到「張迷」如陳子善先生的認同，也希望他能找到出版商玉成其事。

張愛玲的散文*

一

在夏志清評介張愛玲文章出現前，[1] 傅雷（一九零八—一九六六）以迅雨筆名發表的〈論張愛玲的小說〉（一九四四），是同類文章中最有識見的一篇。他集中討論的作品，是〈金鎖記〉和〈傾城之戀〉兩中篇。短篇如〈封鎖〉和〈年青的時候〉亦有品題，但落墨不多，只說這兩篇作品在境界上「稍有不及」，技巧再高明，「本身不過是一種迷人的奢侈」。[2] 傅雷文章發表時，〈連環套〉還在《萬象》連載。他看了四期，大失所望，忍不住說了重話，說作者丟開了最擅長的心理刻劃，單憑豐富的想像，「逞着一支流轉如踢躂舞的筆，不知不覺走上純粹趣味性的路。」[3]

1 夏志清《中國現代小說史》原為英文著作 A History of Modern Chinese Fiction，一九六一年由耶魯大學出版。中譯本一九七九年由香港友聯出版社出版。一九九一年台灣的傳記文學出了台灣版。《小說史》斷市多年後，二零零一年由香港中文大學再版發行。

2 傅雷，〈論張愛玲的小說〉，收入金宏達、于青編，《張愛玲文集》（合肥：安徽文藝出版社，一九九二），卷四，頁四二七。

3 傅雷，〈論張愛玲的小說〉，上揭，頁四二八。

多年後，張愛玲在《張看》（一九七六）的自序說：「《幼獅文藝》寄〈連環套〉清樣來讓我自己校一次，三十年不見，儘管自以為壞，也沒想到這樣惡劣，通篇胡扯，不禁駭笑。一路看下去，不由得一直齜牙咧嘴做鬼臉，皺着眉咬着牙笑，從齒縫裏迸出一聲拖長的Eeeeee！」[4]〈連環套〉連載時，張愛玲已是上海名作家。傅雷對她作品的評語，直言無諱，已經難得，更難得的是，他說的都對。這真是一篇突兀之外還要突兀，刺激之外還要刺激的耍「噱頭」小說。

可能因為傅雷對文學作品的要求，還沒有完全脫離主題或「中心思想」的包袱，他對〈傾城之戀〉的成就，極有保留。他把范柳原和白流蘇看作「方舟上的一對可憐蟲」[5]，男的玩世不恭，儘管機巧風趣，終歸是精煉到近乎病態社會的產品。女的年近三十，失婚，整天忙着找個合意的男人，「使她無暇顧到心靈。這樣的一幕喜劇，骨子裏的貧血，充滿了死氣，當然不能有好結果。」[6]

傅雷給〈傾城之戀〉的結論是：「華彩過了骨幹，兩個主角的缺陷，也就是作品本身的缺陷。」[7]他以道德眼光觀照范柳原，難怪沒有察覺到這個虛浮男子身處亂世的象徵意義。張愛

4 張愛玲，《張看》（香港：皇冠出版社，二零零零），頁一零。
5 傅雷，〈論張愛玲的小說〉，上揭，頁四二五。
6 傅雷，〈論張愛玲的小說〉，上揭，頁四二三。
7 傅雷，〈論張愛玲的小說〉，上揭，頁四二六。

玲以小說家筆法勾劃出 T. S. Eliot 詩作 "The Hollow Men"（一九二五）中那些「空洞的人」的形象。Our dried voices, when/We whisper together/Are quiet and meaningless。[8] 借用鄭樹森的譯文：「當我們一起耳語／乾嘎的聲音／寂靜而無意義。」（見《遠方好像有歌聲》，香港：素葉，二零零零，頁一一三。）

錢鍾書在《圍城》創造出來的方鴻漸是中國現代文學難得一見的人物。這個心腸本來不壞的「無用之人」，有幾分像意第緒（Yiddish）作家 Isaac Singer（一九零四—一九九一）筆下的 schlemiel，渾渾噩噩，一事無成，言談舉止，總見一些傻氣。[9] 要把這樣一個該說是窩囊廢，但還沒全「廢」的角色寫活，需要相當本領。錢鍾書在這方面成就非凡。如果我們把范柳原作為一個亂世的「空洞的人」來看，那麼傅雷眼中有關他行狀的種種敗筆，正是張愛玲塑造這「小智小慧」男人形象成功的地方。「你知道麼？」他笑着對流蘇說：「你的特長是低頭。」又說：「有些傻話，不但是要背着人說，還得背着自己。讓自己聽了也怪難為情的。譬如說，我愛你，我一輩子都愛你。」流蘇別過頭去，輕輕啐了一聲道：「偏有這些廢話。」[10]

"The Hollow Men" 如此結尾："This is the way the world ends/Not with a bang but a

8 T. S. Eliot, The Complete Poems and Plays 1909-1950（New York: Harcourt, Brace and World, 1962）, p. 56.

9 據高克毅（喬志高）、高克永編《最新通俗美語詞典》，schlemiel 解作「笨伯」，見《最新通俗美語詞典》（香港：中文大學出版社，二零零四），頁五一四。

10 張愛玲，〈傾城之戀〉，《回顧展——張愛玲短篇小說集之一》（香港：皇冠，一九九一），頁二零五。

whimper"[11]，「就這樣世界終結／沒有巨響僅有嗚咽。」（鄭樹森，頁一二零—一二一。）我們記得，柳原跟流蘇在淺水灣酒店散步時，在一堵灰磚牆壁的面前，說過這麼一句話：「有一天，我們的文明整個的毀掉了，甚麼都完了——燒完了、炸完了、坍完了，也許還剩下這堵牆。」[12] 柳原不知到了地老天荒時流蘇和他會不會倖存下來，會不會有機會再見面。他人聰明、有錢、愛玩、有時間，既無打算要做些甚麼「飛揚」的事救國救民，讓他在女人面前打情罵俏，說些廢話，顯其浪子本性之餘，也教我們看到作者不凡的身手。傅雷給范柳原看相，功力有所不逮的地方就在這裏：范柳原在故事中越是空洞無聊，越能看出張愛玲把這個角色的潛質發揮得淋漓盡致。

傅雷從結構、節奏、色彩和語言方面去鑒定〈金鎖記〉的成就，認為作品出神入化，收得住、潑得開，「彷彿這俐落痛快的文字是天造地設的一般，老早擺在那裏，預備來敘述這幕悲劇的。」[13] 語言掌握得恰到好處，效果也就達到了「每句說話都是動作，每個動作都是說話」的水乳交融之境。[14] 把張愛玲小說的文字和技巧突出作焦點式的討論，在今天的學界是老生常談，但傅雷的文章成於還是「感時憂國」的四十年代。巴金在〈生之懺悔〉（一九三六）就說過，

11 T. S. Eliot, *The Complete Poems and Plays 1909-1950*, p. 59.
12 張愛玲，〈傾城之戀〉，上揭，頁二零八。
13 傅雷，〈論張愛玲的小說〉，上揭，頁四二二。
14 傅雷，〈論張愛玲的小說〉，上揭，頁四二一。

「許多許多人都借着我的筆來伸訴他們的苦痛了。……你想我還能夠去注意形式、佈局進行、焦點等等瑣碎的事情麼？」[15]

傅雷要我們讀張愛玲的小說，應特別注意形式上的「種種瑣碎的事情」，因為一般作家「一向對技巧抱着鄙夷的態度，……彷彿一有準確的意識就能立地成佛似的，區區藝術更是不成問題。」[16] 這幾句話，是不是針對巴金而言，我們不知道，但據柯靈在〈遙寄張愛玲〉（一九八四）一文所說，傅雷的文章原有一段涉及巴金的作品，他覺得「未必公允恰當」[17]，乃利用編輯權力擅自刪了。其實，傅雷的話是否衝着巴金而來，對本文的論證並不重要。值得我們注意的是傅雷對作品文字和技巧之重視，在他所處的時代而言，可說開風氣之先。十多年後，夏志清在《中國現代小說史》內稱譽〈金鎖記〉為「中國從古以來最偉大的中篇小說」[18]，立論的根據跟傅雷互相呼應。這就是說，張愛玲在這部小說中把文字和技巧這類「瑣碎」的細節處理得很好。夏志清特別推崇張愛玲運用意象的能力，認為她「在中國現代小說家中可以說是首屈一指的」。[19]

除張愛玲外，夏志清還提到錢鍾書，說他「善用巧妙的譬喻」。我曾在〈兀自燃燒的句子〉

15 巴金，〈我的自剖〉，《生之懺悔》（上海：上海商務印書館，一九三六），頁一四。
16 傅雷，〈論張愛玲的小說〉，上揭，頁四一六。
17 柯靈，〈遙寄張愛玲〉，《張愛玲文集》，卷四，頁四三六。
18 夏志清著、劉紹銘譯，《中國現代小說史》，上揭，頁三四三。
19 夏志清著、劉紹銘譯，《中國現代小說史》，上揭，頁三四零。

一文，[20]亦試跟隨許子東的榜樣，集中討論張愛玲「『以實寫虛』逆向意象」的文字，[21]試就張愛玲和錢鍾書二家在意象和譬喻的經營上探其異同。我讀《圍城》，發現在錢鍾書的眼中，眾生沒有幾個不是愚夫愚婦的。他冷嘲熱諷的看家本領，由是大派用場。他張開天眼，「發現拍馬屁跟談戀愛一樣，不容許第三者冷眼旁觀」。[22]天眼下的男女老幼、媸妍肥瘦，誰令這位才子看不過眼，都變成他尋開心嘲弄的對象。張愛玲筆下的人物，也沒有幾個可愛的，套用曹雪芹形容寶玉的話，他們「縱然生得好皮囊」，也多是「於國於家無望」的典型。但她處處留情，沒有把他們「看癟」。她在〈我看蘇青〉一文解釋說，身為小說家，她覺得有責任「把人生的來龍去脈看得清楚。如果先有憎惡的心，看明白之後，也只有哀矜」。[23]

兩位作家除了在處理人物態度不同外，在意象和譬喻的用心上，手法也各有千秋。錢鍾書的「警句」，如「局部的真理」，你要看完鮑小姐出場的經過，特別是她衣着的特色，才會恍然大悟，啊，「局部的真理」原來是相對於「赤裸裸的真理」的另一種面貌。相對而言，張愛玲許多傳誦一時的句子，不依靠上文下義，也可以獨自燃燒，自發光芒。我相信沒有讀過短篇小說〈花凋〉的讀者，看到這樣的句子，也會震驚：「她爬在李媽背上像一個冷而白的大白蜘

20 劉紹銘：〈兀自燃燒的句子〉，〈一爐煙火〉（香港：天地圖書有限公司，二零零零），頁一九五—二零零。

21 許子東：〈物化蒼涼——張愛玲意象技巧初探〉，收入劉紹銘、梁秉鈞、許子東編，《再讀張愛玲》（香港：牛津出版社，二零零二），頁一四九。

22 錢鍾書，《圍城》（香港：天地圖書有限公司，一九九六），頁一九五。

23 張愛玲，〈我看蘇青〉，《張愛玲文集》，卷四，頁二三二。

蛛。」[24]當然，如果我們知道，這「冷而白的大白蜘蛛」是川嫦，一個患癆病的少女，自知正一寸一寸地死去，相信更會增加感染力。但獨立來看，光想到爬在女人背上的是一個冷而白的蜘蛛，也教人悚然而慄。這恐怖的意象徹底顛覆了我們平日對母親揹負嬰兒的溫馨聯想。

二

本文以〈張愛玲的散文〉為題，可是前面二千多字，涉及的作品都是「傳奇」。這種安排出於實際考慮。光以量言之，散文是張愛玲的副產品。張愛玲的文名，是建立於小說之上的。如果她一生沒有寫過〈金鎖記〉和〈傾城之戀〉這樣的小說，我們今天會不會拿她的散文作「專題研究」？我們對一個作家副產品的重視，多少與「愛屋及烏」的心理有關。一般人大概是先迷上了錢鍾書的《圍城》，然後再看〈寫在人生邊上〉。在這方面魯迅可能是個例外。他的小說和雜文，以影響力和受重視程度而言，兩者不相伯仲，實難說那一種是「副產品」。

張愛玲研究今天已成顯學，但正如金宏達所說，「遺憾的是，對其散文的品讀與解析，一直很少有人下氣力去做。」[25]特別撥出篇幅討論她散文的，除了余凌外，我看到的還有周芬伶。他們的論點，我將在下面引述。繼傅雷之後，一語道破張愛玲作品特色的是譚惟翰。他在

24 張愛玲，〈花調〉，《回顧展——張愛玲短篇小說集之二》（香港：皇冠出版社，一九九一），頁四四八。
25 金宏達，《平視張愛玲》（北京：文化藝術出版社，二零零五），頁二一一。

一九四四年八月二十六日的〈《傳奇》集評茶會記〉中發言：

張女士的小說有三種特色，第一是用詞新鮮，第二色彩濃厚，第三譬喻巧妙。……不過讀張女士小說全篇不若一段，一段不若一句，更使人有深刻的印象。把一句句子折開來，有很多精彩的句子。讀她的作品，小說不及散文，以小說來看，作者太注重裝飾，小動作等，把主體蓋住，而疏忽了整個結構。讀其散文比小說有味，讀隨筆比散文更有味。[26]

譚惟翰認為張愛玲的散文比小說「更有味」，全屬私人意見，不必為此「商榷」。值得注意的是，他欣賞的那種拆開來的精彩句子，那種從字裏行間滲透出來的「細細的音樂，細細的喜悅」，幾乎只在小說的文本出現。譚惟翰讀張愛玲的散文與隨筆，比小說更有味，證明〈金鎖記〉作者的另類書寫一樣引人入勝。

跟譚惟翰同好的，還有賈平凹。他在〈讀張愛玲〉一文開宗明義就說：「先讀的散文，一本《流言》，一本《張看》，書名就劈面驚艷。天下的文章誰敢這樣起名，又能起出這樣的名，

26　譚惟翰，〈《傳奇》集評茶會記〉，收入金宏達主編，《回望張愛玲，昨夜月色》（北京：文化藝術出版社，二零零三），頁八一。此茶會在一九四四年八月二十六日舉行，主辦者為《新中國報》社。除譚惟翰外，出席者還有炎櫻、譚正壁和蘇青等人。

恐怕只有個張愛玲。……張愛玲的散文短可以不足幾百字，長則萬言，你難以揣度她那些怪念頭從那兒來的，連續性的感覺不停地閃。」[27] 賈平凹的文章成於一九九三年。他是先看散文後看小說的，由此可知張愛玲的散文，自有一番風味，用不着靠小說建立的文名去帶動。認為張愛玲的散文比小說更勝一籌的還有艾曉明。她甚至還認為「張愛玲散文更甚於小說，小說不是篇篇都好，但散文則好的居多。張愛玲談書、談音樂、談跳舞，還有〈更衣記〉、〈洋人看京戲及其他〉這些談文化、風俗的散文最是可觀，其中不止是妙語如珠，還有豐富的知識和分析特點，不是光憑才氣就寫得出來的。」[28]

我花了這麼大的篇幅去引文，無非想說明一點：張愛玲的散文，雖然不及「傳奇」小說那麼風魅一時，但正如余凌所說，《流言》所收那種近乎何其芳《畫夢錄》「獨語」體的散文，已在文字和內容上「奏出了四十年代中國散文的一闋華美的樂章」。[29] 如果她「黃金時代」的寫作生命不是區區兩三年，如果散文的產量像小說那麼豐富，那麼張愛玲作為散文家的地位，應可擠身於周作人、梁實秋和林語堂之間。不是為了跟他們爭一日長短，只是為了取得她在現代中國散文史中應有的地位。看來張愛玲散文「回歸」、從邊緣漸漸移向「中心」的跡象，日

27 賈平凹，〈讀張愛玲〉，收入金宏達主編，《回望張愛玲：華麗影沉》（北京：文化藝術出版社，二零零三），頁二八三。
28 艾曉明，〈「生命自顧自走過去了」：漫說張愛玲〉，收入《回望張愛玲．華麗影沉》，頁三一三—三一七。
29 余凌，〈張愛玲的感性世界——析《流言》〉，收入《張愛玲評說六十年》，頁五三二。

見明顯。陳平原、錢理群和黃子平三位在一九九二年構想的那套「漫説文化叢書」，是十卷「主題散文」選集，內有六卷收了張愛玲的作品。[30]一九九九年人民文學出版的《中華散文百年精華》，收了張愛玲的〈更衣記〉。這些發展，讓我們對她散文另眼相看的「少數派」自我感覺良好，不會覺得自己做的是「本末倒置」的事。

張愛玲的散文，有那些地方可圈可點？才十三歲的小姑娘，已在《風藻》發表了第一篇散文〈遲暮〉（一九三三）。腔調老氣橫秋，但文字脱不了初中生的八股，甚麼「春神足下墮下來的一朵朵的輕雲」啦、「時代的落伍者」啦、「朝生暮死的蝴蝶」啦，這些「套語」，連番出現。[31]張愛玲一鳴驚人的創作應是一九三九年發表於《西風》的〈天才夢〉。這是她散文的「自白體」，跟〈童言無忌〉（一九四四）和〈私語〉（一九四四）同一類型。一開始就先聲奪人：「我是一個古怪的女孩，從小被目為天才，除了發展我的天才外別無生存的目標。」這種腔調，的確是「語不驚人誓不休」。接下來她告訴我們她「不會削蘋果」，在一間房裏住了兩年，依舊不知電鈴在那兒。天天坐黃包車上醫院去打針近三個月，仍然不認識那條路。最能顯出張愛玲散文本色、一洗〈遲暮〉酸氣的，是結尾那句話：「生命是一襲華美的袍，爬滿了虱子。」

30 這套「主題散文」選集原由人民文學出版社先後在一九九零和一九九二年出版。二零零五年復旦大學出版社重排再版。張愛玲〈必也正名乎〉、〈洋人看京戲及其他〉、〈公寓生活記趣〉和〈造人〉四篇分別收入錢理群編《世故人情》、《説東道西》、《鄉風市聲》和《父父子子》四本選集內。〈更衣記〉和〈談女人〉分別載於陳平原編的《閒情樂事》和黃子平編的《男男女女》。

31 張愛玲，〈遲暮〉，《張愛玲文集》，卷四，頁五。

周芬伶在〈在艷異的空氣中——張愛玲的散文魅力〉一文說得好，她的「散文結構是解甲歸田式的自由散漫，文字卻是高度集中的精美雕塑，她的語言像纏枝蓮花一樣，東開一朵，西開一朵，令人目不暇給，往往在緊要的關頭冒出一個絕妙的譬喻。」[32]「生命是一襲華美的袍，爬滿了虱子」就是這樣「冒」出來的。依組織的紋理看，這句法好像跟上文沒有甚麼關係，但也正因如此，我們閱讀時才會產生措手不及的感覺。這些教賈平凹難以揣度的「怪念頭」，正是張愛玲散文中「細細的音樂」。

夏志清在《中國現代小說史》中介紹張愛玲與別不同的藝術感性時，用〈談音樂〉（一九四四）作例子，選對了樣版。此文成於張愛玲寫作生涯的全盛時期，亦是「自白」文章一篇重要作品。她一開始就讓你好生詫異：「我不喜歡音樂。」前面說過〈花凋〉中李媽揹上川嫦的意象顛覆了我們對母親揹負嬰兒的溫馨聯想。〈談音樂〉中有不少自白，也有類似的顛覆效果。一般人受不了的東西，她都喜歡，「霧的輕微的霉氣，雨打濕的灰塵，葱、蒜，廉價的香水。」[33] 汽油味撲鼻難聞，汽車發動時，她卻故意跑到汽車的後面，等待發動時發出的聲音和氣味。

這種與常人大異其趣的感性和好惡，我們可不可以當真？這一點將在下文討論。先借用西

32 周芬伶，〈在艷異的空氣中——張愛玲散文魅力〉，收入楊澤編，《閱讀張愛玲——張愛玲國際研討會論文集》（台北：麥田出版社，二零零零），頁一一一。

33 張愛玲，〈談音樂〉，《張愛玲文集》卷四，頁一六七。

方文學批評一個術語來解釋張愛玲文字的「顛覆性」。這個術語就是defamiliarization，簡單的說就是把我們熟悉的、自以為是的和約定俗成的觀感與看法通通「陌生化」。[34]這種手法，用意象來傳遞，三言兩語就可以收到「陌生」的效果。胡蘭成在〈民國女子〉中說他初讀〈封鎖〉，「才看得一二節，不覺身體坐直起來，細細地把它讀了一遍又讀一遍。」[35]

透過張愛玲的眼睛，我們在〈封鎖〉第一段就看到好些熟悉變為陌生的形象：「在大太陽底下，電車軌道像兩條光瑩瑩的，水裏鑽出來的曲蟮，抽長了，又縮短了……」[36]我們看到在大學任英文助教的吳翠遠，長得不難看，「可是她那種美是一種模棱兩可的，彷彿怕得罪了誰的美。」[37]這種說法，已夠陌生了，更陌生的是她的手臂，「白倒是白的，像擠出來的牙膏。她的整個的人像擠出來的牙膏，沒有款式。」[38]這類玲瓏剔透，既陌生而又冷峭的意象，穿插〈封鎖〉各段落。李白說「君不見黃河之水天上來」，是把黃河水陌生化了。在李商隱把「滄海」，「月明」和「珠有淚」湊合成互為因果前，我們實在沒有把這三個意象混在一起作聯想

---

34 「陌生化」（defamiliarization）是俄國「形構主義」（Formalism）理論家史克羅夫斯基（Viktor Shklovsky, 1893-?）引進到文學批評的一個術語。「陌生化」是藝術上一種技巧，使讀者或觀賞者對一些熟悉的、習以為常的事物突然產生新鮮的、前所未有的感覺，見 J.A. Cuddon, *A Dictionary of Literary Terms and Literary Theory*, 3rd ed.（Oxford: Basil Blackwell, 1991）, p. 226。

35 胡蘭成：〈民國女子〉，《張愛玲評說六十年》，頁二三。

36 張愛玲，〈封鎖〉，《回顧展——張愛玲短篇小說集之二》，頁四五二。

37 張愛玲，〈封鎖〉，上揭，頁四五五。

38 張愛玲，〈封鎖〉，上揭，頁四五八。

的習慣。前人把意象新奇的句子說是「險句」，實在有理。

鴛鴦蝴蝶派形容女人手臂，離不開陳腔濫調，總說「玉臂生寒」或甚麼的。張愛玲絕不濫情，因此在她筆下女人手臂看似擠出來的牙膏，真是陌生得很。這些「險句」，成了張愛玲文體的「註冊商標」，在〈金鎖記〉中出現得更多不勝收。險句和教人眼前一亮的意象的營造，需要非凡的想像力，自不待言，但以張愛玲的例子看，一個作家寫成傳世之作，單靠天份和才氣還不夠，還要加上天時地利人和。

柯靈在〈遙寄張愛玲〉說得最中肯：「我扳着指頭算來算去，偌大的文壇，那個階段都安放不下一個張愛玲；上海淪陷，才給她機會。日本侵略者和汪精衛政權把新文學傳統一刀切斷了，只要不反對他們，有點文學藝術粉飾太平，求之不得，……。抗戰勝利以後，兵荒馬亂，劍拔弩張，文學本身已經成為可有可無，更沒有曹七巧、流蘇一流人物的立足之地了。張愛玲的文學生涯，輝煌鼎盛的時期只有兩年（一九四三－一九四五）是命中注定。」[39]

看來只有在「孤島」時期的上海，張愛玲才可以「童言無忌」。柯靈說的，果然不錯，她一九四五年後的小說與散文，比起《傳奇》和《流言》這兩個集子的水準，黯然失色。張愛玲「到底是上海人」。離開上海後，她在別的地方應該還有機會聽到市聲和電車聲，但恐怕再看不到電車「回家」的景象了。電車進廠時「一輛銜接一輛，像排了隊的小孩，嘈雜、叫囂，愉

39 柯靈，〈遙寄張愛玲〉，上揭，頁四四零。

快地打着啞嗓子的鈴：『克林，克賴，克賴，克賴！』吵鬧之中又帶着一點由疲乏而生的馴服，是快上床的孩子，等着母親來刷洗他們。」[40]

這篇題名〈公寓生活記趣〉成於一九四三年，也是《流言》中的一篇精品。張愛玲告訴我們，較有詩意的人要在枕上聽松濤，聽海嘯入睡，而她是「非得聽見電車聲才睡得着覺的。」[41]回廠的電車看成排隊回家的小孩，除了顯出作者點石成金的想像力外，還可感受到她在熟悉的生活環境中寫作時所流露的自信和自在。〈沉香屑——第二爐香〉（一九四三）說到香港大學英籍講師羅傑·白登，婚變後，獨自一人坐在海灘上自悲身世，覺得「整個的世界像一個蛀空了的牙齒，麻木木的，倒也不覺得甚麼，只是風來的時候，隱隱的有一點痠痛。」[42]這又是一個天衣無縫的譬喻。這種譬喻，這種險句，如七寶樓台採下來的彩石，嵌在張愛玲文字的縫隙間透發異光。她離鄉別井後的著作，再難看到這種別開生面的句子了。甚至可以說，險句和別開生面的意象既然是她文體的標幟，因此只要看她一篇作品中「異光」出現次數的多寡，就可以推算出這篇作品是否 vintage 的張愛玲。

在陳思和看來，張愛玲的一大貢獻是「突出地刻劃了現代都市經濟支配下的人生觀：對金

40 張愛玲，〈公寓生活記趣〉，《張愛玲文集》卷四，頁三八。
41 張愛玲，〈公寓生活記趣〉，上揭，頁三八。
42 張愛玲，〈沉香屑——第二爐香〉，《回顧展——張愛玲短篇小說集之二》，頁三三六。

錢慾望的癡狂追求。」[43] 陳思和覺得魯迅雖然在〈傷逝〉反映出經濟保障愛情的重要性，「但這些主題並沒有得到很好的發揮。」[44] 錢操縱張愛玲小說主角的命運，例子多的是。不為錢，七巧不會甘心戴上「金鎖」，斷送青春。不為錢，流蘇不會狼狽得如喪家之犬，急着嫁人找個歸宿。在散文的天地中，張愛玲來個現身說法，決定展露自己的「肚臍眼」，在〈童言無忌〉就「錢」、「穿」、「吃」、「上大人」和「弟弟」這幾個私人空間向讀者傾訴一番。她說「抓周」時，拿到的是錢，但家中一個女用人卻說她抓到的是筆。以下是她自己的話：

但是無論如何，從小似乎我就很喜歡錢。我母親非常詫異地發現這一層，一來就搖頭道，「他們這一代的人……。」我母親是個清高的人，有錢的時候固然絕口不提錢，即至後來為錢逼迫得很厲害的時候也還把錢看得很輕。這種一塵不染的態度很引起我的反感，激我走到對立面去。因此，一學會了「拜金主義」這名詞，我就堅持我是拜金主義者。[45]

43 陳思和，〈民間和現代都市文化——兼論張愛玲現象〉，《閱讀張愛玲——張愛玲國際研討會論文集》，頁三三七。
44 陳思和，〈民間和現代都市文化——兼論張愛玲現象〉，上揭，頁三三七。
45 張愛玲，〈童言無忌〉，《張愛玲文集》卷四，頁八八。

張愛玲自認是個事事講求「實際生活」的小市民。她母親系出名門，自少感染士大夫氣習，把錢財視為「阿堵物」，不足為怪。陳思和肯定張愛玲「現象」是中國現代文學一大突破，借用蔡美麗在〈以庸俗反當代〉一文的話說，活躍於三十年代的作家，忙着啟蒙與救亡，有時忘了「人活着，靠的是吃穿」。[46] 這也是陳思和認為張愛玲作品的一大特色：「她喋喋不休地談性論食，開拓了文學領域裏的私人生活空間，同時也迎合了專制體制下的市民有意迴避政治的心理需要，她使原來五四新文學傳統與廟堂文化的相對立的交叉線，變成了民間文化的平行線。」[47]

〈童言無忌〉沒有甚麼文采，通篇也沒有甚麼驕人的句子。令我們感到「陌生」的是一些觀念。像「從小似乎我就很喜歡錢」這句話，對今天的讀者說來，可說卑之無甚高論，但對她母親那一代人而言，的確教人側目。由此我們可以認識到，張愛玲散文吸引讀者的地方，除文字本身外，還因為她的意念離經叛道。在〈詩與胡說〉（一九四四）中她一點也不留情面的說：「聽見顧明道死了，我非常高興，理由很簡單，因為他的小說寫得不好。……我不能因為顧明道已經死了的緣故原諒他的小說。」[48] 顧明道該死，就因為他的小說不好。一個人值不值得讓

46 蔡美麗，〈以庸俗反當代〉，收入子通、亦清編，《張愛玲評說六十年》（北京：中國華僑出版社，二零零一），頁三一九。
47 陳思和，〈民間和現代都市文化——兼論張愛玲現象〉，上揭，頁三三九。
48 張愛玲，〈詩與胡說〉，《張愛玲文集》，卷四，頁一三一。

他活下去，全靠他的作品好壞來決定，這種說法，相當不近人情。

〈燼餘錄〉（一九四四）是張愛玲回到上海後追記在日軍佔領下在香港過的那一段日子。跟〈童言無忌〉一樣，這也是一篇文字平平但發人深思的「自白」長文。裏面好些看法，的確與別不同。「人生的所謂『生趣』全在那些不相干的事，」[49]她說：「能夠不理會的，我們一概不理會。出生入死，沉浮於最富色彩的經驗中，我們還是我們，一塵不染，維持着素日的生活典型。」[50]為了要吃飯，張愛玲休戰後在大學堂臨時醫院做看護。病房中，

有一個人，尻骨生了奇臭的潰爛症。痛苦到了極點，面部表情反倒近於狂喜……眼睛半睜半閉，嘴拉開了彷彿癢絲絲抓撈不着地微笑着。整夜他叫喚：「姑娘啊！姑娘啊！」悠長地，有腔有調。我不理。我是一個不負責任的，沒良心的看護。我恨這個人，因為他在那裏受磨難。[51]

病人問她要水，她說沒有，又走開了。一天破曉時分，病人終於走了，眾護士「歡欣鼓舞」。有人用椰子油烘了一爐小麵包慶祝。「雞在叫，又是一個凍白的早晨。我們這些自私的人若無

49 張愛玲，〈燼餘錄〉，《張愛玲文集》，卷四，頁五四。
50 張愛玲，〈燼餘錄〉，上揭，頁五零。
51 張愛玲，〈燼餘錄〉，上揭，頁六一。

其事地活下去了。」[52] 陳思和讀〈燼餘錄〉，驚識張愛玲「抱着貴族小姐的惡劣情緒對待港戰中傷員的態度，竟沒有半點自責與懺悔。」[53] 他並沒有「責備」張愛玲之意，只想把這事件放在都市民間文化形態的背景上看張愛玲現象，「指出這種種豐富複雜的文化內涵，既是張愛玲個人的獨特之處，又是都市民間文化形態的複雜性所共有的。」[54]

張愛玲在〈燼餘錄〉的文字，讀來像是一種「倖存者」（the survivalist）的宣言。香港淪陷後，她重新發現「吃」的喜悅。「我們立在攤頭上吃滾油煎的蘿蔔餅，尺來遠腳底下就躺着窮人的青紫的屍首。」[55] 她在〈打人〉（一九四四）中向我們坦白，承認自己「向來很少有正義感。我不願意看見甚麼，就有本事看不見。」[56] 因此她在吃蘿蔔餅時能夠對腳底下的屍體視若無睹。因此她覺得顧明道的小說寫得不好，就該死。

張愛玲的心腸這麼「狠」，最常用的解說就是童年因受遺少型父親的虐待造成的創傷。她在〈私語〉（一九四四）中流盡了不少「哭給自己看」的眼淚。他父親對她拳腳交加之餘，還揚言要用手槍打死她。她舉頭看到「赫赫藍天」上的飛機，就希望有個炸彈掉在她們家，大家

52 張愛〈燼餘錄〉，上揭，頁六二。
53 陳思和，〈民間和現代都市文化——兼論張愛玲現象〉，上揭，頁三四五。
54 陳思和，〈民間和現代都市文化——兼論張愛玲現象〉，上揭，頁三四五。
55 張愛玲，〈燼餘錄〉，上揭，頁五九。
56 張愛玲，〈打人〉，《張愛玲文集》，卷四，頁九八。

同歸於盡。[57]但從文學的觀點看，我們不必以她不幸的童年解說她的作品，因為童年幸福的作家，一樣可以寫出狠心腸的作品。張愛玲寫的，不是邱濬（一四二一—一四九五）《五倫全備》這類父慈子孝的教化劇。她描繪的人生百態，正如王國維（一八七七—一九二七）所說，「可信者不可愛」。她恨那位尻骨潰爛的病人，因為他整天呻吟，也發奇臭，她不願看見，也被迫聽到、看見。他活着一天，就教她不舒服一天。因此他一斷氣，大家就跑到廚房慶祝。這景象，一點都不可愛，但因在亂世，人死是平常事，就相信了。

三

張愛玲這麼「狠」、這麼「貪財」，是不是 true confession？我們應不應把她的話當真？這本來跟她作品本身的好壞無關，但因她熟讀《紅樓夢》，對自己的處境的真真假假有時自己也搞糊塗了。說不定有時她真的真假難分。〈童言無忌〉露了一點蛛絲馬跡：

> 有天晚上，在月亮底下，我和一個同學在宿舍的走廊上散步，我十二歲，她比我大幾歲。她說：「我是同你很好的，可是不知道你怎樣。」因為有月亮，因為我生來

57 張愛玲，〈私語〉，《張愛玲文集》，卷四，頁一一零。

是一個寫小說的人，我鄭重地低低說道：「我是……除了我的母親，就只有你了。」她當時很感動，連我自己也感動了。[58]

照這樣看，我們不能把張愛玲連自己也「感動」的話也當真了。她五歲時，母親不在中國，她父親的姨太太給她做了頂時髦的雪青絲絨短襖長裙，跟她說：「看我待你多好！你母親給你們做衣服，總是拿舊的東拼西改，哪兒捨得用整幅的絲絨？你喜歡我還是喜歡你母親？」[59]張愛玲答道：「喜歡你。」後來她想起這件事，覺得耿耿於懷，「因為這次並沒有說謊。」[60]看來不但小說家言不能作準，散文家的「私語」，有時也不可靠。張愛玲一再在作品宣稱自己是個拜金主義者，愛財如命，但以她在實際的人生留下的紀錄看，她不見得是個見利忘義、「大小通吃」的人。胡蘭成被國民政府通緝亡命那段日子，她用辛苦賺來的版稅稿費接濟他。初會水晶時，她送了一大瓶 Chanel 香水給他太太。

從她給蘇偉貞的一封信中，我們可看到她更可貴的一面：非份之財，一介不取。事緣台灣《聯合報》副刊刊登了電影劇本〈哀樂中年〉後，蘇偉貞寄了給她看，要付稿費給她，她才「想起這片子是桑弧編導，我雖然參與寫作過程，不過是顧問，拿了些劇本費，不具名。事隔多年

58 張愛玲，〈童言無忌〉，《張愛玲文集》，卷四，頁九三。
59 張愛玲，〈童言無忌〉，上揭，頁九三。
60 張愛玲，〈童言無忌〉，上揭，頁九三。

完全忘了，以致有過誤會。稿費謹辭，如已發下也當璧還。希望這封信能在貴刊發表，好讓我向讀者道歉。」[61]

這封信，除了讓我們看到張愛玲不取非份之財外，也看到了她不肯欺世盜名正直的一面。她給朋友和「關係人」報道自己的生活片段，寫的是書信，不是小說或散文，因人證物證俱在，不存在真真假假的問題。一九九五年九月十日《聯合報》副刊刊登了一篇平鑫濤署名的紀念文章，說撇開寫作，張愛玲「生活非常單純，她要求保有自我的生活，選擇了孤獨，不以為苦。對於聲名、金錢，她也不看重。……對於版稅，她也不大計較，我曾有意將她的作品改拍為電視劇，跟她談到版稅，她回說：『版權你還要跟我說嗎？你自己決定吧。』」[62]平鑫濤當時是皇冠出版社的發行人。

張愛玲研究，方興未艾。那一天她給夏志清和宋淇（一九一九—一九九六）夫婦歷年的書信全部公開後，有興趣「索隱」的學者，不愁沒資料。要周詳地探討張愛玲的才華與天份，除了研究她的電影劇本外，更可考慮兼顧張愛玲的英文著作和她的翻譯。除了翻譯英美文學名著外，她更翻譯過不少自己的作品，如〈金鎖記〉。艾曉明說張愛玲的小說不是篇篇都好。其實散文亦如是。前面說過，離鄉別井後的張愛玲，已失去昔日的華彩，punch line 式的陌生化和險

61 張愛玲，〈致蘇偉貞信〉，子通、亦清編，《張愛玲文集．補遺》（香港：天地圖書有限公司，二零零三），頁三四二。

62 平鑫濤，〈選擇寫作選擇孤獨〉，收入陳子善編，《作別張愛玲》（上海：文匯出版社，一九九六），頁一二。

句，已不多見，但張愛玲到底是張愛玲，「敗筆」也有特殊風韻。別的不說，就拿她一九八八年的長文〈談吃與畫餅充飢〉來說吧，一開頭就看到她「損」周作人：「周作人寫散文喜歡談吃，……不過他寫來寫去都是他故鄉紹興的幾樣最節儉清淡的菜，除了當地出筍，似乎也沒有甚麼特色。炒冷飯的次數多了，未免使人感到厭倦。」[63]

每次讀〈故鄉的野菜〉，唸着薺菜、黃花麥和紫雲英這些名字，口裏就淡出鳥來。起初以為自己沒文化，現在看到張愛玲也這麼說，可見周作人故鄉的野菜，沒吃到也不算甚麼遺憾。張愛玲遠適異國，終身不離少女時代「異見分子」姿態，煞是可愛。

＊本文係香港科技大學包玉剛傑出講座公開演講之講稿，曾於二零零五年十月十六日於香港中央圖書館演講廳宣讀。承香港科技大學人文社會科學學院署理院長鄭樹森教授授權發表，特此致謝。

---

63 張愛玲，〈談吃與畫餅充飢〉，《張愛玲文集》，卷四，頁三七六。

參考書目

甲：

張愛玲，《張看》，香港：皇冠出版社，二零零零。

張愛玲，《流言》，香港：皇冠出版社，二零零四。

張愛玲，《回顧展——張愛玲短篇小說集之一》，香港：皇冠出版社，一九九一。

張愛玲，《回顧展——張愛玲短篇小說集之二》，香港：皇冠出版社，一九九一。

金宏達、于青合編，《張愛玲文集》，合肥：安徽文藝出版社，一九九二，四卷。

子通、亦清合編，《張愛玲文集：補遺》，香港：天地圖書有限公司，二零零三。

夏志清著、劉紹銘等譯，《中國現代小說史》，香港：中文大學出版社，二零零一。

乙：

鄭樹森編選，《張愛玲的世界》，台北：允晨出版社，一九九零。

陳子善編，《私語張愛玲》，杭州：浙江文藝出版社，一九九五。

陳子善編，《作別張愛玲》，上海：文匯出版社，一九九六。

林式同等，《華麗與蒼涼》，台北：皇冠出版社，一九九六。

周芬伶，《艷異：張愛玲與中國文學》，台北：遠流出版社，一九九九。

楊澤編，《閱讀張愛玲——張愛玲國際研討會文集》，台北：遠流出版社，一九九九。

子通、亦清合編，《張愛玲評說六十年》，北京：中國華僑出版社，二零零一。

劉紹銘、梁秉鈞、許子東合編，《再讀張愛玲》，香港：牛津出版社，二零零二。
古蒼梧，《今生此時今生此地——張愛玲、蘇青、胡蘭成的上海》，香港：牛津出版社，二零零二。
金宏達主編，《回望張愛玲．昨夜月色》，北京：文化藝術出版社，二零零三。
金宏達主編，《回望張愛玲．華麗影沉》，北京：文化藝術出版社，二零零三。
陳子善，《說不盡的張愛玲》，上海：三聯出版社，二零零四。
金宏達，《平視張愛玲》，北京：文化藝術出版社，二零零五。

褪色的玫瑰

以小説藝術言，〈封鎖〉、〈金鎖記〉和〈傾城之戀〉已達至境。這三篇小説恰巧都在一九四三年刊出，張愛玲那年是二十三歲。「出名要趁早呀」，張愛玲做到了。出道才一年，已「藝驚四座」。往後的作品，夠得上這水準的，沒有幾篇。次年出版的〈紅玫瑰與白玫瑰〉緊接〈傾城之戀〉餘緒。缺少的是范柳原和白流蘇依偎在一起時透發的那份頹唐的生命力。佟振保不是范柳原。他在英國半工讀拿到學位後就回國，在外商染織公司做事，是個安份守己的人。誰料這個老實人，寄居朋友家時，男主人因公出差第二天，女主人就搭上他了。

……振保笑道：「你喜歡忙人？」嬌蕊把一隻手按在眼睛上，笑道：「其實也無所謂，我的心是一所公寓房子。」振保笑道：「那，可有空房間招租呢？」嬌蕊可不答應了。振保道：「可是我住不慣公寓房子。我要住單幢的。」嬌蕊哼了一聲道：「看你有本事拆了重蓋！」振保又重重的踢了她椅子一下道：「瞧我的罷！」

這種「范柳原體」的油腔滑調，出於振保口中，聽來有點像鸚鵡學舌。范柳原是華僑子弟，老子有錢，衣食無憂，流蘇又是他囊中物，説話要怎麼輕薄就怎麼輕薄。但振保是上班族，在英國讀書時又有坐懷不亂之美譽。當然，千不該萬不該的是嬌蕊先挑逗他，但怎樣說她也是朋友妻啊。這柳下惠怎麼給人家三言兩語就壞了貞節？

振保的人物性格前後不一致，俏皮話聽起來就顯得荒腔走板。嬌蕊是個連自己名字的「蕊」也要分成三個「心」字才寫得出來的華僑女子，胸無點墨，竟能操着文藝腔跟振保打情罵俏，也教我們感到詫異。〈紅玫瑰與白玫瑰〉的冗文也多。振保和嬌蕊在街頭巧遇艾許老太太那一節，長達二千字，空言泛泛，無關宏旨。反觀〈封鎖〉或〈金鎖記〉文字生生相息，隻字難移。

張愛玲以警句見稱。「整個世界像一個蛀空的牙齒，麻木木的，倒也不覺得甚麼，只是風來的時候，隱隱的有一點痠痛。」這個出自〈沉香屑——第二爐香〉的句子，橫看豎看，教人過目不忘。細讀〈紅玫瑰與白玫瑰〉，總也找不到這種意象鮮明的 punch line。振保跟嬌蕊分手後，自己結了婚，她也嫁了人。多年後在公車上相遇，互道平安後，振保在回家的路上看到：

> 藍天飄着的小白雲，街上賣笛子的人在那裏吹笛子，尖柔扭扭的東方的歌，一扭一扭出來了，像繡像小說插圖裏畫的夢，一縷白氣，從帳子裏出來，脹大了，內中有種種幻境，像懶蛇一般地舒展開來，後來因為太瞌睡，終於連夢也睡着了。

連夢也睡着了？任何人筆下出現這種句子，都是敗筆，更何況是以營造意象譬喻獨步文壇的張愛玲。這類「意」和「象」配搭失調的敗筆，在這中篇小說一再出現。振保的老同學王士洪快要回家。他和嬌蕊的關係快告一段落。一天晚上，嬌蕊在床上偎依着他。他睡不着，摸黑點了支煙抽着。她伸手摸索他的手，告訴他不要耽心，因為她會好好的。「她的話使他下淚，然而眼淚也還是身外物」。

眼淚是身外物？這句話跟振保目前的處境拉不上甚麼關係。我們且看〈封鎖〉裏的吳翠遠在呂宗楨眼中是甚麼一副模樣：「他不怎麼喜歡身邊這女人。她的手臂，白倒是白，像擠出來的牙膏。她的整個的人像擠出來的牙膏，沒有款式。」這個譬喻，貼切不過，因為這個看來像是教會派的少奶奶，「長得不難看，可是她那種美是一種模棱兩可的，彷彿怕得罪了誰的美，臉上一切都是淡淡的，鬆弛的，沒有輪廓。」對比之下，「眼淚也還是身外物」之說就顯得不知所云了，像是為了要說機鋒話而拚命擠出來的機鋒。

出現在振保生命中的女子，除了嬌蕊和太太孟煙鸝外，還有巴黎妓女和中英混血兒玫瑰。這兩位都是過場人物，落墨不多，印象也模糊。振保泡上「精神上還是發育未完全」、水性楊花的嬌蕊，因為他覺得不必對她負責任。誰料這個「名聲不好」的 playgirl，認識振保後，決定改過自新，跟振保一輩子。振保呢，怕遭物議，及早抽身，打了退堂鼓。

振保沒有一沉到底，遊離於善惡之間，因此是個游離分子。任性慣了的嬌蕊，突如其來的要釘着振保托終身，雖然不是絕對的 impossible，但實在相當 improbable。看來張愛玲對這兩個寶貝角色的性格，也不是十拿九穩，手足無措之餘，才會出現像「連夢也睡着了」這種渾渾沌沌的描述。

張愛玲在這故事拿得最準的人物是佟門怨婦孟煙鸝。這個跟丈夫出門時永遠走在後面的女子，是振保母親託人介紹嫁過來的。她相貌平庸，資質不高，兼又笨手笨腳，日子久了，婆婆和丈夫也不留面子，常常當着下人面前教訓她，說甚麼「人笨凡事難」的。找不到跟她說話或聽她說話的人，她只好聽收音機。振保認為這是好事，現代主婦嘛，聽聽新聞，學兩句普通話也好。他有所不知的是，他太太打開收音機，「不過是願意聽見人的聲音。」描寫人的寂寞、孤獨、無告是張愛玲的看家本領。以下這段文字，堪與〈金鎖記〉一些段落相比擬：

> 煙鸝得了便秘症，每天在浴室裏一坐坐上幾個鐘頭——只有那個時候可以名正言順的不做事，不說話，不思想，其餘的時間她也不說話，不思想，但是心裏總有點不安，到處走走，沒着沒落的，只有在白天的浴室裏她是定了心，生了根。她低頭看着自己雪白的肚子，白皚皚的一片，時而鼓起來些，時而癟進去，……。

用「便秘」的意象來側寫一個獨守空幃女子的苦況，也虧張愛玲想得出來。「她低頭看着自己雪白的肚子」，透着一種「卻下水晶簾，玲瓏望秋月」的淒清幽冷，所謂「哀而不傷」境界也不過如此。令人遺憾的是，這種情景合一的描述，在〈紅玫瑰與白玫瑰〉中，並不多見。張愛玲在一九四三年出版的小說，還有〈沉香屑——第一爐香〉、〈沉香屑——第二爐香〉、〈茉莉香片〉、〈心經〉和〈琉璃瓦〉五篇。我猜想這一年發表的八篇小說，應該是早已寫好的。一一發表後，成了大名，各方稿約紛至沓來，窮於應付，文字再不能像以前那麼琢磨了。實情是否如此，我們不知道。我們可以肯定的是，如果拿〈封鎖〉、〈金鎖記〉和〈傾城之戀〉的成就來衡量，〈紅玫瑰與白玫瑰〉是一篇失水準之作。

落難才女張愛玲

月來整理歷年朋友書信，想不到從一九六六年至六七年間，張愛玲給我的信，竟達十八封之多。

第一封是中文寫的（一九六六年五月二十六日），上款落「紹銘先生」。這麼「見外」，因為大家從未見過面。

同年六月我們在印第安那大學一個會議上第一次碰頭。記得跟我一起到客房去拜訪這位日後被王德威恭稱為「祖師奶奶」的，還有兩位印大學長，莊信正和胡耀恆。

那天，張愛玲穿的是旗袍，身段纖小，教人看了總會覺得，這麼一個「臨水照花」女子，應受到保護。這麼說，聽來很不政治正確。但女人家看到年紀一把的「小男生」，領帶七上八落，襯衣扣子眾叛親離，相信也難免起惻隱之心的。

張愛玲那段日子不好過，我早從夏志清先生那裏得知。這也是說，在初次跟她見面前，我已準備了要盡微力，能幫她甚麼就幫甚麼。

我在美國大學的第一份差事，是在 Ohio 州的 Miami 大學，時維一九六四年。次年轉到夏威夷。一年後拿到博士學位，才應聘到麥迪遜校區威斯康辛大學。

不厭其詳的交代了這些個人瑣事，無非是跟「祖師奶奶」找差事有關。

根據鄭樹森《張愛玲．賴雅．布萊希特》一文所載，賴雅（Ferdinand Reyher）一九五六年跟張愛玲結婚時，「健康已大不如前，但仍寫作不輟；直至六零年初期才放棄」。

也許是出於經濟考慮，張愛玲於六一年飛台轉港，經宋淇的關係，接下了電懋影業公司的一些劇本，其中包括《南北和》續集《南北一家親》。

賴雅是三十年代美國知名作家，曾在好萊塢寫過劇本，拿過每週起碼五百美元的高薪。依鄭教授解讀現存檔存文件所得，他該是個「疏財仗義」的人物。

「疏財仗義」總不善理財。張愛玲回港趕寫劇本，「可能和當時賴雅體弱多病，手頭拮据有關。及至六十年代中葉，賴雅已經癱瘓……」

由此可以推想，她在印大跟我和我兩位學長見面時，境況相當狼狽。如果不是在美舉目無親，她斷不會貿貿然的開口向我們三個初出道的毛頭小子求助，託我們替她留意適當的差事。

「適當的差事」，對我們來說，自然是教職。六十年代中，美國大學尚未出現人浮於事的現象。要在中國文史的範圍內謀一棲身之地，若學歷相當，又不計較校譽和地區，機會還是有的。

夏志清的 *A History of Modern Chinese Fiction*（《中國現代小說史》）於一九六一年由耶魯大學出版。先生以顯著的篇幅，對張愛玲小說藝術和她對人生獨特的看法，一一抽樣作微觀分析。一落筆就毫不含糊的說：「……對於一個研究現代中國文學的人說來，張愛玲該是今日中國最優秀最重要的作家。……〈金鎖記〉長達五十頁；據我看來，這是中國從古以來最偉大的中篇小說。」

在《小說史》問世前，張氏作品鮮為「學院派」文評家齒及。在一般讀者的心目中，她極其量不過是一名新派鴛鴦蝴蝶說書人而已。

夏先生的品題，使我們對張愛玲作品的看法，耳目一新。也奠定了她日後在中國文壇的地位。但這方面的成就，對她當時的處境，毫不濟事。要在美國大學教書，總得有「高等」學位。學士、碩士不管用。要入僱主的候選名單，起碼得有個博士學位。當然也有例外，如劉若愚。但劉教授能在美國知名的芝加哥大學立足，靠的是等身的學術著作。

「祖師奶奶」欠的就是行家戲稱的「工會證書」（the unioncard）：博士學位。

志清先生平生肝膽，因人常熱。他急着幫張愛玲找差事，想當然耳。我自己和其他曾在台大受業於濟安先生門下的同學，愛屋及烏，也一樣的不遺餘力的為她奔走。他們接二連三的發信給已在大學任教的舊識。結果總是徒勞無功。理由如上述。

我的前輩中，為張愛玲奔走，鞭及履及的，有羅郁正教授。他每次寫信給他的「關係網」，例必給我副本。求援的信件中，有一封是給 Iowa 大學作家「工作坊」的 Paul Engle 教授。事情沒有成功，因為那年的名額已經分派，給了詩人瘂弦。

六十年代中，電動打字機尚未流行。羅先生用的是舊式品種，手指按鍵盤真要點氣力。用複寫紙留副本，更費勁了。

郁正先生古道熱腸，可見一斑。

我結識張愛玲時，因出道不久，「關係網」只及近身的圈子。投石問路的地方，順理成章是 Miami、夏威夷和威斯康辛。

夏威夷和威斯康辛對我鄭重推薦的「才女作家」沒興趣。Miami 大學的 John Badgley 教授倒來了信。他是我在 Miami 大學任教時的老闆。信是六六年七月二十七日發的。謝天謝地，該校原來在二十年代有過禮遇「駐校藝術家」（artist-in-residence）的先例。

經 Badgley 教授幾番斡旋，終於說服校方請張女士駐校七個半月。

依張愛玲同年八月十五日來信所說，她每月拿到的酬勞，約為千元。

我一九六四年在 Miami 拿的講師年薪，是七千元。除應付房租和日常開支外，還可分期付款買二手汽車。

張愛玲對每月千元的待遇，滿不滿意，她沒有說。不過，她七月二日給我的信中，對自己的處境這麼描述：「……即使你不告訴我有關學界中要手段、玩政治的情形，我對自己能否勝任任何教職，也毫無信心。這方面的活動，非我所長。適合我需要的那類散工，物色多年，仍無眉目。這也不是一朝一夕能解決的事。你關心我，願意替我留心打聽，於願已足，亦感激不盡。目前生活還可將就應付。為了寫作，我離群索居，不必為衣着發愁，因此除日常必需品，再無其他開支。但不管我多照顧自己，體重還是不斷減輕。這是前途未明，憂心如焚的結果。你和你的朋友雖常為我解憂，但情況一樣難見好轉。……」

信是英文寫的。以上是中譯。張愛玲給我的十八封信中，中文只有五封。我給她的信也是英文居多。用打字機「寫」信，既比「引筆直書」方便，也較容易留副本。

六六年九月，她離開美國首都華盛頓，到了 Ohio 州的「牛津鎮」（Oxford），Miami 大學所在地。除 Miami 外，牛津鎮還有 Western College，是一家小規模的女子「貴族」學院。

張愛玲寄居的地方，就是這家女子學校。

九月二十日她來信（英文）說：「……病倒了，但精神還可支撐赴校長為我而設的晚宴。我無法推辭，去了，結果也糟透了。我真的很容易開罪人。要是面對的是一大夥人，那更糟。這正是我害怕的，把你為我在這兒建立的友好關係一筆勾消。也許等我開始工作時，感覺會好些。……」

事後我向朋友打聽，愛玲那晚赴校長之宴，結果怎麼「糟透了」（turned out badly）的真相。大概朋友不想我這個「保人」聽了尷尬，只輕描淡寫的說她這個貴賓遲遲赴會還不算，到場後還冷冷淡淡，面對校長請來為她「接風」的客人，愛理不理。

最近看到一篇文章，提到張愛玲留港期間，那時的「天皇鉅星」李麗華慕其名，通過宋淇先生安排一個讓她一睹才女面目的機會。

宋先生不負所託。張愛玲如約赴會。出人意表的是，她沒有留下來寒暄，見了我們的「影后」一面，點心也沒有吃，就告辭了。

她說自己「真的很容易開罪人（do offend people easily），一點也沒說錯。

張愛玲在 Miami 的「差事」，不用教書，但總得作些演講和會見有志學習寫作或對中國文學有興趣的學生。

對起居有定時的「上班族」來說，這應該一點也不為難。但張愛玲孤絕慣了，要她坐辦公室面對群眾，確有「千年未遇之變故」的惶恐。

「今晚我到 Badgley 家吃飯，」她一月十二日來信（中文）說：「別人並沒來找我。有兩處學生找我演講，我先拖宕着，因為 Badgley 説我不如少講個一兩次，人多點，節省時間。與學生會談的課程表明天就將擬出。周曾轉話來叫我每天去 office 坐，看看書。我看書總是吃飯與休息的時候看。如衣冠齊整，走一里多路到 McCracker Hall 坐着看書，再走回來，休息一下，一天工夫倒去了大半天，一事無成。我想暫時一切聽其自然，等 give a couple of talks 後情形或會好一點。……」

信上提到的「周」，是我一九六五年離開 Miami 後的「接班人」。

張小姐大概沒有好好的守規矩，沒有按時到辦公室恭候學生大駕。

一九六七年三月，她接到東部貴族女子學院 Radcliffe 的通知，給她兩年合約，做她要做的翻譯工作。

離開 Miami 前，她來了封英文信（一九六七年四月十二日）：「周起初顯然把我看成是他的威脅。他轉來院長的指示，我每天到辦公室，光去看書也成。我告訴他這可不是 Badgley 跟我的協定。後來我跟 Badgley 見面，提到這件事，他好像有點不太高興。自此以後，我每次提到周時，他總是顯得很不自然似的。周怎麼扭曲我的話，我不知道。我本沒打算以這瑣事煩你。我怕的是他在你面前搬弄是非。……」

周先生是否把張愛玲視為「威脅」，局外人無法聽一面之詞下判斷。他們之間如果真有爭執，誰是誰非，就我寫本文的動機而言，可說「無關宏旨」。

看來她沒有把「駐校藝術家」的任務看作一回事，否則院長不會出此「下策」，「傳令」她每天到辦公室去，「光去看書也成」。

在 Radcliffe 耽了兩年後，張愛玲幸得陳世驤教授幫忙，到柏克萊校區加州大學的中國研究中心做事。茲再引鄭樹森文章一段：「張愛玲日間極少出現，工作都在公寓；上班的話，也是夜晚才到辦公室。一九七一年間，任教哈佛大學的詹姆士·萊恩（James Lyon）教授，為了探討布萊希特的生平事蹟，通過賴雅前妻的女兒，追蹤至柏克萊，在初次求見不遂後，終於要在夜間靜待張愛玲的出現。雖然見面後張愛玲頗為親切，但不少查詢仍以書信進行，其雅好孤獨，可見一斑。」

張愛玲在加大中國研究中心服務期間，中心的主任是陳世驤教授。換了一位不知張愛玲為何物的僱主，一來不一定會錄用她。二來即使用了，會否讓她「日間極少出現」，大成疑問。

本文以「落難才女張愛玲」為題，在感情上已見先入為主的偏袒。在「封建」時代，末路王孫迫於環境而操「賤業」，謂之「落難」。

張愛玲出身簪纓世家。如果不因政治變故而離開上海，輾轉到美國當「難民」，她留在香港繼續賣文、編電影劇本，生活縱使不富裕，但最少可讓她過晨昏顛倒的「夜貓子」生活。

遠適異國，張愛玲變了 Eileen Chang。身世悠悠，已經諸多不便。更不幸的是生活迫人，不善敷衍而不得不拋頭露面，與「學術官僚」應酬。不得不「衣冠齊整」，一小時挨一小時的在光天化日的辦公室裏枯坐。

如果我們從這個角度去看，那張愛玲的確有點像淪落天涯的「末路王孫」。

但話得分兩頭。前面說過，我用「落難」二字，因在感情上有先入為主的偏袒。為甚麼偏袒？因為我認識的，是張愛玲，「是今日中國最優秀最重要的作家」。

我認識的，不是 Eileen Chang。

在異國，Ms. Chang 一旦受聘於人，合該守人家的清規。現實迫人，有甚麼辦法？主人隆重其事的替你接風，你卻遲到欺場，難怪人家側目。

胡適回台灣出任中央研究院院長前，在美國流浪過一段日子。唐德剛先生覺得他這段生活過得狼狽，「惶惶然如喪家之犬」。

他也是落難之人。

這篇文章，拉雜寫來，沒有甚麼「中心思想」，或可作張愛玲研究補遺這一類文字看。

原載《信報》，一九九九年三月四日

〈鬱金香〉讀後

我把〈鬱金香〉的作者名字塗了，影印了一份給你，說好第二天見面時你要告訴我這篇萬言小說出自誰人手筆。第二天午飯時，你帶了影印本來，一攤開，紙上盡是黃綠彩筆勾出的段落。祖師奶奶的遺墨，你說。怎見得？這有何難，她一落筆就露馬腳，你看：「牆上掛着些中國山水畫，都給配了鏡框子，那紅木框子沉甸甸的壓在輕描淡寫的畫面上，很不相稱，如同薄紗旗袍上滾了極闊的黑邊。」

薄紗旗袍上滾了極闊的黑邊，我唸着，對的，確有祖師奶奶三分氣派，但勁道不足，句子欠缺那種「兀自燃燒」的自焚火燄。你問：那一年的作品？一九四七，我說，在上海的《小日報》連載。呀！怪不得！柯靈的話說對了，張愛玲的傳世之作，早在一九四三和四四兩年寫完。一九四七那年，她忙着編劇本，小說作品不多，好像只有〈華麗緣〉和〈多少恨〉。

寫得好不好？不是「招牌貨」，你說。如果你拿《傳奇》的名篇比對着看，會失望的。〈鬱金香〉就像〈多少恨〉這類貨色了？可以這麼說，但你若看了一九七七年她為〈多少恨〉寫的前言，再看〈鬱金香〉，也許會讀出一番滋味來。且聽她怎麼說：

——我對於通俗小說一直有一種難言的愛好；那些不用解釋的人物，他們的悲歡離合。如果説是太淺薄，不夠深入，那麼，浮雕也一樣是藝術呀。

〈鬱金香〉的敍述中，作者獨步文壇的冷峻意象與譏誚。譬喻雖然不多，叫人過目不忘的浮雕倒也不少。「這老姨太太生得十分富泰，只因個子矮了些，總把頭仰得高高的。一張整臉，原是整大塊的一個，因為老是往下掛搭着，墮出了一些裂縫，成了單眼皮的小眼睛與沒有嘴唇的嘴」。

整體而言，〈鬱金香〉的文字確難跟〈封鎖〉和〈金鎖記〉比擬。你要我舉實例？好吧，你看看正被「二舅老爺」寶餘調戲的婢女金香的樣子好了。

她又退後一步，剛把她的臉全部嵌在那鵝蛋形的鏡子裏，忽然被寶餘在後面抓住她兩隻手，輕輕的笑道：「這可給我捉到了！你還賴，説是不塗胭脂嗎？」金香手掌心上紅紅的，兩頰卻是異常的白，這時候更顯得慘白了。她也不做聲，只是掙扎着，只見她手臂上勒着根髮絲一般細的暗紫賽璐珞鐲子，雪白滾圓的胳膊彷彿截掉一段又安上去了，有一種魅麗的感覺，彷彿《聊齋》裏的。

小説通篇無鬼氣，卻突然引入《聊齋》的聯想，我們有點措手不及。撇開文字不談，〈鬱金香〉還有別的看頭麼？你要看些甚麼？你知道，張愛玲雖然對通俗小説有偏愛，但她自己寫的，套的雖然是鴛鴦蝴蝶的架構，但男女相悅，除了〈傾城之戀〉勉強說得上是例外，其餘都不成正果。「大舅老爺」陳寶初和金香應是一對鴛鴦蝴蝶，但這位少爺只肯作「無情遊」。他以為自己愛上她了，到分手時，他要金香答應等他回來娶她，但「其實寶初話一說出了口聽着便也覺得不會是真的」。

張愛玲取名《傳奇》的作品，極為現實。這格調在往後的書寫中也沒有改。果然，做人一向不夠「堅決」的寶初，步入中年後就結了婚，金香也嫁了人。一天，他在姊姊家看到弟弟寶餘的太太，以前的閻小姐。「寶初看看她，覺得也還不差，和他自己太太一樣，都是好像做了一輩子太太的人。至於當初為甚麼要娶她們為妻，或是不要娶她們為妻，現在都也無法追究了。」

你要「看頭」，這種對人生的觀察，就是張愛玲作品特有的看頭了。結尾時，寶初聽到閻小姐問金香的身世的，「是不是就是從前愛上了寶餘那個金香？」你猜寶初怎麼反應？

> 寶初只聽到這一句為止。他心裏一陣難過——這世界上的事原來都是這樣不分是非黑白的嗎？他去站在窗户跟前，背燈立着，背後那裏女人的笑語啁啾一時都顯得朦朧了，倒是街上過路的一個盲人的磬聲，一聲一聲，聽得非常清楚。聽着，彷彿這夜是更黑，也更深了。

金香沒有愛上寶餘，寶初比誰都清楚。但他沒有為金香辯白。才二十出頭的人，就給人家大舅老爺前大舅老爺後的招呼着。一個未老先衰民族的未老先衰子弟，還有甚麼氣力談愛情，你說是不是？

到底是中國人

《張看》是張愛玲的小說散文集，一九七六年由香港文化．生活出版社初版，內收〈天才夢〉一篇，有附言曰：「〈我的天才夢〉獲《西風》雜誌徵文第十三名名譽獎。徵文限定字數，所以這篇文字極力壓縮，剛在這數目內，但是第一名長好幾倍。並不是我幾十年後還斤斤較量，不過因為影響這篇東西的內容與可信性，不得不提一聲。」

這樣一篇附言，一般「張迷」看了，大概也不會在意。〈天才夢〉是絕好散文，結尾一句，「生命是一襲華美的袍，爬滿了虱子」，膾炙人口。至於文字為甚麼要如此壓縮，第一名的作者為甚麼可以超額，除了「張學」專家，普通讀者諒也不會深究。

十八年後，張愛玲舊事重提。她拿到了台灣《中國時報》文學獎的特別成就獎，因寫了〈憶《西風》〉感言。此文讀來竟有「傷痕文學」味道，值得簡述一次。一九三九年，張愛玲初進港大，看到上海《西風》雜誌徵文啟事。她手邊沒有稿紙，乃以普通信箋書寫，一字一句的計算字數，「改了又改，一遍遍數得頭昏腦脹，務必要刪成四百九十多字，少了也不甘心。」

不久她接到通知，說徵文獲得首獎。但後來收到全部得獎者名單，第一名另有其人，她排在末尾。根據她的憶述，首獎〈我的妻〉「寫夫婦倆認識的經過與婚後貧病的挫折，背景在上海，長達三千餘字。《西風》始終沒有提為甚麼不計字數，破格錄取。我當時的印象是有人有個朋友用得着這筆獎金，既然應徵就不好意思不幫他這個忙，雖然早過了截稿期限，都已經通知我得獎了。」

張愛玲一九九五年逝世。一九九四年十二月發表的〈憶《西風》〉是她生前見報的最後一篇散文。她決定舊事重提，自覺「也嫌小器，……不過十幾歲的人感情最劇烈，得獎這件事成了一隻神經死了的蛀牙，所以現在得獎也一點感覺都沒有。隔了半世紀還剝奪我應有的喜悅，難免怨憤。」

〈憶《西風》〉發表後，「張迷」看了，莫不為她的遭遇感到憤憤不平，但事隔半個多世紀，張愛玲只憑記憶追述，「片面之詞」，可靠麼？陳子善教授終於找到《西風》有關徵文和徵文揭曉的兩份原件，寫了〈《天才夢》獲獎考〉一文，給我們揭開謎底。跟張愛玲的敘述比對過後，發覺她的記憶果然有誤。徵文的字限不是五百字，而是五千字以內。第二個跟她記憶不符的地方是她拿的不是「第十三名名譽獎」，而是第三名名譽獎。不過她「叨陪榜末」倒是事實，因為名譽獎只有三個。

張愛玲把五千看成五百，已經糊塗，把名譽獎看成首獎，更不可思議，不過這件「公案」既然有原件作證，我們只有接受事實：張愛玲的「傷痕」，原是自己一手做成，也因此抱憾終生。撇開這件「風波」不提，張愛玲〈憶《西風》〉最意味深長的一句話是：「我們中國人！」這句「對自己苦笑」說的話，緊接「我當時的印象是有人有個朋友用得着這筆獎金」。未說出來的話是，這種偷天換日、假公濟私的把戲，原是「我們中國人」優為之的事，因此她只好認命，「苦笑」

置之。

如果她本該拿首獎後來竟排榜末確是《西風》編輯部營私的結果，那麼我們的確可以把這種「調包」行為看作國民劣根性一顯例。張愛玲自小在陰暗的家庭長大，父親抽大煙，吸毒，花天酒地，動不動就要置兒女於死地。中國文化的陰暗面、中國人的劣根性，她比誰都看得清楚，難得的是她「逆來順受」。如果不是《中國時報》發給她特別成就獎，挑起了她的傷痕，諒她也不會作出「我們中國人」的興嘆，因為張愛玲也接受了自己到底也是中國人這個事實。不妨引〈中國的日夜〉（一九四七）作為參考：「我真快樂我是走在中國的太陽底下。……快樂的時候，無線電的聲音，街上的顏色，彷彿我也都有份；即使憂愁沉澱下去也是中國的泥沙。總之，到底是中國。」

我細讀〈憶《西風》〉，想到鄭樹森教授在〈張愛玲與《二十世紀》〉介紹過張愛玲的英文著作。《二十世紀》一九四一年在上海創刊，主編克勞斯．梅涅特（Klaus Mehnert）是德國人。這本英文刊物「鎖定」的讀者對象是滯留亞洲的外籍人士。張愛玲於一九四三年開始在《二十世紀》寫稿，首次登場的是"Chinese Life and Fashion"（中國人的生活和時裝），後來自己譯成中文，以〈更衣記〉為題發表。鄭樹森說這篇作品看不出翻譯痕跡，只能說是中文的再創作。

因為張愛玲說過「我們中國人！」這句話，我對她刊登在《二十世紀》的文章馬上感到濃厚的「職業興趣」。學術文章就事論事，讀者對象無分種族國界。但散文難免涉及一己的愛憎和是非觀。對象如果是「外人」，那麼說到「家醜」，要不要直言無諱，還是盡力「護短」？

以洋人市場為對象的「通俗作家」，因知宣揚孔孟之道的話沒人愛聽，為了讓讀者看得下去，不惜販賣奇巧淫技。纏足、鴉片、風月怪談等 chinoiserie，一一上場。借用十多年前流行的說法，這就是「魔妖化」（demonize）中國。

張愛玲在上海時期靠稿費生活，如果英文著作有「魔妖化」跡象，可理解為生活所迫。但她沒有走「通俗」路子。在〈中國人的宗教〉一文，她談到中國的地獄：「『陰間』理該永遠是黃昏，但有時也像個極其正常的都市，……。生魂出竅，飄流到地獄裏去，遇見過世親戚朋友，領他們到處觀光，是常有的事。」

把目蓮救母的場景說成「旅遊勝地」，可見二十四歲的張愛玲，還不失孩子氣。但她一本正經給洋人介紹「我們中國人」的各種「德性」時，確有見地。最能代表她在這方面識見的，是〈洋人看京戲及其他〉。她一開始就說明立場：

> 多數的年青人愛中國而不知道他們所愛的是一些甚麼東西。無條件的愛是可欽佩的——唯一的危險就是：遲早理想要撞着了現實，每每使他們倒抽一口涼氣，把心漸漸冷了。我們不幸生活於中國人之間，比不得華僑，可以一輩子安全地隔着適當的距離牽繫着神聖的祖國。那麼，索性看過仔細罷！用洋人看京戲的眼光來觀光一番罷。有了驚訝與眩異，才有明瞭，才有靠得住的愛。

張愛玲初識胡蘭成時，有書信往還。胡蘭成第一封給她的信，「竟寫成了像五四時代的新詩一般幼稚可笑。」張愛玲回信說：「因為懂得，所以慈悲。」《西風》事件對她是一個負面的陰影，可是因為「懂得」，日後才能說出「即使憂愁沉澱下去也是中國的泥沙」。

用洋人看京戲的眼光看中國，看到的是甚麼景象？雖然她說京戲裏的世界既不是目前的中國，也不是古舊中國的任何階段，但她對中國民風民俗的觀察，今天看來一點也不隔膜。且看她怎麼說中國人沒有privacy的觀念。「擁擠是中國戲劇與中國生活裏的要素之一。中國人是在一大群人之間呱呱墮地的，也在一大群人之間死去。……中國人在那裏也躲不了旁觀者。……青天白日關着門，那是非常不名譽的事。即使在夜晚，門閂上了，只消將紙窗一舐，屋裏的情形已就一目了然。」

她認為因為中國人缺少私生活，所以個性裏有點粗俗，因此除了在戲台上，「現代的中國是無禮可言。」這些觀察，既尖鋭，也見膽色，但最教人佩服的還是她對魏晉任誕式人物的評論：「群居生活影響到中國人的心理。中國人之間很少有真正怪癖的。脱略的高人嗜竹嗜酒，愛發酒瘋，或是有潔癖，或是不洗澡，講究捫虱而談，然而這都是循規蹈矩的怪癖，不乏前例的。他們從人堆裏跳出來，又加入了另一個人堆。」

張愛玲向洋讀者介紹「吾土吾民」，依書直説，毫不煽情。沒有抹黑，也不美化。如果中國人愛群居，四代同堂，也沒有甚麼不對，用不着向洋人賠不是。這種不亢不卑的態度，梅涅特極為欣賞。他在編輯按語中指出，張愛玲「與她不少中國同胞差異之處，在於她從不將中國的事物視為理所當然；正由於她對自己的民族有深邃的好奇，使她有能力向外國人詮釋中國人」（鄭樹森譯文）。

張愛玲把自己的英文作品翻譯成中文，大概她認為中國讀者更有理由近距離細看她筆下的中國，好讓他們「懂得」。〈中國的日夜〉以她的一首詩結束：

我的路
走在我自己國土。
亂紛紛都是自己人；
補了又補，
連了又連的，
補釘的彩雲的人民。

詩成於一九四七年，《西風》徵文的風波顯然沒有影響她對自己到底是中國人身份的認識。

張愛玲的中英互譯

一

上世紀九十年代初，我和葛浩文（Howard Goldblatt）教授合編一本現當代中國文學選集。張愛玲的小說〈金鎖記〉早有她自己翻譯的 "The Golden Cangue"，因此我們決定請她幫忙翻譯〈封鎖〉。從夏志清教授那裏拿到她的郵箱地址後，我寫了邀請信給她。跟着天天等候回音，一直等了半年多。我知道她的脾氣，也知道寫信去催也沒有用，但一本現當代中國文學選集不收一篇張愛玲的代表作，對不起她，也對不起讀者。我們只好找別人翻譯。

剛好那時王德威教授有位博士生 Karen Kingsbury，正在研究張愛玲。我請她幫忙，她一口答應了。後來終於接到張愛玲於一九九三年一月六日發出的回信。

紹銘：

我收到 Kingsbury 小姐第一封信就想告訴她我預備去倉庫搜尋我從前譯的〈封鎖〉，一直沒去成，信也沒有寫。收到她第二封信，非常內疚她已經費事譯了出來，只好去信乞宥。總還要有好幾個月才能到倉庫去，找到了馬上會去信問你有沒有過了出書的

限期。但是有 deadline 請千萬不要等我。當然我知道錯過了 exposure 的機會是我自己的損失。匆匆祝

近好

愛玲

一月六日

我們從張愛玲這封信看到兩個要點，一是她有作品自譯的習慣。二是她相當在乎英語讀者對她英文作品的評價。我得在這裏先補充說一句，作者翻譯自己作品時，如果把翻譯當作創作的延續，隨意作即興體的增刪，那麼「翻譯」出來的文本應該視為一個新的藝術成品。[1]

就拿〈封鎖〉為例。Karen Kingsbury 的英譯 "Sealed Off"，是把張愛玲小說從一種文字轉生到另外一種文字。張愛玲如果自己動手翻譯〈封鎖〉，會不會把這篇翻譯當作創作的延續呢，因無實例，瞎猜無益。我們可以引為論據的是，如果她英譯〈封鎖〉的態度是跟中譯〈更衣記〉的用心一樣，那麼英文文本的〈封鎖〉必會另成天地，獨立於原著之外。〈更衣記〉衍生自她發表在《二十世紀》（*The XXth Century*）的英文散文 "Chinese Life and Fashions"（中國人的

1 有關作者自譯的效果問題，請參閱我兩篇舊作：(a) Joseph S. M. Lau, "Unto Myself Reborn: Author as Translator," Renditions, Nos. 30-31.Spring 1989;（b）〈輪迴轉生：試論作者自譯之得失〉，收入《未能忘情》，台北：三民書局，一九九二。

生活和時裝）。

我參照中英文本，發現不但題目有異，內容上〈更衣記〉也跟英文原文大有出入。那麼“Chinese Life and Fashions”和〈更衣記〉是不是兩篇不同的文章呢？不是，〈更衣記〉絕對是脫胎於英文稿，但內容明顯有增刪。為甚麼要更改自己的文章？因為張愛玲寫“Chinese Life and Fashions”時，思考用的是英文，好些隱喻或典故，用中文說給中國讀者聽，一點就明，再說就成俗了。但給英語讀者說同樣的事就不能做這個假定，不能點到即止。

“Chinese Life and Fashions”出版後，她給中文讀者準備中文版本時，也相應的作了增刪。當年用英文書寫，處處顧慮到外國讀者對中國文物的接受能力，許多關鍵地方，因擔心英語讀者閱讀時，即使加了註釋，也會有技術困難，所以話只說了一半，或乾脆不說。現在把發表過的英文資料重新鋪排給中文讀者看，當年用英文寫作時如果有甚麼「欲言又止」或「未盡欲言」的地方，現在再無技術上的顧慮，可以隨心所欲了。這個因由，可用〈洋人看京劇及其他〉（一九四三）開頭一段作說明：

> 用洋人看京劇的眼光來看看中國的一切，也不失為一樁有意味的事。頭上搭了竹竿，晾着小孩的開襠褲；櫃台上的玻璃缸中盛着「參鬚露酒」；這一家的擴音機裏唱着梅蘭芳；那一家的無線電裏賣着癩疥瘡藥；走到「太白遺風」的招牌底下打點料酒……這都是中國，紛紜，刺眼，神秘，滑稽。多數的年青人愛中國而不知道他們所

愛的究竟是一些甚麼東西。無條件的愛是可以欽佩的——唯一的危險就是：遲早理想要撞着了現實，每每使他們倒抽一口涼氣，把心漸漸冷了。我們不幸生活於中國人之間，比不得華僑，可以一輩子安全地隔着適當的距離崇拜着神聖的祖國。那麼，索性看過仔細罷！用洋人看京劇的眼光來觀賞一番罷。有了驚訝與眩異，才有明瞭，才有靠得住的愛。

此文的英文版是："Still Alive"，刊登於一九四三年六月號的《二十世紀》，比同年十一月發表的〈洋人看京劇及其他〉早五個月。Still alive 原義是「還活着」，但看了內文後，應可明白張愛玲在這裏所指的是京劇裏中國人的人情世態，「紛紜，刺眼，神秘，滑稽」的種種切切，依舊一成不變，「古風猶存」。用英文來講，正好是 still alive。

"Still Alive" 是這樣開頭的：Never before has the hardened city of Shanghai been moved so much by a play as by "*Autumn Quince*" ("*Chiu Hai Tang*"，秋海棠) a sentimental melodrama which has been running at the Carlton Theater since December 1942.

只要把兩個文本比對一下，馬上可以看出〈洋人看京劇及其他〉上面一段長達七百多字的引文，沒有在 "Still Alive" 這篇英文稿出現。中文稿雖然發表在英文之後，但也有可能是作者先寫好了中文，卻沒有即時拿去發表，所以出版日期跟後來寫成的英文稿還要晚。如果情形確實如此，那麼我們可以說張愛玲在準備英文版本時「刪」去了中文開頭時的七百多字。

她為甚麼要大事刪改？我想這涉及讀者對象和「認受」（reception）問題。「我們不幸生活於中國人之間」，這句話用英文來說，應該是 unfortunately we live among the Chinese，或者是 we move around the Chinese。如果英文文本出現了這句話，就會引起讀者的「身份困惑」。這個「我們」，不是 impersonal we。如果洋人讀到這樣一個句子，一定認定此文的作者是個「假洋鬼子」，羞與自己的族群為伍。此文若用中文發表，就不必有上面這種顧慮。用張愛玲的口吻說，反正作者讀者都是中國人，話說重些，也無所謂，大家包涵包涵就是。

〈中國人的宗教〉（"Demons and Fairies"）是張愛玲發表在《二十世紀》最後一篇文章。開頭這麼說：A rough survey of current Chinese thought would force us to the conclusion that there is no such thing as the Chinese religion.

中文版的開頭，在今天看來，非常政治不正確：「這篇東西本是寫給外國人看的，所以非常粗糙，但是我想，有時候也應當像初級教科書一樣地頭腦簡單一下，把事情弄明白些。」

我兜了這麼大的一個圈子，只想說明一點，張愛玲自己作品的翻譯，如果她管得着，不輕易假手於人。她希望自譯〈封鎖〉，並不表示不信任 Kingsbury 的能力，而是因為譯者不是作者本人，就沒有隨自己所好「調整」文章的自由。張愛玲若要自己翻譯〈封鎖〉，一時性起的話，把結尾改掉，讓呂宗楨和吳翠遠成了「百年好合」，也是她的特權。

〈封鎖〉的原文在翻譯時一經調整，就不能說是翻譯，而應視為一篇原著英文小說。

一九五六年張愛玲在美國 *The Reporter* 雜誌發表了"Stale Mates"，兩年後由作者改寫成〈五四遺事〉，發表於夏濟安主編的《文學雜誌》。“Stale Mates”和〈五四遺事〉如今一併收入《續集》。張愛玲在〈自序〉作了這個交代：

> “Stale Mates”（「老搭子」）曾在美國《記者》雙週刊上刊出，虧得宋淇找出來把它和我用中文重寫的〈五四遺事〉並列在一起，自己看來居然有似曾相識的感覺。故事是同一個，表現手法略有出入，因為要遷就讀者的口味，絕不能說是翻譯。

〈五四遺事〉既然「絕不能說是翻譯」，我們倒可以說這是“Stale Mates”的副產品，猶如〈洋人看京劇及其他〉是“Still Alive”的副產品道理一樣。我們不能忘記的是，張愛玲是雙語作家，從小立志步林語堂後塵，以英文寫作成大名。在上海「後孤島」時期，她以小說和散文享譽一時，因有市場需求，稿費和版稅的收入應該相當可觀。單從賣文為活這眼前現實而言，張愛玲留在華文地區一天，也只有靠中文謀生一天。

根據鄭樹森在〈張愛玲．賴雅．布萊希特〉[2]一文所列資料，張愛玲在一九五六年得到Edward MacDowell Colony的寫作獎金，在二月間搬到Colony所在的New Hampshire州去居住。“Stale Mates”就在這一年刊登出來的。張愛玲拿的獎金，為期兩年。她呈報給基金會的寫作計

2 見鄭樹森編選，《張愛玲的世界》，台北：允晨文化，一九九四：頁三三—四零。

劃，是一部長篇小說。依時序看，這長篇應是被 Charles Scribner 退了稿的 *Pink Tears*（《紅淚》）。這家美國出版社先前給她出版過 *The Rice-Sprout Song*。*Pink Tears* 後來易名 *The Rouge of the North*（《怨女》），一九六七年由英國的 Cassell and Company 公司出版。

張愛玲輾轉從上海經香港抵達美國後，換了生活和寫作環境，大概想過今後以英文寫作為生。誰料事與願違，終生未能成為林語堂那樣的暢銷作家。林語堂先聲奪人，分別在一九三五和一九三七兩年出版了 *My Country and My People*（《吾國吾民》）和 *The Importance of Living*（《生活的藝術》）這兩本暢銷書。張愛玲在美國賣文的運氣，真不可跟林語堂同日而語。為了生活，她開始跟香港國際電懋電影公司編寫電影劇本，為美國之音編寫廣播劇和香港的美國新聞處翻譯美國文學名著。

張愛玲立志要做一個雙語作家，我們因此想到一個非常實際的問題：張愛玲的英文究竟有多好？

二

張愛玲的中小學都在教會學校就讀。十八歲那年，她被父親軟禁，受盡折磨。一天，兩個警衛換班時出現了空檔，她就趁機逃出來了。後來她用英文寫下這段痛苦經驗，投到美國人辦的 *Evening Post*（《大美晚報》）去發表。「歷險記」登出來時，編輯還替她加上一個聳人聽聞的標題：What a Life! What a Girl's Life!

根據張子靜的憶述，張愛玲在香港大學唸書期間，盡量避免使用中文。寫信和做筆記都用英文。她為參加《西風》雜誌徵文比賽寫的〈天才夢〉，是在香港唯一一次用中文書寫的作品。張愛玲從香港回到上海後，有一次和弟弟談到中英文寫作問題。她說：

> 要提高英文和中文的寫作能力，有一個很好的方法，就是把自己的一篇習作由中文譯成英文，再由英文譯成中文。這樣反覆多次，盡量避免重複的詞句。如果能常做這種練習，一定能使你的中文、英文都有很大的進步。[3]

這是大行家的話。我們也因此相信，張愛玲雖然自小在「重英輕中」的名校就讀，對學習英語有諸多方便，但她在英語寫作上表現出來的工夫，應該是個人後天苦練出來的。"Chinese Life and Fashions"（一九四三）是她在《二十世紀》的第一篇文章。試引第一段作為討論的根據：

> Come and see the Chinese family on the day when the clothes handed down for generations are given their annual sunning! The dust that has settled over the strife and strain of lives lived

3 張子靜，《我的姊姊張愛玲》，台北：時報文化，一九九六：頁一一七。

long ago is shaken out and set dancing in the yellow sun. If ever memory has a smell, it is the scent of camphor, sweet and cosy like remembered happiness, sweet and forlorn like forgotten sorrow.

這種英文，優雅別致，既見文采，亦顯出作者經營意象的不凡功力。前面說過，〈更衣記〉是從“Chinese Life and Fashions”衍生出來，文本各有差異，但剛好上面引的一段英文有中文版，可用作「英漢對照」：

> 從前的人喫力地過了一輩子，所作所為，漸漸蒙上了灰塵；子孫晾衣裳的時候又把灰塵給抖了下來，在黃色的太陽裏飛舞着。回憶這東西若是有氣味的話，那就是樟腦的香，甜而穩妥，像記得分明的快樂，甜而悵惘，像忘卻了的憂愁。

我上面說張愛玲的英文「優雅別致」，所引的例子是If ever memory has a smell……這句話。但單從語文習慣（idiom）的觀點看，上引的一段英文，似有沙石。The dustthat has settled over the *strife and strain* of lives，我用斜體標出來的「片語」，不是英文慣用詞，讀起來不大通順。但英文不是我的母語，因就此請教了我在嶺南大學的同事歐陽楨（Eugene Eoyang）教授。他回郵說：You're right: “strife and strain” is not idiomatic English。接着他提供了幾種說法：wear and tear (connoting tiredness); the pains and strains 或 the stress and strains。

上引的一段英文，還把太陽說成 the yellow sun，以張愛玲經營意象的業績來看，實在太平淡無奇了。除非作者着意描寫「變天」的景象，太陽當然是黃色的。張愛玲對月亮情有獨鍾，對太陽不感興趣。其實她可以把太陽說成 the orange sun，像出現在 Isaac Babel（一八九四—一九四零）早期小說句子中的 the orange sun is rolling across the sky like a severed head，「紅橙橙的太陽像斷了的首級那樣滾過天空」。大概因為紅橙橙的意象太暴戾了，張愛玲棄而不用，不偏不倚的把太陽的顏色如實寫出來。

張愛玲自譯〈金鎖記〉（"The Golden Cangue"），先載於夏志清教授編譯的 *Twentieth-Century Chinese Stories*（一九七一），後來又重刊於夏志清和我和李歐梵三人合編的 *Modern Chinese Stories and Novellas: 1919-1949*（一九八一）。因為工作的關係，我跟哥倫比亞大學出版社的 Karen Mitchell 女士常有書信往還。她是 copy editor。有一次我跟她說到〈金鎖記〉的英文翻譯，順帶問她對譯文的印象如何。她回了短短的幾句話，說張愛玲的英文不錯，只是故事中人對白，聽來有點不自然。People don't talk like that，她說。

今已作古多年的 Mitchell 小姐不是研究翻譯出身，大概不會想到她區區一句評語，引起了我對翻譯問題一連串的聯想。賽珍珠（Pearl Buck）當年翻譯《水滸傳》（*All Men Are Brothers*），為了給文字製造一點「古意」，竟然仿效「聖經體」寫出 come to pass 這種「典雅」英文來。對熟悉原著的讀者來說，這配搭有點不倫不類，害得梁山好漢如李逵說話時嘴巴長滿疙瘩似的。霍克思（David Hawkes）譯《石頭記》（*The Story of the Stone*），沒有仿維多利亞文體，但為了製造「古意」，也把第五回中警幻仙姑「警幻」寶玉時所用的名詞如「群芳髓」和「萬艷同杯」分別譯成法文和拉丁文 Belles Se Fanent 和 Lachrymae Rerum，象徵性的突顯《石頭記》的「古典氣息」。

單從文體來講，霍克思譯文最能表達賈政那類人迂腐氣味的是第十八回元春歸寧時父親含淚對女兒說的那番話：「臣，草莽寒門，鳩群鴉屬之中，豈意得徵鳳鸞之瑞……」

霍克思的翻譯：That a poor and undistinguished house-hold such as ours should have produced, as it were, a phoenix from amidst a flock of crows and pies to bask in the sunshine of Imperial favour……。

「草莽寒門，鳩群鴉屬」是富有「時代氣息」的階級語言。父女對話，居然用「連接詞」that 引出，實在迂得可以。要不是霍克思譯的是《石頭記》，我們也可以說：people don’t talk like that，但賈政在第十八回面對的元春已是皇妃，不再是 people，賈政跟她說話的詞藻與腔調，也因應「八股」起來。

張愛玲自譯〈金鎖記〉時不必面對這種語言風格問題。小說的背景是清末民初，曹七巧的年紀理應跟阿Q差不多，因此故事中人在英文版說的話是現代英語。上文提到的 Karen Mitchell 小姐，認為譯文中的人物說話時 not the way people talk，可能指的就是他們用的不是 colloquial English。換句話說，我們聽季澤和七巧交談時，沒有聽到 Where’s the beef? You’re pulling my leg 這種口頭禪。

既然 Mitchell 小姐沒有提供實例，我們也不好瞎猜她認為〈金鎖記〉的英語對白中有那些地方欠妥。“The Golden Cangue”，是直接從〈金鎖記〉翻譯過來的，中英對照來讀，段落分明，文字沒有添減，因此我們可以就事論事，自己來衡量張愛玲運作第二語言（英文）的能力。前面說過，英語也不是我的母語，因此重讀“The Golden Cangue”時，遇到譯文有我認為可以商榷的地方，就勾出來向歐陽楨教授討教。先錄〈金鎖記〉開頭一段，再附譯文：

三十年前的上海，一個有月亮的晚上……我們也許沒趕上看見三十年前的月亮。年輕的人想着三十年前的月亮該是銅錢大的一個紅黃的濕暈，像朵雲軒信箋上落了一滴淚珠，陳舊而迷糊。老年人回憶中的三十年前的月亮是歡愉的，比眼前的月亮大、圓、白；然而隔着三十年的辛苦路望回看，再好的月色也不免帶點悽涼。

Shanghai thirty years ago on a moonlit night... maybe we did not get to see the moon of thirty years ago. To young people the moon of thirty years ago should be a reddish-yellow wet stain the size of a copper coin, like a teardrop on letter paper by To-yün Hsüan, worn and blurred. In old people's memory the moon of thirty years ago was gay, larger, rounder, and whiter than the moon now. But seen after thirty years on a rough road, the best of moons is apt to be tinged with sadness.

我們可以看出張愛玲英譯〈金鎖記〉，一字一句貼近原文。以譯文的標準看，可說非常規矩。但我為了寫這篇文章細讀譯文時，特意不把"The Golden Cangue"當做翻譯來看。我拿裏面的文字作她英文原著小說來看待。讀到上引的一段最後一句時，就在 the best of moons 上打了問號，向歐陽楨教授請教。

The best of moons 的說法，是不是從「月有陰晴圓缺」衍生出來？因為意思拿不準，只好參看原文。原句是：「再好的月色」。中文絕無問題，但 the best of moons？聽來實在有點不自然。歐陽楨看了我的問題後，來了電郵說："the best of moons" is puzzling in English. Moon does not figure in any idiom that I know of to connote joy or happiness.

這個不合 idiom 的片語，怎麼改正呢？我想有個現成的方法。如果「歡愉」的月亮可以說成 the gay moon，那麼 the best of moons 應可改為 even the moon at its gayest moment is apt to be tinged with sadness。

如果我繼續以這種形式來討論張愛玲的英文寫作，恐怕會變得越來越繁瑣。但為了要說明張愛玲寫英文不像中文那樣得心應手，我們還得多看幾個例子。

七巧顫聲道：「一個人，身子第一要緊。你瞧你二哥弄得那樣兒，還成個人嗎？

還能拿他當個人看？」

Her voice trembled. “Health is the most important thing for anybody. Look at your Second Brother,the way he gets, is he still a person? Can you still treat him as one?”

看來要明白 is he still a person 究竟何所指，不但需要比對原文，還要熟悉這「二哥」的健康狀況。原來「二哥」患了骨癆，「坐起來，脊樑骨直溜了下去，看上去還沒有我那三歲的孩子高哪！」

Is he still a person 有那些不對？下面是歐陽楨的電郵：“Person” is social; “human” is biological and spiritual. Eileen Chang would have been better off translating her original as “is he still a human being any more?”

下面的例子，直接與 idiom 有關：

（七巧）咬着牙道：「錢上頭何嘗不是一樣？一味的叫我們省，省下來讓人家拿出去大把的花！我就不伏這口氣！」

She said between clenched teeth, “Isn’t it the same with money? We’re always told to save,

save it so others can take it out by the handful to spend. That's what I can't get over。"

問題出在 take it out by the handful。歐陽楨説：understandable but not idiomatic; the native speaker would more naturally have said, "so that others could spend it like there's no tomorrow" - more hyperbolic and more vivid; "handful" connotes an old-fashioned image, as if money were still in gold coins.

我比對了原文和譯文後，發覺「不伏這口氣」也可以翻譯得更口語化：that's what I can't swallow!

〈金鎖記〉的譯文，有些段落是先要熟悉原文的故事情節才能看出究竟來的。像上面出現過的「你瞧你二哥弄得那樣兒，還成個人嗎？」就是個例子。下面例子類同：

"You know why I can't get on with the one at home, why I played so hard outside and squandered all my money.Who do you think it's all for?"

我對歐陽楨教授説，why I played so hard outside 可能會引起不諳原文讀者的誤解。原文是這樣的：「你知道我為甚麼跟家裏的那個不好？為甚麼我拚命的在外頭玩，把產業都敗光了？你知道這都是為了誰？」

歐陽楨回信説：While "played hard" is a conceivable idiomatic expression, it is usually applied to sports and can be, ironically, applied to other leisure and profession alactivities, i.e., "I play hard, and I party hard." As a metaphor it can be used to characterize business practices. But the use here is confusing to the native speaker, because the reader is not certain whether "played hard" means "ruthlessness in his work" (in earning money and going up the corporate ladder), or "determined attempts to have fun" - either sense could apply.

對熟悉原文故事來龍去脈的讀者來說，「拚命的在外頭玩」在這裏的對等英文該是 why I fooled around so much outside。「在外頭玩」，怎樣也不會引起「拚命賺錢」的聯想的。把〈金鎖記〉的原文譯文略一比對後，我們不難發現，張愛玲的英文再好，在口語和 idiom 的運用上，始終吃虧。她到底不是個 native speaker of English。她的英文修養是一種 acquisition，是日後苦練修來的 bookish English，不是出娘胎後就朝晚接觸到的語言。

哈金（Ha jin）小說《等待》（*Waiting*）一九九九年獲得 National Book Award 大獎。Ian Buruma 在 *The New York Review of Books* 有此評價：It is a bleak story told in a cool and only occasionally awkward English prose. 就是說，文字幽冷，只偶見沙石。那些「沙石」？ Buruma 沒有說出來，但事有湊巧，歐陽楨也看到了。他在 "Cuentos Chinos (Tall Tales and Fables): The New Chinoiserie" 一文舉了好些例子，我抽樣錄下兩條：

After Lin's men had settled in, Lin went to the "kitchen" with an orderly to fetch dinner. In there he didn't see any of the nurses of his team.

歐陽楨的看法是，一個英語是母語的人，大概會這麼說：Inside, he didn't see any nurses from his team.

第二個例子：Then for three nights in a row he worked at the poems, which he enjoyed reading but couldn't understand <u>assuredly</u>.

歐陽楨在 assuredly 下面劃線，因為這是最不口語的說法。他覺得這非常 awkward 的句子可改為：which he enjoyed reading but which he wasn't sure he understood.

哈金現在在美國大學教英文寫作。他是在大陸唸完大學才到美國唸研究院的，因此我們可以假定他接觸英文的年紀比張愛玲晚。從上面兩個例子看出，他的英文也是 bookish English。Bookish English 我們或可譯為「秀才英文」。喬志高（George Kao）在〈美國人自說自話〉一文告訴我們：

> 我初來美國做學生的時候，在米蘇里一個小城，跟本地人談起話來，他們往往恭維我說：你的英文說得比我們還正確。這一半當然是客氣。我的英文沒有那麼好，直到今天我一不小心，he 和 she 還會說錯，數起數目，用一二三四仍然比 one, two, three, four 來得方便。

我相信米蘇里小城的「土著」沒有對喬志高說假話，但說的也不見得是恭維話。我相信喬志高跟他們交談時，說的一定是「秀才英語」，一板一眼，依足教科書的規矩。譬如說，「這事非我所長」，他一定會規規矩矩的說，I am not good at it。He 和 she 有時還會錯配的喬志高，敢造次對他們說 I ain't good at it 麼？I am not 的確比 I ain't 正確，但不是他們心目中的道地英語，不是活的語言。

Karen Mitchell 覺得〈金鎖記〉中的對白不太自然，關鍵可能就在這裏。不過 Mitchell 的說法帶出了另外一個問題。像〈金鎖記〉這類小說，如果把「老娘愛幹甚麼就幹甚麼」這種口吻翻譯成 I'll do what I bloody well please；把勸人別胡思亂想，好好面對現實說成 stop dreaming, get real 或 get a life；或者叫朋友別衝動，要保持冷靜時用了 Cool it, man! 這種「街童」lingo——我相信〈金鎖記〉的蒼涼氣氛會因此消失。Cool man cool 這種「痞子」語言，若出現在王朔的英譯小說中，讀者應該不會覺得生疏突兀，可是在張愛玲的小說出現的話，我們會像在一個絲繡的圖案中突然看到幾條粗麻線條的浮現，予人格格不入的感覺。

總括來講，如果英語為母語的讀者覺得張愛玲的英譯對白聽來有點不自然，原因不在她用的口語「跟不上時代」，而在她把原文轉移為英文時，「消化」功夫沒做好。上面用過的兩個例子，「拚命的在外頭玩」和「省下來讓人家拿出去大把的花」，英譯時都患了「水土不服」症。

我細看〈金鎖記〉譯文，發覺張愛玲的敍述文字，並沒有這種「水土不服」的痕跡。迅雨（傅雷）在〈論張愛玲的小說〉一文中對〈金鎖記〉的文字極為欣賞。我們抽樣看一段原文，再看譯文：

七巧低着頭，沐浴在光輝裏，細細的音樂，細細的喜悅……這些年了，她跟他捉迷藏似的，只是近不得身，原來還有今天！可不是，這半輩子已經完了——花一般的年紀已經過去了。人生就是這樣的錯綜複雜，不講理。當初她為甚麼嫁到姜家來？為了錢麼？不是的，為了要遇見季澤，為了命中注定她要和季澤相愛。……就算他是騙她的，遲一點兒發現不好麼？即使明知是騙人的，他太會演戲了，也跟真的差不多吧？

Ch'I-ch'iao bowed her head, basking in glory, in the soft music of his voice and the delicate pleasure of this occasion. So many years now, she had been playing hide-and-seek with him and never could get close, and there had still been a day like this in store for her. True, half a lifetime had gone by-the flower years of her youth. Life is so devious and unreasonable. Why had she married into the Chiang family? For money? No, to meet Ch'I-tse, because it was fated that she should be in love with him…Even if he were lying to her, wouldn't it be better to find out a little later? Even if she knew very well it was lies, he was such a good actor, wouldn't it be almost real?

為了交代「細細的音樂，細細的喜悅」的出處，張愛玲在譯文說明了「音樂」來自季澤的聲音，而「喜悅」是因為他們「喜相逢」。這種補添，符合了翻譯的規矩。我細細列出〈金鎖記〉這段敘述文字，用意無非是向讀者引證，不論以翻譯來看、或是獨立的以英文書寫看，這段文字都可以唸出「細細的音樂」來。張愛玲的英文，自修得來。這一體裁的英文，是「秀才英文」，她寫來得心應手，不因沒有在「母語」環境下長大而吃虧。

張愛玲的散文集《流言》（*Written on Water*），剛出版了英譯本，譯者是Andrew F. Jones。前面說過，〈更衣記〉和〈洋人看京戲及其他〉，原為英文，刊於《二十世紀》。張愛玲後來自譯成中文，作了一些增刪。為了方便比對，現在把〈更衣記〉的英文原文一小段重錄一次，附上她自譯的中文稿，然後再看看Jones根據她的中文稿翻譯出來的英文。

（1）If ever memory has a smell, it is the scent of camphor, sweet and cozy like remembered happiness, sweet and forlorn like forgotten sorrow (from "Chinese Life and Fashions")。

（2）回憶這東西若是有氣味的話，那就是樟腦的香，甜而穩妥，像記得分明的快樂，甜而悵惘，像忘卻了的憂愁。（〈更衣記〉）。

（3）If memory has a smell, it is the scent of camphor, sweet and cozy like remembered happiness, sweet and forlorn like forgotten sorrow (from "A Chronicle of Changing Clothes" translated by Andrew F. Jones). [4]

4 Eileen Chang, *Written on Water*, translated by Andrew F. Jones, New York: Columbia University Press, 2005, P. 65.

Jones 在譯文頁內落了一條註，說明他的譯文是「三角翻譯」（triangulated translation）的成果。沒有出現在"Chinese Life and Fashions"的片段，他在翻譯〈更衣記〉時作了補充。張愛玲英文功力如何，我們看了前面〈金鎖記〉一段引文，應有印象。Jones 翻譯〈更衣記〉時，不可能不受原作者「珠玉在前」的影響。我們從上面的例子看到，張愛玲的英文原文，Jones 除了刪去 ever 外，其餘一字不易。要把上引的四十多個字再翻譯成 Jones 自己的英文，最費煞思量的，應是尋找甜而穩妥的「穩妥」和甜而悵惘的「悵惘」的 dynamic equivalent。Jones 一定為此斟酌了許久，最後還是決定了保留張愛玲的原文。Cozy 和 forlorn 在這獨特的 context 中確是恰到好處的 mot juste。

除了在《二十世紀》發表的散文和翻譯小說"The Golden Cangue"外，可用來衡量張愛玲英語水平的還有不少其他作品。短篇小說有"Stale Mates"（〈五四遺事〉），長篇有 *The Rice-Sprout Song*（《秧歌》），*Naked Earth*（《赤地之戀》）和 *The Rouge of the North*（《怨女》）。本文用了她的散文和譯文來測量她駕馭英語的能力，極其量是以小觀大。但我相信目標已達。把她所有的英文著作和譯作拿來一併討論，覆蓋面當然會更周詳，但這樣一個研究計劃所需的時間和篇幅，遠遠超過本文範圍。我有舊文〈甚麼人撒甚麼野〉，可引一段作本文的結束：

> 我始終認為，精通數種外語固然是好事，但不能失去母語的温暖。學來的外語，

可寫「學院派」文章。母語除立讜言偉論外，還有一妙用：撒野。……近十年來的美國漢學家，不但推倒了「前浪」輩那種「啞口無言」的傳統，傑出的還可以用中文著作。這類學者很多，單是舊識就有葛浩文（Howard Goldblatt）和杜邁可（Michael Duke）兩位。他們的中文著作……文字不但清通，且時見婀娜之姿。這算不算好中文？那得看我們對「好」的要求怎樣。他們的文字，不但敍事有井有條，而且遣詞用句，有板有眼。在這意識上說，這是好中文。但問題也在這裏：太規矩了。中文畢竟不是他們的母語，因此他們寫的是書本上等因奉此式的中文。換句話說，他們沒有撒野的能力。[5]

張愛玲和哈金，任他們怎樣能言善道，欠的就是用英文罵街撒野的能耐。就張愛玲的作品而言，讀〈金鎖記〉的原文，總比讀英譯本舒服。故事儘管蒼涼，但中文讀者讀中文，在語言上總感覺到一種「母語的溫暖」。

＊本文係香港科技大學包玉剛傑出講座公開演講之講稿，曾於二零零五年十一月十三日於香港中央圖書館演講廳宣讀。承香港科技大學人文社會科學院署理院長鄭樹森教授授權發表，特此致謝。

5 劉紹銘，〈甚麼人撒甚麼野〉，收入《文字豈是東西》，瀋陽：遼寧教育出版社，一九九九，頁一七九—一八零。

張愛玲的英文家書

張愛玲為了生計，一九六一年底應宋淇之邀到香港寫劇本。張愛玲這時已是美國「過氣」作家賴雅（Ferdinand Reyher, 1891-1967）的眷屬。她不得不「拋頭露面」出來討生活，因為養家的擔子落在她身上。賴雅在二、三四十年代活躍美國文壇，一度曾為好萊塢寫劇本，週薪高達五百美元。張愛玲在一九五六年跟他結婚時，他的寫作生涯已走下坡，再難靠筆耕過活了。六十年代中賴雅中風癱瘓，頓使「小女子」的重擔百上加斤。

留港期間，張愛玲給賴雅寫了六封「家書」，早有中譯，但高全之拿原文來比對後，發覺失誤不少。這時張愛玲跟賴雅結婚已四年多，雙方的脾氣、興趣和生活習慣都摸得清楚。寫信時，只消露眉目，對方已看到真相，不必事事細表。

這六封信的英文顯淺如我手寫我口，要譯成中文亦舉手之勞。先前的譯文有「失誤」，是因為那些張愛玲認為不必向賴雅「細表」的關節，非經「考證」難知究竟。她在二月十日的信中向賴雅訴苦說：「自搭了那班從舊金山起飛的擠擁客機後，我一直腿腫腳脹（輕微的水腫病）。看來我要等到農曆年前大減價時才能買得起一雙較寬大的鞋子。……我現在受盡煎熬，每天工作從早上十時到凌晨一時。」

信末有這麼一句：Sweet thing, you don't tell me how things are with you but I know you're living in limbs like me。

高全之新書《張愛玲學》是《張愛玲學：批評．考證．鈎沉》（二零零三）的增訂版。在〈倦鳥思還——張愛玲寫給賴雅的六封信〉一文，他重譯了這六封信，並附上了原文。更難得的是，他把原件「晦隱」和沒有「細表」的段落一一加了註疏。

先說上面的英文引文。高全之譯為：「甜心，你不告訴我你的近況，但是我知道你和我一樣活得狼狽不堪。」高全之最見工夫的是在有關 living in limbs 註疏上的「鈎沉」工夫。他說譯為「狼狽不堪」是為了避免「軀體衰弱（形同枯槁）」的種種聯想。Living in limbs 亦有喪失生存意義的隱喻，因為卡繆（Albert Camus, 1913-1960）說過：To put it in a nutshell, why this eagerness to live in limbs that are destined to rot? 高全之譯為：「為何如此熱切在這終究會腐朽的軀體裏活着？」

張愛玲在信中用了 living in limbs 這種字眼，就她當時的處境看，用高全之的話說，反映了她「灰頭土臉」的落魄心情。為了趕寫劇本，害得眼睛出血。美國出版商不早不晚，這時來了退稿通知。經濟大失預算，迫得接受「痛苦的安排」：向宋淇夫婦借錢過活。恐怕對她打擊最大的是她提前完成了新劇本時，「宋家認為我趕工粗糙，欺騙了他們。」這封二月二十日發出的信這麼結尾：「暗夜裏在屋頂散步，不知你是否體會我的情況，我覺得全世界沒有人我可以求助。」

《傳奇》作家腿腫腳脹，卻要忍痛穿着不合大小的鞋子走路，苦命如斯，真的是 living in limbs。這六封英文寫的家書，讓我們看到張愛玲「不足為外人道」的一面。

張愛玲的甜言蜜語

以小說《Middlemarch》傳世的喬治艾特略（George Eliot, 1819-1880）原來是女兒身。這位本名 Mary Ann Evans 的閨女，出身於規矩嚴明的循道會（Methodist）家庭，但二十歲後對宗教熱忱日減，改以科學的眼光和客觀的態度看待人生問題。初現文壇時寫的是書評和政論，對婦女問題尤其關心。但她不是「婦運分子」。她的見解是開明的、包容的。她在一篇書評說過這麼一句識見過人的話：「男人如果不鼓勵女子發揮自助精神和獨立自足的能量，是一大損失」。

維多利亞時代社會對女人的偏見，可從當時流行的一個「偽科學」說法看出來：Average Weight of Man's Brain 3½ lbs; Woman's 2 lbs, 11 oz（一般男人的腦袋瓜重三磅半；女的重兩磅十一安士）。「婦道人家」Mary Ann 寫的既然不是閨秀小說，化名「喬治」顯然是為了增加份量。

胡蘭成在〈民國女子〉記述跟張愛玲在閨房相處時，這麼說：「兩人坐在房裏說話，她會只顧孜孜的看我，不勝之喜，說道：『你怎這樣聰明，上海話是敲敲頭頂，腳底板亦會響。』」張愛玲有沒有真的說過這句話，只有胡某知道。對胡的「聰明」恭維過後，她追問：「你的人是真的麼？你和我這樣在一起是真的麼？」隔了大半個世紀，我們做觀眾的，還可以在想像空間看到愛玲扯着胡某的衣角，撒嬌道：「說嘛！說嘛！」

〈金鎖記〉冷眼看紅塵的說話人，在胡某筆下成了千嬌百媚的小女子，跟大男人說話，動口又動手。「她只管看看我，不勝之喜，用手指撫我的眉毛說，『你的眉毛』。撫到眼睛，說，『你的眼睛』，撫到嘴上，說，『你的嘴，你嘴角這裏的渦我喜歡』。她叫我『蘭成』，當時竟不知道如何答應。我總不當面叫她名字，與人是說張愛玲，她今要我叫來聽聽，我十分無奈，只得叫一聲『愛玲』」。

一九六一年底張愛玲到香港替電影公司編劇。留港的兩個多月期間，她給洋老公賴雅（Ferdinand Reyher）寫了六封信。賴雅不是漢學家。信是英文寫的，有高全之的中譯。五封信的上款都稱對方為 Fred darling，只有一封加了個 sweet。張愛玲對賴雅的稱呼和信內的 terms of endearment（甜言蜜語）如 sweet thing, I kiss your ear 和 a kiss for your left eye，儘管措辭甜甜蜜蜜，內容幾乎字字辛酸。賴雅夫人忙着生計，窮得連一雙新鞋子也要等 on sale 時才買。但既是洋人太太，給丈夫寫信，總不合賴雅賴雅這樣開頭。

以 George 面世的 Mary Ann 和用外語跟洋人交往的張小姐，看似風馬牛不相及，實有一共同點：身份的轉移。一操外語，就變半個外人。只有洋妞才會甜心蜜糖掛滿嘴的。那個熱情洋溢得要 kiss 人家耳朵的小女子會不會是張愛玲的「本色」？

小團未圓

張愛玲逝世十多年，音塵未絕，因為每隔一段時光，她的生平和作品總會成為城中話題。王德威在〈張愛玲再生緣：重複、迴旋與衍生的敍事學〉一文借用了 hauntology 一詞來概説這種現象。他文內説的「魂在論」，就是陰魂不散。〈鬱金香〉幾年前出土，若非確認是祖師奶奶手筆，不會轉眼變成新聞。〈色，戒〉經李安炮製成電影後，連平日少涉獵文學作品的觀眾也忍不住找出原著來對照。

最近祖師奶奶又「迴魂」了。《小團圓》已正式登場，既是 fait accompli，不必再計較遺稿該不該出版這回事了。單以常識判斷，如果她不着意印行，斷不會花心血在文稿上一改再改。張愛玲説過《紅樓夢》未完，其實《小團圓》也未圓。

我們該怎樣看待《小團圓》呢？説是自傳恐有不足，因為書中關係人物的名字都屬偽託，雖然熟悉內情的讀者都猜到邵之雍是胡蘭成。再説，書中身世部份，只是「斷代史」。她的洋丈夫賴雅（Ferdinand Reyher）沒有在書中現身。夏志清先生告訴過我，張愛玲在紐約墮過胎，孩子是賴雅的。夏先生非常替張小姐不值。祖師奶奶在美國過了大半生，但她在花旗國怎樣生活，倒未見傳。

因此最公平的説法是：《小團圓》是一部自傳體的小説。宋淇先生是我的前輩，論斷文學作品，眼光獨到。為了不想受前輩的看法先入為主的影響，我看完了全書後才翻閱他公子宋以朗寫的前言。宋淇果然是大行家。他跟太太鄺文美不但是張愛玲平生知音知己，更是益友。宋淇在一九七六年四月二十八日向張愛玲交代《小團圓》的讀後感説：「在讀完前三分之一時，我有一個感覺，就是：第一、二章太亂，有點像點名簿，而且插寫太平洋戰爭，初期作品中已見過，如果在報紙上連載，可能吸引不住讀者『追』下去。」

如果《小團圓》不是「旗幟鮮明」的打着張愛玲的招牌，以小説看，這本屢見敗筆的書，實難終卷。維大（港大）洋教授的嘴臉，我們早在〈沉香屑——第二爐香〉領略過。作者在日本人攻打香港時那段艱難日子，〈燼餘錄〉歷歷言之，讀來驚心動魄。現在這兩個文本衍生出來的人物，在《小團圓》中借屍還魂，可惜比起原型來，顯得目光遲滯，音色魯鈍，跟讀者打過照面後，留下的印象如水過鴨背，了無痕跡。

張愛玲巔峰時期的作品，如〈封鎖〉、如〈金鎖記〉、如〈傾城之戀〉，文字肌理綿密，意象豐盈。宋淇看出《小團圓》雜亂無章，因指出「荒木那一段可以刪去，根本沒有作用」。（我們現在看到的《小團圓》，作者沒有刪此段。）《傳奇》時代的張愛玲，佈局鋪排的草蛇灰線，多能首尾呼應，少見十三不搭的局面。《小團圓》出現了「根本沒有作用」的段落，可見結構之鬆散。其實書中應該刪去的，何止一段。

《小團圓》的敍述語言，比起成名作中的珠玉，顯得血脈失調。通篇不易找到我曾稱之為「兀自燃燒的句子」。在〈金鎖記〉中我們看到七巧的小叔子「色誘」嫂嫂的一幕。但見：「季澤把那交叉着的十指往下移了一移，兩隻拇指按在嘴唇上，兩隻食指緩緩撫摸着鼻樑，露出一雙水汪汪的眼睛來。那眼珠卻是水仙花缸底的黑石子，上面汪着水，下面冷冷的沒有表情。」

〈色，戒〉中的王佳芝等候易先生應約而來，但他遲遲沒出現：「她看了看錶。一種失敗的預感，像絲襪上的一道裂痕，陰冷的在腿肚子上悄悄往上爬。」真能兀自燃燒的句子，有時只消淡淡的一筆。〈封鎖〉中的吳翠遠，二十五歲，美得「模棱兩可」，「怕得罪了誰」似的。她的手臂，白得「像擠出來的牙膏」。

《小團圓》少見這種令人過目難忘、讀後依依不捨的辭章。文字既不可取，試說內容吧。張愛玲對宋淇夫婦透露過，「我寫《小團圓》並不是為了發洩出氣，我一直認為最好的材料是你最深知的材料，但是為了國家主義的制裁，一直無法寫。」她跟胡蘭成這「無賴人」的交往，「飲恨而終」，所以《小團圓》如不是「痛史」，也應該是「恨史」。

如果我們把九莉看作現實的張愛玲，邵之雍是漢奸胡蘭成，那麼依書中所述，張愛玲對這個「水性楊花」的男人動過殺機。太平洋戰事結束，漢奸被通緝。逃亡前夕，他們睡在一起。行房後，邵之雍凝視着九莉的臉，彷彿看她斷了氣沒有。他輕聲說：「剛才你眼睛裏有眼淚。不知道怎麼，我也不覺得抱歉。」他說完就睡着了，背對着她。她想到：「廚房裏有一把斬肉的板刀，太沉重了。還有一把切西瓜的長刀，比較伏手。對準了那狹窄的金色背脊一刀。他現在是世外之人了，拖下樓梯往街上一丟。」

《小團圓》到結尾，九莉沒動「無賴人」分毫。宋淇看九莉／張愛玲看得透徹。她是一個膽大、非傳統的女人。她對無賴子的愛是沒有條件的，明知他是漢奸、明知他除自己外還有好幾個女人、明知跟他交往會為社會輿論和親友所唾棄，依樣不改其志。除了文采了得令九莉傾倒外，這廝一定有甚麼過人之處才教「才女」愛得那麼死心塌地。〈色，戒〉中的王佳芝，或可看作九莉的前身。無賴子通過了她的陰道沖昏了她的頭腦，讓她渾然忘記自己的使命。這也解釋了為甚麼《小團圓》一再出現「兒童不宜」的描述：「有一天又是這樣坐在他身上，忽然有甚麼東西在座下鞭打她。她無法相信——獅子老虎撣蒼蠅的尾巴，包着絨布的警棍。看過的兩本淫書上也沒有，而且一時也聯繫不起來。」文字比不上白先勇〈遊園驚夢〉中錢夫人性幻想的意識流那麼絲絲入扣。無論如何，張愛玲是說對了，「最好的材料是你最深知的材料」。這麼看來，李安電影出現的三級鏡頭，是他對王佳芝「受俘」的解讀。易先生的「過人之處」征服了小女生。

九莉對無賴子的依戀，借用王思任批點《牡丹亭》的話，九莉對無賴子可說「一靈咬住，必不肯使劫灰燒失」。邵某留下來的煙蒂，她都從煙灰缸拾起來，小心翼翼的放在信封內。當漢奸告訴她二次大戰快要結束時，她說「希望它永遠打下去」，為的是可以跟他在一起。

第四章快完時，有一段敘述九莉心境的話聽來特別淒涼。「九莉只會煮飯，擔任買菜。這天晚上在月下去買蟹殼黃，穿着件緊窄的紫花布短旗袍，直柳柳的身子，半鬈的長髮。燒餅攤上的山東人不免多看了她兩眼，摸不清是甚麼路數。歸途明月當頭，她不禁一陣空虛。二十二歲，寫愛情故事，但是從來沒戀愛過，給人知道不好。」

癡情女子一生的兩個男人，一是明知是負心人還忍不住跟他談戀愛的胡蘭成，一是因時因地制宜而委身下嫁的洋人。作為小說看，《小團圓》看不到她的看家本領。但作為自傳體的記敍者，倒讓我們認識到九莉／張愛玲寂寞、空虛、無奈的一面，既淒涼又蒼涼。七巧和流蘇都是虛構人物，左搓右捏，憑作者高興。但對張愛玲說來，九莉是前世今生的自己，文筆太self-conscious，顧慮就多，難免左右為難。這也許是作為小說看，《小團圓》未如人意的原因。但作為自傳體的紀錄看，還是有看頭的，因為，作者是祖師奶奶。

民國女子

也許因為我跟張愛玲有一面之緣（此生因此沒有白活），選修我中國現代小說課的同學，間或「八卦」性起，閒談時會出其不意的問我：張愛玲長得好不好看？發問的倒不一定是男同學。其實應該說對祖師奶奶長相感到興趣的，女生比男生多。中國現代文學除了張小姐外，還有別的女作家，但歷來我班上的後生從沒有一個對冰心或丁玲的容顏有半絲兒興趣。

張愛玲不同。她的作品和身世盡是傳奇。同學的問題，我難以作答，說一言難盡，聽來有點滑頭，但實情如此。怎麼說呢？我是在上世紀六十年代中幸會張愛玲的，那時她已年過四十，一臉風霜，因為在精神上和經濟上需要照顧因中風而不良於行的美國丈夫。如果我早生些年，在一九四九年前的上海得見她一面，說不定我對同學就有交代。那年頭的祖師奶奶，真有glamour。當然，這感覺是從她自己的文字、別人的記載和她在攝影機前留下的「倩影」湊合起來的。

其實同學要知張愛玲長相如何，大可打開《對照記——看老照相簿》看個飽。但後生認為相片中的人像，只是人像，一個人的氣質如何，不能用圖片襯托出來。說着說着，難免扯到胡蘭成筆下的「民國女子」。「照花前後鏡」、「臨水照花人」，這種才子佳人的腔調，聽來跟「驚才絕艷」套語一樣空虛。胡某應是張小姐一生曾經最親近的男子。他飽讀詩書，亦應是最有修養欣賞身邊女人韻味的人。奈何此人棄家叛國，心術不正，言何足信？「我與愛玲亦只是男女相悦」，他說：「子夜歌裏稱『歡』，實在比稱愛人好。兩人坐在房裏説話，她會只顧孜孜的看我，不勝之喜，説道：『你怎這樣聰明，上海話是敲敲頭頂，腳底板亦會響』。……『你的人是真的麼？你和我這樣在一起是真的麼？』」

如果記憶沒錯，張小姐小説的女角，都不撒嬌。范柳原愛在嘴巴上討流蘇的便宜，流蘇口齒不靈，答不上話時本可撒嬌，但這位上海姑娘只曉得低頭傻笑，怪不得輕薄男人説：「你知道麼？你的特長是低頭。」列位看官若把胡某引張愛玲的話再唸一遍，會不會覺得語氣像撒嬌？如果張愛玲小説的角色從不撒嬌，她怎好意思自己撒起嬌來？胡蘭成自己「臭美」，真不要臉，幸好他沒有下作到添鹽添醋，胡亂憑空加插「愛玲緊緊的摟着我，嬌滴滴的説」這種肉麻話。因此要識張小姐氣質神韻，寧看她的老相片，決不可輕信附逆文人「臭美」之言。

蘇二小姐抿一口清茶綰一綰秀髮領我們到蘇老先生的書房看那批東西。……蘇二小姐靜靜靠着書架蹙眉凝望窗外幾棵老樹，墨綠的光影下那雙鳳眼更添了幾分古典的媚韻。

以上是董橋《故事》一段。小董當年若有緣認識張愛玲……。唉，難説，他可能不是「張迷」，不過清冷的「董橋體」文字最適合為這位民國女子造像，這話錯不了的。

www.cosmosbooks.com.hk

書　　名　劉紹銘散文自選集

作　　者　劉紹銘

責任編輯　顏純鈎

美術編輯　郭志民

出　　版　天地圖書有限公司
香港皇后大道東109-115號
智群商業中心15字樓（總寫字樓）
電話：2528 3671　傳真：2865 2609
香港灣仔莊士敦道30號地庫／1樓（門市部）
電話：2865 0708　傳真：2861 1541

印　　刷　亨泰印刷有限公司
柴灣利眾街德景工業大廈10字樓
電話：2896 3687　傳真：2558 1902

發　　行　香港聯合書刊物流有限公司
香港新界大埔汀麗路36號中華商務印刷大廈3字樓
電話：2150 2100　傳真：2407 3062

出版日期　2017年3月／初版

ISBN ： 978-988-8257-77-5